Kate Franklin

Hold me, Mr. Millionaire

Roman

Liebesromane fürs Herz

FSC
www.fsc.org
MIX
Papier aus ver-
antwortungsvollen
Quellen
Paper from
responsible sources
FSC® C105338

Impressum:

1. Auflage
Deutsche Erstausgabe Oktober 2022
Copyright © Kate Franklin

Redaktion: Textwerkstatt Tiemann
Cover-/Umschlaggestaltung: Kate Franklin
unter Verwendung von: Canva.com, Depositphotos.com

ISBN: 9783754685242

Kate Franklin
c/o Schreyer, Dorfstr. 18, 01257 Dresden

Herstellung und Druck über tolino media GmbH & Co. KG,
Albrechtstr. 14, 80636 München. Printed in Germany.
Fragen zu Produktsicherheit an: gpsr@tolino.media.

KATE FRANKLIN

MILLIONAIRE

Große Lieben müssen auch ertragen werden.

Coco Chanel

1

Savannah

»Ich fürchte, es geht nicht, Ms. Davis«, brummte Mr. Rutherford, der Bankangestellte, dem ich gerade zwei Stunden lang meinen Businessplan erläutert hatte und den ich davon überzeugen wollte, dass mein kleines Geschäft die Investition wert war, um die ich hier bat.

»Wie bitte?« Erstaunt schüttelte ich den Kopf, bis meine blonden, langen Locken über die Schultern fielen. Ich konnte nicht glauben, was er da gerade gesagt hatte. »Was heißt denn, es geht nicht? Die Zahlen sprechen doch für sich.« Mir wurde warm. Ich bereute es, mich bei meiner Outfitwahl für einen grobgestrickten Wollpullover entschieden zu haben. Jetzt saß ich hier und hatte das Gefühl, jeden Moment innerlich zu verglühen.

Mein Bankberater klappte die Mappe zu, die ich ihm zu

Beginn unseres Gesprächs überreicht hatte. Es war mein Businessplan. Ihn auszuarbeiten und überzeugend zu gestalten, hatte mich etliche Nachtschichten und einige Flaschen Wein mit Amber, meiner besten Freundin, gekostet. Jetzt schloss er die Unterlagen einfach und sagte, es ginge nicht?

Mr. Rutherford legte die Hände aneinander und sah mich streng über den Rand seiner Lesebrille hinweg an. Der hohe Haaransatz und die fortschreitenden Geheimratsecken ließen ihn älter aussehen, als er vermutlich war. Wie alle Angestellten trug er einen dunklen Anzug mit einem weißen Hemd und einer passenden Krawatte. So bieder und langweilig. Die Bank bräuchte dringend jemanden, der sie in Sachen Erscheinungsbild der Mitarbeitenden berät, dachte ich mir. Vielleicht sollte ich das noch in meinem Businessplan ergänzen?

»Nun, Ms. Davis, das will ich Ihnen erklären: Ihre Zahlen stimmen vorne und hinten nicht.«

»Aber das kann nicht ...« Sein wollte ich noch ergänzen, doch Mr. Rutherford hob ermahnend den Zeigefinger und machte mich damit mundtot.

»Es ist so. Ihre geplanten Einnahmen reichen nicht, um Ihre Ausgaben langfristig zu decken. Ein Gewinnzuwachs ist nur minimal erkennbar, aber eben nicht ...«

»Ausreichend, ich verstehe«, ergänzte ich seine Bemerkung und er nickte anerkennend.

»Genau. Sehen Sie, Ms. Davis. Was Sie vorhaben, ist lobenswert und durchaus auch unterstützenswert. Aber es nützt niemandem etwas, wenn Sie sich heute bei uns Geld leihen, das Sie morgen nicht zurückzahlen können.«

Ich holte tief Luft. Das war doch nicht sein Ernst! Es war nicht das erste Mal, dass ich einen Kredit anfragte. Ich hatte das schon einmal getan und er war bewilligt worden. Ja, okay, vielleicht war ich in der Vergangenheit der einen oder anderen Zahlungsverpflichtung zu spät nachgekommen. Aber so etwas passierte und war doch keine böse Absicht.

»Es fehlt Ihnen schlichtweg an Sicherheiten, Ms. Davis. Was können Sie uns denn bieten?«, fügte der biedere Bankmensch noch hinzu.

Ich fühlte mich wie auf dem Gang zum Schafott. Ohne das Geld konnte ich meinen Laden dicht machen und den Traum vom eigenen Modelabel gleich mit beerdigen. Frustriert stieß ich die Luft aus. Vielleicht würde es helfen, wenn ich den alten Mann etwas ins Schwitzen brachte und nicht andersherum?

Ich tat so, als streckte ich mich, wobei eine Seite des weiten Ausschnitts meines Pullovers über die Schulter rutschte. Dazu stützte ich mich mit dem Ellenbogen auf seinem Schreibtisch ab, damit er es auch ja wahrnahm. Außerdem schlug ich meine Beine elegant übereinander, die in kniehohen, beigen Lederstiefeln steckten. »Ich weiß nicht, Mr. Rutherford, was habe ich denn zu bieten?«, hauchte ich lasziv und hoffte einfach, es würde die Kreditentscheidung beschleunigen.

»Ms. Davis.« Er räusperte sich, ehe ein Lächeln über das sonst so ernste Gesicht huschte. »So läuft das hier nicht. Kommen Sie in einem Jahr wieder oder in zwei, dann sehen wir, wie sich Ihr Geschäft entwickelt hat, und können noch einmal darüber sprechen.«

Okay. Damit beraubte er mich endgültig all meiner Illusionen. In meinem Magen grummelte es. So war das nicht geplant gewesen. Irgendwie hatte ich geglaubt, die einhunderttausend Dollar so gut wie in der Tasche zu haben, als ich heute Mittag hierhergekommen war.

Ich fuhr meine Geschütze also zurück, richtete den Pullover und setzte mich wieder gerade hin. »Ich möchte bitte mit Ihrem Vorgesetzten sprechen«, erwiderte ich und ging nicht auf das Gesagte ein. Amber hatte mir geraten, diesen Joker zu ziehen, weil sie der Meinung war, dass das hundertprozentig Wirkung zeigen würde. Doch Mr. Rutherford zeigte sich ziemlich unbeeindruckt.

»So gern ich Ihnen helfen möchte und so leid es mir tut, aber ich fürchte, ein Gespräch mit Mr. Chambers führt zum gleichen Ergebnis. Sofern er denn ein Gespräch dieser Art überhaupt führen würde. Schließlich hat er als CEO unserer Bank ganz andere Dinge zu tun.«

Mr. Rutherford hatte sich die Brille auf dem Nasenrücken nach oben geschoben und seine Finger schwebten suchend über der Tastatur seines Computers. Vermutlich bekam ich soeben eine Aktennotiz: nicht kreditwürdig. Frech, aber sexy. Oder so etwas in der Art.

»Wissen Sie, Mr. Rutherford: Tatsächlich ist es mir egal, was Ihr geschätzter Herr CEO zu tun hat. Ich habe ein Geschäft und das möchte ich erweitern. Dafür brauche ich Geld. Ihr Geld. Wenn Sie dann also bitte in der Chefetage anrufen würden, damit ich einen Termin bei ihm bekomme?« Mein Ton hatte sich etwas verschärft. Immerhin war ich jetzt an einem Punkt, an dem ich nichts mehr zu verlieren hatte und alles auf eine Karte setzen konnte. Mit einem gequälten Lächeln griff mein Gegenüber zum Telefonhörer und wählte eine dreistellige, anscheinend interne Rufnummer.

»Hey, Ruby, ich habe hier eine Kundin, die unbedingt Mr. Chambers sprechen möchte ... Ja, einen Termin, das weiß Sie ... Gut, okay, richte ich aus.«

Wenige Augenblicke später legte er wieder auf und sah mich an. »Sie bekommen einen Anruf.«

Geräuschvoll sog ich die Luft zwischen meinen zusammengepressten Zähnen ein. Das durfte doch alles nicht wahr sein. Ich vergeudete gerade eben wertvolle Lebenszeit und alles, was er mir anbot, war ein lapidarer Anruf?

»Hören Sie, Mr. Rutherford. Ich möchte einen Termin bei diesem Mr. Changes oder wie der heißt. Keinen Anruf.«

Dann griff ich nach der Mappe mit meinem Businessplan, die ich demonstrativ in meiner Handtasche verschwinden ließ, schnappte mir meinen Mantel und erhob mich.

»Mr. Chambers'«, das betonte er besonders, »Assistentin wird Sie zurückrufen, um einen Termin zu vereinbaren. Aber ich mache Ihnen weder Hoffnung, dass dieser zeitnah stattfinden wird, noch darauf, dass das Ergebnis ein anderes ist als das unseres Gesprächs.«

Ich straffte meinen Rücken und setzte das bittersüßeste Lächeln auf, zu dem ich in dieser Situation in der Lage war.

»Das werden wir ja noch sehen. Auf Wiedersehen.«

Dann drehte ich mich um, dass meine Locken nur so wippten, und verließ den Chambers Tower, in dem sich die

Bank befand. Draußen atmete ich tief durch. Die Herbstluft war angenehm, nicht zu warm, aber auch noch nicht zu kalt. Der Himmel war bedeckt, genau wie meine Laune, doch es regnete nicht. Schnell schlüpfte ich in meinen Mantel und winkte nach einem Taxi, um nach Hause zu fahren und das Ergebnis dieses schrecklichen Termins zu verdauen.

***

Eine Stunde später öffnete ich die Wohnungstür und ließ gleich darauf meine Tasche im Flur fallen. Mein Frustlevel war auf dem Heimweg erheblich angestiegen. Ich hatte es mir leichter vorgestellt, an diesen Kredit zu kommen. Vielleicht sollte ich es bei anderen Banken versuchen. Gleich morgen würde ich noch mehr recherchieren und weitere Termine vereinbaren.

Für heute wollte ich mit diesem Thema nichts mehr zu tun haben. Doch auch dieses Vorhaben löste sich schnell in Luft auf, weil meine beste Freundin Amber anrief. Von unterwegs aus hatte ich ihr eine Nachricht geschickt.

»Hey«, nahm ich das Gespräch an.

»Das darf doch nicht wahr sein! Warum geben die dir kein Geld? Ich meine, dein Businessplan hat Hand und Fuß. Schließlich habe ich dir mit all dem Zahlenchaos geholfen. Also bitte, die sollen sich mal nicht so haben …« Ambers Worte kamen wie aus der Pistole geschossen und erschlugen mich regelrecht.

»Am, hey, sorry, aber mir ist nicht danach, das Thema weiter zu vertiefen, okay?«

»Oh. Ähm, ja, klar. Okay. War ein ganz schöner Tiefschlag, oder?«

»Ja, der tiefste überhaupt«, gab ich zu und fühlte mich kraftlos. Keine Ahnung, wie lange ich noch genügend Power hatte, um für meinen Traum vom eigenen Modelabel zu kämpfen.

»Hey, komm schon, Süße. Lass den Kopf nicht hängen. Morgen ist ein neuer Tag und in Boston gibt es noch mehr Banken. Irgendeine wird Kohle für dich haben. Da bin ich mir ganz sicher. Und dann kommst du ganz groß raus und dieser Beraterfuzzi von heute wird sich in seinen Bankerarsch beißen.«

Damit brachte sie mich zum Lachen. Allein die Vorstellung, wie Mr. Rutherford versuchte, sich selbst in den Hintern zu beißen, ließ mich schmunzeln.

»Ja, wird schon.« Ich holte tief Luft. »Vielleicht muss ich die Zahlen nachbessern. Und der Berater meinte, ich hätte keine Sicherheiten und deswegen bekäme ich keinen Kredit.«

»Aaach, papperlapapp, das ist doch alles Käse. Sicherheiten … Pff, no risk, no fun. Davon haben die wohl noch nie was gehört.«

»Was weiß ich«, resignierte ich. »Aber danke, dass ich das mit dir besprechen kann. Tut gut, wenn ich da nicht allein durchmuss.«

Ich hörte, wie sich Amber am anderen Ende räusperte, als hätte sie einen Kloß im Hals. »Immer. Das weißt du doch. Und ähm, also … es ist jetzt nicht unbedingt so, dass du dich nicht revanchieren könntest. Also nicht, dass du das musst, aber du könntest … vielleicht, wenn du wolltest.«

»Gott, Am, was ist das denn für ein Gestammel? Ich mich revanchieren? Wofür und wie?«

»Ich habe doch gesagt, dass du es nicht musst. Natürlich musst du das nicht, wir sind Freundinnen und immer füreinander da.«

Okay, mir schwante, dass sie auf etwas Bestimmtes hinauswollte.

»Was genau soll ich tun?«, seufzte ich und entlockte ihr damit ein leises Lachen.

»Du hast mich erwischt. Okay. Es wäre wirklich furchtbar lieb, wenn du mir einen klitzekleinen Gefallen tun würdest.«

»Einen klitzekleinen Gefallen also. So wie du das sagst, werde ich das Gefühl nicht los, dass es eine größere Sache wird. Habe ich recht?« Am anderen Ende war ein Glucksen zu hören. »Amber? Raus mit der Sprache. Worum geht es bei dem Gefallen?«

»Nun ja, also … es ist so. Ähm, wie soll ich es sagen … also …«

»Herrgott, Am, erzähl es mir einfach, okay?« Langsam verlor ich die Geduld. Eigentlich wollte ich nur meine Wunden lecken und mit einem Glas Wein oder einer ganzen Flasche und Netflix auf der Couch versacken. Und vielleicht würde ich die Zahlen meines kleinen Unternehmens noch einmal durchgehen, um mich auf den Termin mit dem Geschäftsführer der Bank vorzubereiten. Sofern ich überhaupt einen Termin bekam. Noch hatte ich den versprochenen Anruf nicht erhalten.

»Gut, pass auf, es ist so«, begann Amber und holte schon wieder tief Luft. »Ich habe heute Abend ein Date.«

»Uuuhh, das ist doch toll! Oder?«

»Jein, wie man es nimmt. Ich habe ihn gegoogelt. Er ist wahnsinnig attraktiv, aber leider so gar nicht mein Typ, weißt du?«

»Hä? Wieso? Was ist mit ihm und warum sagst du ihm das dann nicht einfach?«, wollte ich wissen.

»Ach Süße, du weißt doch, dass ich das nicht kann. Aber vielleicht wäre er was für dich? Er ist so ein Jason-Momoa-Verschnitt, mit dunklem Blick und so.« Sie lachte am anderen Ende der Leitung und langsam bekam ich eine Ahnung, worauf das Ganze hier hinauslaufen würde.

»Du bist ja verrückt. Und ich soll mich dann als du ausgeben oder wie hast du dir das gedacht?«

»Ja, so in der Art. Musst du aber nicht. Du kannst ihn auch trösten, weil ich ihn versetzt habe. Was weiß ich. Auf jeden Fall kann ich da nicht hingehen. Aber er ist wirklich total nett, wir chatten schon ein paar Wochen.«

»Du bist komplett irre, Amber«, gab ich zu. Das war ja die blödeste Idee, die ich je gehört hatte.

»Komm schon, Sav, hilf mir nur dieses eine Mal aus der Patsche. Bitte. Sieh mal, du kannst sogar das Nützliche mit dem Angenehmen verbinden und etwas gegen deinen Frust trinken. Garantiert lädt er dich ein und wer weiß, vielleicht kann er dich auch ablenken.«

»Gott, hör auf. Nein, das mache ich nicht. Tut mir leid. Du bist meine beste Freundin, Amber, du weißt, dass ich immer für dich da bin. Aber ich werde nicht zu deinem Date gehen, okay?«

»Mann, dann muss ich ihm echt absagen«, brummte sie.

»Wo liegt das Problem? Sag ihm, dass du krank bist oder anderweitig verhindert. Oder dass dein Wellensittich krank ist.«

»Welcher Wellensittich?«

»Amber!!!«

»Ja, ja, schon verstanden. Aber nur für den Fall, dass du es dir anders überlegst, wir sind für zwanzig Uhr im *Twenty Four* verabredet. Am Hafen, du weißt schon, diese neue, hippe Bar.«

»Hab davon gehört, aber keine Chance. Mir ist wirklich nicht danach, mich heute mit irgendeinem wildfremden Typen zu treffen und so zu tun, als wäre ich du. Tut mir leid.«

»Ich verstehe das irgendwie auch«, sagte sie und klang nun wieder milder. »Aber ich denke, es würde dir guttun, wenn du deinen Businessplan mal beiseiteschiebst und ausgehst. Hm? Denk darüber nach.«

Ich kannte Amber seit dem Studium am Bay State College. Gemeinsam hatten wir Modedesign studiert, aber sie hatte nach zwei Semestern die Fachrichtung gewechselt und war auf Wirtschaft umgestiegen. Dennoch hatten wir es geschafft, uns regelmäßig zu sehen, und waren schließlich beste Freundinnen geworden. So gegensätzlich wie wir waren, so ähnlich waren wir uns auch in vielen Dingen. Wir waren beide Singles, gingen gern aus – abgesehen von heute. Und hatten beide ein Faible für schöne Klamotten. Ich hatte meines zum Beruf gemacht, während Amber in einer Unternehmensberatung arbeitete.

Selbstverständlich würde ich nicht über ihre Idee

nachdenken. Ich würde nicht ins *Twenty Four* gehen, um einen fremden Mann zu treffen, der mich für meine beste Freundin hielt.

»Sag ihm ab, Am, dann ist das Thema doch erledigt, okay?« Erneut versuchte ich, sie davon zu überzeugen, dass es besser wäre, das Date zu canceln. Doch ich ahnte bereits, dass sie das nicht tun würde.

Und damit brachte sie mich in die Zwickmühle meines Lebens.

Das *Twenty Four* hatte erst vor wenigen Wochen eröffnet und sich in der kurzen Zeit zu einem echten It-Place gemausert. Dort ging alles ein und aus, was Rang und Namen hatte. Zudem lag es mitten im Finanzviertel, sodass man auch auf jede Menge Geschäftsleute treffen konnte. Vielleicht auch welche, die in ein kleines Mode-Unternehmen investieren würden?

Möglicherweise war Ambers Idee doch nicht so verkehrt. Ich musste sie nur anders nutzen und mich nicht auf den Jason-Momoa-Typ konzentrieren, sondern auf die Optionen, die mir ein Abend in dieser Bar noch so bot.

Eine Stunde später stand ich mit prüfendem Blick vorm Spiegel. Ich trug ein Kleid, das ich selbst designt und genäht hatte. Es war aus schwarzem, leicht transparentem Stoff und hatte eingearbeitete, blickdichte BH-Cups. Auch im Bereich der Hüfte hatte ich es mit schwarzem Stoff unterfüttert, sodass man nichts sah. Dazu trug ich schwarze Overknees und schlüpfte in meinen kaffeebraunen Wollmantel mit großem Kragen und Bindegürtel.

Draußen empfing mich herbstliche Kühle, die mich kurz

frösteln ließ. Schnell winkte ich mir ein Taxi heran und chattete während der Fahrt mit Amber, um den Namen und das Aussehen ihres Dates zu erfragen. Sollte der sich als Luftnummer entpuppen, würde ich diesen Abend einfach dafür nutzen, um nach jemandem Ausschau zu halten, der Geld hatte. Es wäre doch gelacht, wenn ich in diesem Outfit keinen Investor finden würde.

2

Rylan

Es war kurz nach einundzwanzig Uhr, als ich mein Büro verließ und mich auf den Weg zum *Twenty Four* machte, das sich nur einen Block entfernt auf der Rückseite eines der alten Speichergebäude befand.

Ich legte die kurze Strecke zu Fuß zurück und genoss den frischen Herbstwind, der mir um die Nase wehte. Nach einem Tag im stickigen Büro tat das gut und machte den Kopf frei.

Viel zu schnell war ich an der Bar angelangt und schnappte nach Luft, als ich eintrat und mich Wärme empfing, gepaart mit lautem Stimmengewirr. Wie jeden Freitag steuerte ich meinen Platz direkt am Tresen an und schon von weitem winkte mir Roger, der Inhaber, mit einer Whiskyflasche zu. Er wusste genau, wie er mich nach einem langen Arbeitstag glücklich machen konnte. Grinsend nahm ich Platz und stützte mich mit den Unterarmen auf dem Tresen ab. »Neu?«, wollte ich wissen, denn die Flasche kam mir nicht bekannt vor. »Du hast ja keine Ahnung, was ich hier für ein Schätzchen ausgegraben habe. Extra für dich. Ein Singleton. Achtzehn Jahre in Eichenfässern gereift.« Roger geriet regelrecht ins Schwärmen und wedelte nach wie vor mit der Flasche vor meiner Nase herum.

»Klingt teuer.« Ich zog lediglich die Augenbrauen nach oben.

»Ist er auch. Aber es trifft ja keinen Armen, nicht wahr?«, feixte er und ich gab ihm nickend recht.

»Schenkst du mir jetzt was ein oder ist die Flasche nur Dekoration?«

Im nächsten Moment schnappte er sich ein Glas und schenkte so genüsslich langsam die hellbraune, ölige Flüssigkeit ein, dass mir sofort das Wasser im Mund zusammenlief.

»Sieht aus wie eine Urinprobe«, murrte ich, weil der Whisky ganz schön hell war.

»Das muss so. Nörgele nicht, probier einfach. Der ist Weltklasse.«

»Wenn nicht, weiß ich ja, wo du arbeitest«, frotzelte ich und setzte das Glas an, kippte es vorsichtig und spürte im nächsten Moment das flüssige Gold an meinen Lippen. Ich nahm einen Schluck, behielt ihn im Mund und zog zwischen meinen Zähnen die Luft ein. Nur so konnte sich der wahre Geschmack eines guten Whiskys auf der Zunge entfalten.

Und wirklich, Roger hatte nicht gelogen, dieser hier war Weltklasse. Vielfältige Aromen umspülten meine Geschmacksknospen, sodass ich für ein paar Sekunden die Augen schloss und alles um mich herum ausblendete. Ich schmeckte Minze und Apfel und einen Hauch von Schokolade, bevor der Alkohol meine Kehle hinabrann und ich das Glas wieder vor mir abstellte.

»Sensationell«, stellte ich anerkennend fest.

Um mich herum herrschte indes ordentlich Tumult. Die Bar war übervoll, jeder Tisch, jeder Platz war belegt. Es freute mich wahnsinnig für Roger, denn als er vor einem Jahr mit seinem Konzept zu mir in die Bank gekommen war, war er voller Selbstzweifel gewesen, weil er Angst gehabt hatte, es nicht zu packen. Doch er hatte es gepackt. Und wie. Wie ein Lauffeuer hatte es sich herumgesprochen und die Bar hatte sich schnell zu einer der besten in ganz Boston gemausert.

Roger widmete sich wieder seiner Arbeit und mixte einen Cocktail nach dem anderen. Er jonglierte mit Schnapsflaschen wie ich mit Geld.

Das Vibrieren meines Handys ließ mich aufhorchen. Es war Moira, eine meiner Assistentinnen.

»Moira, was gibt es denn?«, nahm ich das Telefonat verwundert an.

»Mr. Chambers, entschuldigen Sie die späte Störung. Ich hätte da noch eine Frage …«

»Sind Sie etwa noch im Büro?«, unterbrach ich sie.

»Äh ja, ich wollte noch den Termin für Montag für Sie vorbereiten, finde aber die Fallakte nicht.«

»Dann machen Sie das Montagfrüh. Gehen Sie nach

21

Hause, Moira, es ist Wochenende. Wenn Sie noch arbeiten, kann ich doch nicht guten Gewissens in einer Bar rumhängen.«

Sie lachte verhalten am anderen Ende der Leitung. Ich pflegte einen durchaus lockeren, aber immer korrekten Umgang mit meinen Angestellten. Hier und da ein kleiner Scherz hielt uns auf einer Ebene und die war mir wichtig.

»Mr. Chambers, das ist kein Problem. Ich suche einfach noch etwas, vielleicht hat Ruby sie …«

»Nichts da, Moira, Sie gehen sofort nach Hause, sonst alarmiere ich den Sicherheitsdienst. Verstanden?«

Ihr kurzes Zögern war hörbar. »O-okay, Mr. Chambers, aber dann komme ich am Montag etwas eher, um noch alles vorzubereiten.«

»Wann ist der Termin?«

»Zehn Uhr.«

»Dann reicht es, wenn Sie zum normalen Arbeitsbeginn um acht Uhr da sind. Und nun ein schönes Wochenende. Sonst … Sicherheitsdienst, und das war kein Scherz.«

Leise kichernd verabschiedete sie sich. Ich hoffte, sie würde meiner Aufforderung Folge leisten.

Erneut nippte ich an dem kostbaren Whisky und beschloss, mir von Roger das Etikett zeigen zu lassen, um mir ein paar Flaschen zu bestellen. Wenn meine Brüder mal wieder zu Besuch kamen, war es ganz hilfreich, etwas Whisky im Haus zu haben. Für so einen Tropfen würden mir Bruce und Aaron die Füße küssen. Zwar sahen wir uns nicht mehr so oft wie früher, weil jeder bis zum Hals in eigenen Verpflichtungen steckte, aber wenn wir uns trafen, ließen wir es ordentlich krachen.

Ein Poltern neben mir riss mich aus meinen Gedanken.

»Scheiße.« Obwohl es leise war, hörte ich den Fluch nur allzu deutlich und schmunzelte. Eine junge Frau mit langen, blonden Haaren, die sie energisch aus dem Gesicht strich, während sie damit beschäftigt war, ihren Schuh zu begutachten, hievte sich zwei Plätze neben mir auf einen der freien Barhocker. »So ein Mist. Das darf doch nicht wahr sein.« Sie sah etwas abgekämpft aus und warf ihre winzig kleine Handtasche auf den Tresen. Ihr Mantel hing halb auf ihr, halb auf dem Stuhl, und als ich an ihr hinabblickte, sah ich das Ausmaß des Desasters, das sie gerade beschäftigte. Sie trug kniehohe, schwarze Stiefel, von denen nur noch einer einen Absatz hatte.

»Was glotzen Sie so? Haben Sie nichts Besseres zu tun?«, fauchte sie mich an.

Meine Mundwinkel zuckten belustigt, während sie voller Wut eine Haarsträhne von ihrer Nase zu pusten versuchte. Obwohl ihr Blick, den sie mir über die Schulter zuwarf, genervt und giftig war, war sie süß. Ihre hellbraunen Augen blitzten mich an, und für einen Moment hatte ich das Gefühl, dem Teufel höchstpersönlich in die Pupillen zu starren.

»Kann ich Ihnen helfen?«, fragte ich sie, während ich vom Barhocker glitt und die Distanz zwischen uns nahezu vollständig überwand.

»Wenn Sie Schuhmacher sind und das hier«, sie winkte mit dem abgebrochenen Absatz, der aussah wie ein Dinosauerierzahn, vor meinem Gesicht herum, »reparieren können, dann vielleicht. Ja. Wenn nicht, dürfen Sie sich gern wieder verziehen.«

Bei der Lautstärke, die in der Bar herrschte, war es schwer, ihr Gesagtes zu verstehen, sodass ich mich näher zu ihr beugte. Ein unvergleichlich blumiger Geruch stieg mir in die Nase.

»Schuhe reparieren kann ich leider nicht. Aber wie wäre es mit einem Drink? Sie sehen aus, als könnten Sie einen gebrauchen.«

Ich stellte mich seitlich zwischen ihren und den benachbarten Barhocker und lehnte mich mit einem Ellenbogen auf den Tresen.

»Ach was, sagen Sie bloß. Sie sind ja ein Blitzmerker. Nein danke, ich bin verabredet.«

Scharf sog ich die Luft ein. Okay. Sie war eine knallharte Nuss. Und verabredet. Shit. Sie wäre genau mein Fall gewesen.

Verteidigend hob ich die Hände in die Luft und zog mich wieder zurück. Allerdings nicht, ohne ihr ein »Viel Spaß« zuzuraunen, was sie mit verdrehten Augen und einem Kopfschütteln quittierte.

Nachdem ich mich wieder auf meinen Platz gesetzt hatte, nippte ich immer wieder an meinem Drink und beobachtete, wie sie die Tür im Blick hielt. Sie wartete anscheinend wirklich auf jemanden.

Ihren Mantel hatte sie inzwischen abgelegt und hoppla, darunter war ein Hauch von Nichts zum Vorschein gekommen, der mich dazu verleitete, ihr den Mantel wieder über die Schultern zu legen, sie in mein Penthouse zu entführen und nie mehr loszulassen.

Schwarzer, hauchdünner Stoff, der im gedimmten Licht der Bar leicht glänzte, bedeckte ihren Körper. Sie hätte genauso gut nackt herkommen können und ich fragte mich unwillkürlich, was sie beruflich machte und welche Art von Date sie hier hatte.

Tapfer trug sie noch immer ihre Stiefel und nippte an ihrem Ginger Ale, das Roger ihr schon vor einer halben Stunde hingestellt hatte.

»Wird wohl nichts mit dem Date, hm?«, rief ich ihr zu, woraufhin ihr Kopf in meine Richtung ruckte.

»Geht Sie nichts an!« Sie presst die Lippen zusammen und schlug die Beine übereinander, um sich dann wieder Richtung Eingang zu drehen.

Erneut rutschte ich von meinem Barhocker und stand nur wenige Sekunden später vor ihr. Verdutzt sah sie mich an.

»Mal angenommen, ich gehe jetzt nach draußen und komme dann durch diese Tür«, mit ausgestrecktem Finger zeigte ich Richtung Eingang, »wieder hinein, bin ich dann Ihr Date?«

Theatralisch verdrehte sie die Augen und wendete sich dann kopfschüttelnd von mir ab. Eine Antwort blieb sie mir schuldig.

»Oh, kommen Sie, er taucht nicht auf. Sie warten jetzt schon wie lange? Eine knappe Stunde? Er hat Sie versetzt. Sehen Sie es ein und trinken Sie was mit mir.«

»Im nächsten Leben vielleicht«, gab sie nun endlich zurück. Die Enttäuschung über das geplatzte Date stand ihr ins Gesicht geschrieben und fast tat sie mir leid. Doch es musste Schicksal gewesen sein, dass sie quasi in meine Arme gestolpert war.

»Gut, dann warte ich.« Lachend verzog ich mich wieder auf meinen Platz. Sie würde anbeißen, da war ich mir sicher.

Roger hatte mir noch einen Whisky eingeschenkt, den ich langsam genoss. Es glich einem Kapitalverbrechen, so einen edlen Tropfen hinunterzuschütten wie Wasser. Oder Bier. Whisky ließ man auf der Zunge zergehen. Man genoss ihn Schluck für Schluck, Tropfen für Tropfen.

Miss Kalte-Schulter neben mir zeigte sich noch immer wenig kooperativ, war aber inzwischen auf Wein umgestiegen.

Seit ihrer Schuhmisere waren locker anderthalb Stunden vergangen, ohne dass sich ein Typ hatte blicken lassen, der aussah, als hätte er sie auch nur ansatzweise verdient.

Tief holte sie Luft, kramte ihr Handy aus der Tasche und öffnete einen Chat. Vermutlich, um sich bei einer Freundin auszuheulen, weil sie versetzt worden war.

Ich winkte Roger heran und signalisierte ihm, dass er ihr einen Whisky servieren sollte. Auf meine Kosten natürlich. Ein paar Sekunden später stellte er das Glas vor ihr ab. Sie reagierte sofort, indem sie mir eine ganze Batterie Giftpfeile aus ihren wunderschönen Augen entgegenfeuerte.

»Ich kann mich nicht erinnern, das bestellt zu haben. Außerdem trinke ich keinen Schnaps.« Sie war vom Barhocker gerutscht und wackelte verdächtig hin und her, anscheinend hatte sie vergessen, dass ihre Beine wegen des abgebrochenen Absatzes nicht mehr gleichlang waren.

Blitzschnell eilte ich zu ihr und konnte sie gerade noch am Arm packen, um zu verhindern, dass sie der Länge nach auf den Boden fiel. Als ich den Stoff ihres Kleides unter meinen Fingern spürte, war es, als hätte mich etwas elektrisiert. Ihre Wärme war auf mich übergegangen und ich war nicht in der Lage, sie loszulassen.

»Alles okay?«, wollte ich wissen und hielt sie noch immer am Arm fest.

Ihr verstörter Blick traf meinen und für ein paar Sekunden sahen wir uns fest in die Augen. Sie war so unverschämt hübsch, dass es mir die Sprache verschlug. Und dieses Kleid. Fuck, wenn sie meine Freundin wäre, würde sie niemals, wirklich niemals so auf die Straßen gehen dürfen.

Schließlich nickte sie und straffte ihre Schultern, um sich gleich darauf den Mantel zu schnappen.

»Hey, was tun Sie da?«

Völlig unbeeindruckt von meiner Frage zog sie einen Geldschein aus ihrer Tasche, den sie auf den Tresen legte. »Wonach sieht es denn aus? Ich gehe nach Hause. Ich wurde versetzt. Ach, und Sie haben gewonnen, herzlichen Glückwunsch.«

Uh, das war jetzt aber zynisch. Amüsiert sah ich zu, wie sie umständlich mit ihren Armen in den Mantel fuhr, und beschloss, ihr zu helfen. Kurzerhand griff ich nach dem langen Ungetüm, in dem sie sich fast verheddert hatte, und hielt ihn, damit sie nur hineinzuschlüpfen brauchte.

Schnell raffte sie die Vorderseite zusammen und verschloss sie mit ihren Händen. »Danke«, hauchte sie und warf mir über die Schulter hinweg einen scheuen Blick zu. »Und auf Wiedersehen.«

»Ach, wir sehen uns wieder? Das fände ich in der Tat sehr

schön.«

Wieder verdrehte sie die Augen, allerdings schenkte sie mir jetzt ein umwerfendes Lächeln, das mich fast meinen Namen vergessen ließ.

Sie hatte sich umgedreht und stand nun frontal vor mir. Den Mantel fest zusammengezogen und die Arme vor der Brust verschlungen, sah sie mich mit ihren funkelnden Bernsteinaugen an.

»Einen schönen Abend noch, Mr. …« Schon wieder war ihre Stimme so rau und leise, dass ich Gänsehaut bekam. Was tat sie hier mit mir? Und warum? Anscheinend war sie sich ihrer Wirkung auf Männer durchaus bewusst.

»Rylan. Mein Name ist Rylan.« Mit beiden Händen griff ich nach ihren zarten Fingern und umschloss sie fest. Das Beben, das bei unserer Berührung durch ihren Körper ruckte, blieb mir nicht verborgen und ließ mich grinsen. »Und ich glaube, unser Wiedersehen beginnt genau jetzt.«

Ihre Augenbrauen schnellten ungläubig in die Höhe. Ich sah ihr an, wie sie mit sich kämpfte. Auf der einen Seite das geplatzte Date, die Enttäuschung darüber, und auf der anderen Seite pure Neugier auf das Unbekannte in Form von mir.

»Na los, gib dir einen Ruck. Da hinten ist eine Sitzecke frei, dort können wir uns ungestört unterhalten.«

»Okay, aber nur für einen Drink.« Sie hatte sich wieder gefangen, das gefiel mir. »Ein Drink, mehr nicht.«

»Geht in Ordnung. Aber du gibst mir sicher recht, dass es doch viel zu schade wäre, den Abend so frustriert enden zu lassen.«

Ein leichtes Lächeln umspielte ihre Mundwinkel, bevor sie ihre Zähne in ihrer Unterlippe vergrub. »Ja, vielleicht hast du recht. Ich heiße übrigens ... Amber.«

3

Savannah

O Gott!

Ich hatte keine Ahnung, was hier gerade passierte. Amber? Ich war nicht Amber. Ich war Savannah. Aber gut, für die nächste Stunde würde ich mich hinter dem Namen meiner besten Freundin verstecken. Das war sie mir schuldig. Immerhin hatte sie mich dazu verdonnert, zu diesem bescheuerten Date zu gehen, das nicht einmal stattgefunden hatte.

Stattdessen saß ich jetzt hier mit einem Schlipsträger, der mich die ganze Zeit anstarrte, als wäre ich seine Beute. Mit seinem eindringlichen Blick fixierte er mich wie ein Löwe eine Antilope, kurz bevor er sie riss.

Also ließ ich mich von ihm anstarren, während ich an meinem Cosmopolitan nippte. Der Wein von vorhin und auch der Whisky, den ich irgendwie heruntergewürgt hatte, zeigten ihre Wirkung. Der Alkohol stieg mir langsam zu Kopf, breitete sich warm in mir aus und sorgte dafür, dass ich mich zunehmend in dieser grotesken Situation entspannte.

Amber hatte sich tausend Mal entschuldigt, nachdem ich ihr vorhin mehrmals mitgeteilt hatte, dass mich ihr Date versetzt und sie mir überhaupt den Abend ruiniert hatte. Dass ich jetzt mit diesem Typen hier saß, hatte ich ihr allerdings nicht erzählt.

Er sah unverschämt gut aus. Natürlich. Es war wie in diesen sexy Filmen oder Büchern. Die Anzugträger sahen doch immer so aus. Und sie waren immer höllisch interessant und heiß und anziehend.

Dieses Exemplar hier, dessen Namen ich schon wieder vergessen hatte, bediente jedes dieser Klischees. Seine dunklen Haare waren am Oberkopf etwas länger und akkurat frisiert. Jedes Haar lag da, wo es liegen sollte, und keines traute sich, aus der Reihe zu tanzen. Seine Wangen und das kantige Kinn zierte ein Bartschatten von … ich tippte darauf, dass er sich seit wenigstens drei oder vier Tagen nicht mehr rasiert hatte. Männer mit einem glatten Babypopo im Gesicht mochte ich ohnehin nicht.

Obwohl er einen Anzug trug, der ihm eine gewisse Autorität verlieh, wirkte er lässig. Er hatte die Beine überschlagen und die Arme seitlich auf der Rückenlehne der Sitzgruppe ausgebreitet. In einer Hand hielt er ein Whiskyglas, an dem er hin und wieder nippte. Die meiste Zeit war er damit beschäftigt, mich anzustarren. Aus diesen ozeanblauen Augen, die mich wie magisch anzogen.

Es war verrückt. Etwas in mir sagte mir wieder und wieder, dass ich nicht hier sein sollte. Dass ich schleunigst verschwinden musste. Doch mein Fluchtinstinkt versagte kläglich. Stattdessen hing ich an diesen vollen Lippen, die sich immer wieder zu einem breiten Grinsen verzogen. Und verdammt, im Moment wollte ich nichts mehr, als diesen Mund zu küssen.

Reflexartig schlug ich mir die Hand vor den Mund, während er in seinem Monolog über irgendetwas, dem ich nicht folgen konnte, innehielt. Aus zusammengekniffenen Augen sah er mich an und beugte sich vor, stützte die Ellenbogen auf den Knien ab. Der Geruch seine Parfums kroch in meine Nase und richtete verheerenden Schaden in meinem Hirn an. Denn dieser Mann roch so höllisch gut. So sexy und verführerisch, als hätte er all das hier geplant.

»Was ist?«, wollte er wissen und fuhr sich mit der Zunge über die Unterlippe. Gott, er machte mich ganz wahnsinnig. War mir der Alkohol so sehr zu Kopf gestiegen, dass ich kaum noch klar denken konnte, oder war wirklich dieser Typ hier dafür verantwortlich?

Geräuschvoll stieß ich die Luft aus. »Ich ... also, ich weiß nicht ... Vielleicht könnten wir ... also du und ich ... Ich meine, hier ist nicht mehr viel los, und wenn ich ehrlich sein soll, ist es stinklangweilig, in einer Bar abzuhängen ...«

Ryan, oder wie er hieß, hatte sich wieder zurückgelehnt und sein breites Grinsen aufgelegt. Sein Blick verdunkelte sich, und als er schluckte, blieben meine Augen an seinem Adamsapfel hängen, der sich deutlich an seinem Hals abzeichnete. Automatisch schluckte ich ebenfalls.

»Du meinst also, wir sollten gehen?« Uuhh, auch seine Stimme war ein paar Oktaven tiefer gerutscht und riss mich mit in einen Abgrund, von dem ich noch nicht wusste, ob ich bereit dafür war.

»Gehen?«, presste ich mühsam hervor. »So meinte ich das eigentlich nicht. Aber ja, vielleicht ist das eine gute Idee … Ich meine, wir beide … also, wir könnten ja vielleicht …«

Gott, es war einfach erbärmlich. Aus dem Augenwinkel nahm ich wahr, wie er den Barkeeper zu sich winkte und ihm ein paar Geldscheine zusteckte. »Stimmt so, bis nächste Woche«, murmelte er ihm zu, ehe er sich wieder auf mich konzentrierte. »Pass auf, Amber. Ich glaube, was du sagen wolltest, ist, dass wir beide jetzt gehen. Wir gehen einfach vor die Tür und schauen, was passiert.«

Unsicher lachte ich auf. »Was soll da schon passieren? Ich steige in ein Taxi und fahre nach Hause.«

Eine seiner Augenbrauen schoss in die Höhe. »Das klang aber eben ganz anders und nein, ich denke nicht, dass du draußen in ein Taxi steigen wirst.«

»Ach nein? Erstens, wie klang es denn für dich, was ich gesagt habe? Und zweitens, was denkst du, werde ich draußen tun, wenn ich nicht in ein Taxi steige?«

Er spielte mit mir. Und ich mit ihm. Das heizte mich an, und wenn ich nicht so mies drauf gewesen wäre, hätte ich ihn sofort ins nächstgelegene Hotel gezerrt und mich von ihm um den Verstand vögeln lassen. Aber nicht heute.

Der heutige Tag steckte mir in den Knochen. Der Alkohol tat sein Übriges. Alles, was ich brauchte, war

Zuwendung. Liebe Worte, die mir sagten, dass alles gut werden würde. Oder ein Kuss von diesen vollen Lippen, die ich immerzu anstarren musste.

»Das werden wir sehen. Komm, lass uns gehen.« Er erhob sich, schlüpfte in seinen Mantel und hielt mir gleich darauf meinen entgegen. Irritiert sah ich erst zu ihm, dann zu dem Kleidungsstück. Er nickte mir zu und schließlich fuhr ich mit meinen Armen in den kaffeebraunen Cashmere-Stoff, zog den Gürtel zusammen und nahm meine Handtasche. Noch bevor ich reagieren konnte, griff er nach meiner freien Hand und zog mich aus der Sitznische.

»Bye, Roger«, rief er dem Barkeeper zu, der jedoch beschäftigt war und daher nur nickte.

Dann ging er mit mir vor die Tür und es passierte ... nichts. Wie erwartet geschah gar nichts. Verstohlen sah ich mich nach einem Taxi um, als er, seine warmen Finger noch immer um meine geschlossen, weiterlief und in die nächste Seitenstraße bog.

Mein Herz schlug bis zum Hals. Was, wenn er ein Serienkiller war? Oder ein Dieb? Ein Verbrecher, keine Ahnung. Meine Gedanken überschlugen sich und ich überlegte, ob ich laut schreien sollte.

Nachdem er mich ein paar Schritte hinter sich hergezogen hatte, blieb er plötzlich stehen, ließ mich los und ging zur Seite, um sich rücklings an die Wand der Backsteinfassade zu lehnen. Seine Hände verschwanden augenblicklich in den seitlichen Taschen seines Mantels.

»Hör mal«, begann ich und zweifelte für einen Augenblick an meinem Verstand, denn eigentlich sollte ich panisch sein.

Und die Beine in die Hand nehmen, um schleunigst zu verschwinden. Aber etwas an diesem Fremden zog mich magisch an. *Ich kann nicht abhauen. Ich will es nicht. Ich will nur eins.* »Ich habe keine Ahnung, was du vorhast oder was das hier werden soll, aber ich will dich schon den ganzen Abend küssen.«

Ein amüsiertes Grinsen huschte über sein Gesicht und seine Hände kamen wieder zum Vorschein. Er hob die Finger der rechten Hand und winkte mich mit eindeutiger Bewegung seines Zeigefingers zu sich. »Dann komm her, Prinzessin, und tu es einfach. Nimm dir, worauf du Lust hast.«

Ach du Scheiße! War das ein unmoralisches Angebot? Für einen winzigen Moment schloss ich die Augen und überlegte. Ich hatte nichts zu verlieren. Außer vielleicht meiner Würde und mein Leben, wenn er wirklich ein Killer war. Aber ich vermutete, in letzterem Fall hätte er mich längst verschleppt oder abgeschlachtet.

Ein heißkalter Schauer kroch meine Wirbelsäule hinauf und lief prickelnd wieder hinab. Es war purer Nervenkitzel, Adrenalin flutete meine Blutbahnen, ließ mich mutig werden und einen Schritt in seine Richtung gehen.

»Komm schon, Amber. Komm her«, lockte er mich erneut zu sich, und ehe ich mich versah, stand ich genau vor ihm. So nahe, dass ich spürte, dass sich auch seine Atmung beschleunigt hatte. Wieder roch ich den Duft seines Parfums, das nach Freiheit und Abenteuer roch, nach Sommerurlaub und Herbstlaub zugleich. Nach Verführung und Versuchung.

Ich grub meine oberen Schneidezähne in die Unterlippe,

um meine Nervosität zu verbergen, bevor ich schließlich diesem inneren, unbändigen Drang nachgab und auch die letzten Zentimeter zwischen uns überwand. »Ach, scheiß drauf«, murmelte ich, ehe ich erst seine Nasenspitze spürte und dann meine Lippen fest auf seine presste. Es dauerte keine drei Sekunden, bis er seine Arme um meine Taille schlang und mich fest an sein Becken zog.

Gott, es war so höllisch heiß, was wir hier taten. Es berauschte mich geradezu, sodass ich mich vollends diesem Kuss hingab. Diesem Fremden, der mich so faszinierte. Mit den Zähnen neckte ich seine Unterlippe, was er mit einem dunklen Knurren quittierte. Immer und immer wieder fuhr er mit seiner Zunge über meine Lippen, bis ich sie bereitwillig öffnete. Er griff nach meinen Handgelenken und führte sie hinter meinem Rücken zusammen. Ich seufzte in seinen Mund und lehnte mich an seinen Oberkörper, der sich unter meiner Berührung sofort anspannte.

Mit einem Ruck vertauschte er unsere Positionen, presste mich gegen die Backsteinfassade, die sich kalt an meinen Rücken drückte. Meine Handgelenke hielt er nach wie vor mit einer Hand fest, während er die andere Hand an meine Wange legte und mit dem Daumen über meine erhitzte Haut strich. Unsere Lippen hatten sich längst voneinander gelöst. Unsere Atemgeräusche gingen schnell und kleine, deutlich sichtbare Atemwölkchen verteilten sich in der Luft. Erst jetzt fiel mir auf, wie kühl es geworden war.

»Du bist echt verrückt«, lachte ich auf und hörte mich dabei ziemlich hysterisch an.

»Du nicht minder. War es das, was du den ganzen Abend

tun wolltest?«

Ertappt spürte ich, wie Hitze in meine Wangen stieg, und nickte, woraufhin seine Lippen erneut auf meinen landeten. Dieses Mal war der Druck fester, viel energischer und leidenschaftlicher als zuvor. Ein leises Keuchen entwich meiner Kehle, als er meine Handgelenke losließ und meinen Mantel öffnete, um mit den Händen hineinzufahren.

Seine Zunge drang tief in meinen Mund ein, eroberte mich im Sturm, erkundete mich und ließ mir kaum Gelegenheit zum Atmen. Von Leidenschaft getrieben schlang ich meine Arme um seinen Hals und vergrub meine Finger in seinen Haaren, als wollte ich ihn nie wieder loslassen. Aber das war natürlich Humbug, denn so aufregend diese Sache hier auch war, so einmalig war sie auch. Doch das sollte mich in diesem Augenblick nicht davon abhalten, selbigen zu genießen und voll auszukosten.

Seine Küsse sorgten dafür, dass mir immer heißer wurde. Prickelnde Schauer jagten über meine Haut. Ich hing an seinen Lippen wie eine Ertrinkende, die Halt suchte.

Viel zu schnell löste er sich wieder von mir, brachte etwas Abstand zwischen unsere Gesichter und betrachtete mich.

»Du küsst ganz passabel«, brachte ich verlegen hervor, weil es mir unangenehm war, wenn wir schwiegen. Vorsichtig hob ich meine Hand, um mit meinem Daumen etwas Lippenstift von seinem Mund zu wischen. Doch noch bevor ich ihn berühren konnte, packte er mein Handgelenk.

»Ganz passabel also?«

»Ja, es war ganz okay.« Ein Grinsen verkneifend, biss ich mir auf die Unterlippe.

»Ganz okay?«, wiederholte er und kam mir dabei gefährlich nahe, während ich wie hypnotisiert nickte. »Hör zu, Amber ...«

Seine Hände fuhren wieder unter meinen Mantel, auf meine Rückseite und griffen so fest in meine Pobacken, dass ich ein kurzes Keuchen ausstieß. Er knetete sie grob, fuhr dann mit seinen Fingernägeln über den dünnen Stoff meines Kleides meine Wirbelsäule entlang. Gänsehaut überzog meinen Körper und ich begann zu zittern.

»Ich glaube, es war mehr als ganz okay. Habe ich recht?«, knurrte er und knabberte an meinem Ohrläppchen.

»Ja, war es.« Ich presste die Worte mühsam hervor, denn sein heißer Atem auf meiner Haut, gepaart mit seinen Händen, die inzwischen wieder an meinen Seiten hinabfuhren und unterhalb meiner Hüfte landeten, brachten mich in eine Art Ausnahmezustand.

»Gut.« Jetzt lehnte er seine Stirn an meine, presste mich mit seinem gesamten Gewicht gegen die Fassade, sodass es für mich kein Entrinnen gab, und glitt mit einer Hand zwischen meine Schenkel.

»Was tust ...«

»Sh, sei still und genieße es. Denn das hier wird sich nicht wiederholen, Amber.« Seine Fingerkuppen fuhren tastend über den Rand meiner halterlosen Strümpfe, und als sie auf meine nackte Haut trafen, sog er scharf die Luft ein. Dann schob er meinen String beiseite und sofort spürte ich seine Finger an meiner Mitte.

Hölle, was wir hier taten, war so, so heiß.

»Wird es nicht«, keuchte ich und ließ meinen Kopf in den

Nacken fallen, als er mit seinen Fingern in mich eindrang. »Niemals.«

***

»Du hast was?« Meine beste Freundin saß auf meinem Sofa und musterte mich mit strengem Blick, bevor sie sich vor Lachen auf die Oberschenkel schlug. »Dass ich das noch erleben darf. Du hast mit einem wildfremden Typ gevögelt?«

Ich hatte sie heute Morgen angerufen und her zitiert, nachdem ich aufgewacht war und nicht mehr gewusst hatte, ob all das nur ein Traum gewesen war. Außerdem hatte ich wegen des angeblichen Dates, das mich versetzt hatte, noch ein Hühnchen mit ihr zu rupfen. Dafür hatte sie sich gleich zweitausend Mal entschuldigt. Es war ihr sichtlich unangenehm, dass sie mich in diese Bar geschickt hatte und der Typ dann nicht aufgetaucht war.

»Na ja, gevögelt in dem Sinne haben wir nicht. Aber er hat mich …«

»Moment, er hat dich was? Beglückt? Gedingst? Gefingert vielleicht?«

Lachend verdrehte ich die Augen und hatte das Gefühl, dass die Hitze, die mir in die Wangen gestiegen war, meinen Kopf zum Dampfen brachte wie einen Teekessel. »Ja, irgendwie so war es, glaube ich.«

»Und wer war er? Seht ihr euch wieder?«

»Keine Ahnung, ich habe seinen Namen vergessen. Und nein. Es war eine einmalige Sache. Du weißt doch, mir fehlt die Zeit für eine Beziehung.«

»Muss ja nicht immer gleich was Festes sein.« Sie wackelte belustigt mit den Augenbrauen. »Schließlich gibt es auch Bindungen mit gewissen Vorzügen.«

»Keine Zeit, nicht einmal dafür.«

»Wie du meinst. Aber dieser After-Sex-Look steht dir hervorragend. Deine Wangen sind noch etwas gerötet, deine Locken ein wenig durcheinander. Ich würde sagen, du solltest so etwas viel öfter wagen.«

Ich lachte auf. »Du spinnst ja. Hilfst du mir, den Businessplan noch einmal zu überarbeiten? Ich habe am Montag einen Termin bei der Bank und da muss alles passen.« Der Anruf, den mir der Bankberater versprochen hatte, war ausgeblieben. Stattdessen hatte ich noch am Freitagabend eine E-Mail mit der Terminbestätigung erhalten.

Nun hoffte ich, dass Amber mir erneut helfen konnte. Immerhin hatte sie ein halbes Wirtschaftsstudium und kannte sich mit all den Kennzahlen aus, auf die es ankam.

»Natürlich, Süße. Hast du schon mit deinen Eltern gesprochen wegen der Sicherheiten?«

Nun verzog ich das Gesicht und schüttelte den Kopf.

»Dann solltest du das schleunigst nachholen, sonst brauchen wir gar nicht anzufangen. Ich mache uns derweil Kaffee, okay?«

Zögernd griff ich nach meinem Telefon, während meine beste Freundin in die Küche verschwand. Dann suchte ich den Kontakt meiner Eltern und für ein paar Sekunden schwebte mein Zeigefinger über dem Anrufbutton, bis ich endlich draufdrückte. Es klingelte vier Mal, bis meine Mom den Anruf annahm.

»Hey, Liebes. Das ist aber schön, dass du anrufst«, begrüßte mich meine Mutter gewohnt liebevoll.

»Hi Mom. Wie gehts euch?«

»Ach, du weißt doch. Uns geht es immer gut. Aber wie geht es dir? Wie läuft es in der Modebranche? Gibt es was Neues von Gucci und Co?«

Als ob ich Kontakte zu Gucci und Co hätte …

»Mir geht's auch gut, danke. Und der Laden läuft … na ja. Es könnte besser sein. Ich musste viele Stoffe einkaufen, eine neue Nähmaschine und so Sachen.«

»Oh«, hörte ich sie lediglich sagen, bevor mein Vater im Hintergrund nach ihr rief.

»Margret? Wer ist das?«

»Es ist Savannah, Schatz.«

»Braucht sie Geld? Ich habe ihr gesagt, sie soll Anwältin werden. Das ist sicherer. Aber sie musste ja unbedingt …«

Ich verdrehte genervt die Augen, weil ich Zeuge dieser Unterhaltung geworden war. Hatte Dad wirklich geglaubt, ich würde es nicht hören?

»Apropos«, sagte ich leise zu meiner Mom. »Ich habe am Montag einen Termin bei der Bank, um einen Kredit zu beantragen. Aber die brauchen wohl Sicherheiten. Kann ich … also könnte ich vielleicht … das Haus?«

»Einen Kredit. Oh, Schätzchen, hast du dir da nicht etwas viel vorgenommen? Kannst du den denn zurückzahlen?«

»Mom, erstmal muss ich ihn bekommen. Und dafür benötige ich eine Sicherheit. Wenn ich das Haus angeben könnte …«

»Das Haus? Aber es gehört mir und Dad, ich weiß nicht, ob das überhaupt geht.«

Hm, das wusste ich auch nicht. Aber ich hatte gehofft, es wäre rechtens und würde die Bank besänftigen.

»Soll ich mit Dad sprechen? Vielleicht können wir dir etwas leihen?«

Mit Daumen und Zeigefinger massierte ich meinen Nasenrücken und kniff die Augen zusammen. »Nein, Mom, lass mal lieber.« Geld von meinen Eltern zu leihen war keine Option. Ich wusste, dass ich mir mein ganzes Leben lang würde anhören dürfen, dass ich hätte Anwältin werden und damit viel Geld verdienen sollen. Dass ich Modedesign studiert hatte, war meinem Vater schon immer ein Dorn im Auge gewesen. Ich würde kein Wasser auf die Mühlen gießen, indem ich mir Geld von ihm lieh. Vielmehr würde ich ihm beweisen, dass ich das Zeug dazu hatte, eine erfolgreiche Designerin zu werden.

»Habt noch ein schönes Wochenende, bis bald«, murmelte ich schließlich und schluckte.

»Sehen wir dich denn mal wieder?«

»Na klar, ganz bestimmt. Sobald es wieder etwas ruhiger läuft, komme ich euch besuchen.«

In dem Moment, in dem ich das Telefonat beendete, kehrte Amber zurück. In den Händen zwei Tassen mit dampfendem Kaffee und mit einem Strahlen in den Augen, wie ich es nur von meiner besten Freundin kannte.

»Können wir loslegen?«

»Japp, können wir. Aber ich fürchte, mit der Sicherheit wird es nichts.«

Ihre Kinnlade klappte für einen Moment nach unten. »Ach Scheiße, lass mich raten: Dein Dad kam wieder mit der Jura-Nummer um die Ecke?«

Schulterzuckend nickte ich. »Ich kriege das auch so hin.«

Amber verzog das Gesicht. »Ich fürchte, du musst mit dem Bankheini schlafen, damit das klargeht.«

»Niemals«, lachte ich laut auf und griff nach den Papieren, um mit ihr die Zahlen noch einmal durchzugehen.

4

Rylan

»Scheiße«, stieß ich fluchend aus, als ich sah, wie spät es war. Ich hatte gründlich verpennt und das an einem Montagmorgen, der mir einen Termin nach dem anderen bescherte.

Nach unserem allsonntäglichen Besuch bei Mom war ich gestern Abend mit Bruce und Aaron im *Twenty Four* versackt. Es hatte mich so ausgeknockt, dass ich den Wecker, der eigentlich an Wochentagen immer um fünf Uhr klingelte, damit mir noch genug Zeit für meine Fitnesseinheit blieb, wohl im Schlaf deaktiviert hatte. Jetzt war es bereits kurz vor acht und ich musste mich sputen.

Seitdem unser Dad vor drei Jahren gestorben war, besuchten wir unsere Mutter jeden Sonntag zum Mittagessen. Sie bestand darauf, und was wären wir für Söhne, wenn wir dem nicht nachkommen würden? Zwar war sie bei weitem nicht alleine, engagierte sich mehr denn je im benachbarten Lions Club und hatte eine ganz Schar Verehrer um sich. Dennoch waren ihr die Sonntage mit uns heilig. Dummerweise hatte ich auf der Hinfahrt meinen Brüdern von dem heißen Abenteuer am Freitagabend berichtet, was sie dazu veranlasst hatte, mich mehr als einmal ins Kreuzverhör zu nehmen. Aaron, der jüngste von uns, hatte unserer Mutter beim Nachtisch den Floh ins Ohr gesetzt, dass ich eine Freundin hätte, die ich vor der Familie geheim halten würde, weil ich unsicher wäre ... Pah, so ein Schwachsinn! Ich war noch nie in meinem ganzen Leben unsicher gewesen. Bei nichts. Und eine Freundin? Echt jetzt? Ich brauchte keine Freundin. Ich hatte einen Job, der mich ausreichend forderte. Mein Interesse an Frauen ging über ihre körperlichen Vorzüge nicht hinaus. Das war schon immer so, daran würden auch all die One-Night-Stands, die ich schon erlebt hatte, nichts ändern. Meine Freiheit liebte ich viel mehr, als dass ich sie wegen einer festen Beziehung aufgeben würde.

Als Mom auf den Zug aufgesprungen war und mich förmlich bekniet hatte, dieses Mädchen mitzubringen, hätte ich Aaron am liebsten gewürgt, bis er dunkelblau angelaufen wäre. Schon immer war er derjenige gewesen, der für Ärger gesorgt und uns ständig verarscht oder ans Messer geliefert hatte. Insbesondere, wenn er selbst Scheiße gebaut hatte. Dieser kleine, miese Pisser ...

Schnell sprang ich aus dem Bett und ging ins angrenzende Badezimmer, um zu duschen und mich fertig zu machen. In der Ankleide griff ich zielsicher nach einem anthrazitfarbenen Anzug, einem weißen Hemd, einer passenden Krawatte und Unterwäsche. Ein schwarzer Gürtel sowie schwarze Lederschuhe rundeten das Outfit ab, und noch bevor der Kaffee aus der Maschine in die Tasse gelaufen war, war ich wieder ganz der Banker und nicht mehr Rylan, der große Bruder, der sich die Sorgen und Nöte seiner Geschwister anhörte. Oder Rylan, der in einer Bar fremde Frauen verführte. Oder Rylan, der in einer Zwickmühle steckte und keine Ahnung hatte, woher er so schnell eine Pseudofreundin nehmen sollte …

Grinsend erinnerte ich mich an Freitagabend. Diese Kleine war wirklich heiß gewesen. Wie sie sich mir hingegeben hatte und wie ekstatisch sie gekommen war. Vielleicht würde sie …?

Das Klingeln meines Telefons riss mich aus meinen Gedanken, wofür ich sehr dankbar war. Noch ein paar Rückblicke mehr und ich hätte noch einmal ins Bad gehen müssen, um mir Erleichterung zu verschaffen.

»Ruby? Was gibt's?«, nahm ich den Anruf meiner Assistentin entgegen.

»Mr. Chambers, ist alles in Ordnung bei Ihnen? Ich wollte nur nachfragen, weil es ungewöhnlich ist, dass Sie noch nicht da sind.«

Ruby, die Büropolizei. Auf sie war echt Verlass. »Ich bin gleich da. Und keine Sorge, es ist alles in Ordnung. Ich hatte nur noch etwas zu erledigen.«

»Okay, dann bis gleich. Die Fallakten für heute liegen schon auf Ihrem Tisch. Um zehn Uhr haben Sie den ersten

Termin. Es geht um eine Finanzierung.«

»Gut, wie gesagt, ich bin gleich da, dann besprechen wir alles.«

Ich legte auf, trank meinen Kaffee und las nebenbei den Wirtschaftsteil der Tageszeitung, bevor ich in den Aufzug stieg und in die Chefetage der Chambers Group fuhr. Nachdem sich die Fahrstuhltüren mit einem leisen Zischen geöffnet hatten, beschloss ich, ganz nach unten zu fahren und mir in diesem neuen Sandwich-Laden gegenüber Frühstück zu holen. Mein Magen hatte bereits mehrfach verdächtig geknurrt, aber der Kühlschrank in meinem Penthouse wies eine stoische Leere aus.

Ein paar Bissen vom Pastrami-Sandwich später war ich bereit für den Tag. Zwar brummte mir noch immer der Schädel, aber das würde sich mit einem der nächsten Kaffees sicher geben. Mit langen Schritten steuerte ich den Aufzug im Foyer an, vor dem bereits eine junge Frau stand. Während sie wartete, wippte sie auf den Füßen, die in hellgrauen Wildlederstiefeln steckten, auf und ab, wobei ihr blonder Pferdeschwanz hin und her schwang. Dieser braune Mantel … Vermutlich war er von einer dieser Discount-Modeketten, deren Klamotten jede zweite Frau in Boston trug, denn ich hätte schwören können, genau diesen Mantel vor ein paar Tagen schon einmal gesehen zu haben.

Etwas versetzt stellte ich mich neben sie, wartete geduldig, bis das vertraute Geräusch der sich öffnenden Lifttüren erklang, und ließ die Frau vor mir eintreten. Ihr blumiger Geruch stieg in meine Nase und stellte wunderliche Dinge mit mir an. Auf einmal hatte ich ein Déjà-vu und sah Amber deutlich vor mir, wie sie sich mir hingegeben hatte. Fast war es, als würde ich ihre feuchte Enge um meine Finger spüren. *Gott, Chambers, reiß dich zusammen,* ermahnte ich mich und stieg in den Aufzug, hielt meine Zugangskarte an das Display, woraufhin sich die Türen schlossen.

»Guten Morgen, neu hier?« Vielleicht war sie eine neue Mitarbeiterin, da wollte ich nicht als ungehobelter Klotz rüberkommen.

»Nein. Ich habe einen Termin.« Diese Stimme. Diese Haare. Dieser Mantel. Ich hätte schwören können, dass sie ...

Als sie ihren Kopf in meine Richtung drehte und ich geradewegs in ihr Gesicht blickte, war ich mir so sicher, dass ich träumte. »Amber?«

»Du?« Sie rümpfte die Nase und wich einen Schritt zurück, bis sie an der Wand der Aufzugkabine stand.

»Was machst du hier?«, fragte ich sie.

»Ich habe einen Termin, das sagte ich doch gerade.«

Die Luft hier drin begann zu flirren und zu knistern. Die Spannung zwischen uns war fast mit Händen greifbar. Ich verspürte den Drang, sie noch einmal zu berühren. Sie zu küssen. Nur noch dieses eine kleine Mal von ihren süßen Lippen zu kosten.

»Was machst *du* hier?«, stellte sie die Gegenfrage und biss sich verlegen auf die Unterlippe. *Herrgott, hör auf damit ...*

»Ich arbeite hier.«

»Ach, was du nicht sagst.« Sie lachte auf. »Dann hätte ich ja am Freitag schon Geschäfte mit dir machen können.«

Ich hielt es nicht aus, war nicht imstande, in diesem

Augenblick klar zu denken. Anstatt mich professionell wie der CEO dieser Bank zu verhalten, ließ ich meine Aktentasche fallen, überwand die Distanz zwischen uns und nahm ihr Gesicht in meine Hände, um ihr vorlautes Mundwerk mit meinen Lippen zu verschließen. Für ein paar Sekunden stand die Welt um uns still, bis sie sich seufzend von mir löste.

»Hör auf, Ryan, wir hatten eine Vereinbarung.«

»Ja, die hatten wir, aber da wusste ich noch nicht, dass ich dich wiedersehe.«

Ein Schmunzeln huschte über ihre Mundwinkel, während sie sich ein paar Haarsträhnen hinters Ohr strich.

Die Geschwindigkeit des Aufzuges verringerte sich und gleich darauf hielt er an, die Türen öffneten sich und ich setzte zum Gehen an, drehte mich aber noch einmal zu ihr um. »War schön, dich so unverhofft wiederzusehen, Amber. Ach, und mein Name ist Rylan. Nicht Ryan. Rylan Chambers.«

Mit einem Augenzwinkern verließ ich den Fahrstuhl, und ohne mich noch einmal umzudrehen, steuerte ich den Empfangstresen an, hinter dem mich Ruby mit einem kleinen Aufschrei begrüßte, weil ich viel zu spät dran war.

Schulterzuckend lief ich an ihr vorbei, ging in mein Büro und schloss schnell die schwere Tür aus Mahagoniholz hinter mir, um durchzuatmen. Holy Shit, was genau war da eben im Aufzug passiert? Noch immer spürte ich den Kuss auf meinen Lippen, hatte ihr leises Seufzen im Ohr und roch ihren Duft. Und dieses begnadete Lächeln, für das ich töten würde ... Für einen kurzen Moment überlegte ich, Himmel und Hölle in Bewegung zu setzen, um herauszufinden, bei wem sie einen Termin hatte. Aber das war lächerlich, schließlich wusste ich nicht einmal ihren Nachnamen, und als Chef der Bank überall nach Amber zu fragen? Nein, das war nicht mein Stil. Auch wenn ich nur allzu gern da weitergemacht hätte, wo wir vorhin aufgehört hatten.

Ein energisches Klopfen riss mich aus meinen Gedanken, ließ mich automatisch in den Geschäftsmodus umswitchen und nach der ersten Akte greifen. Eine Modedesignerin, die Geld brauchte. Konnte das nicht einer der Angestellten regeln? Ach nein, hier stand es ja, da wurde sie bereits abgewiesen und hatte auf einen Termin mit der Geschäftsleitung bestanden. Anscheinend hatte sie die Eier, die man in diesem Business brauchte, um nicht unter die Räder zu kommen. Das imponierte mir zugegebenermaßen.

Auf mein »Ja, bitte« steckte Ruby ihren Kopf durch den Türspalt. »Ms. Davis ist da, Mr. Chambers. Soll ich sie reinschicken?«

Ich atmete durch und rückte mich auf meinem Ledersessel zurecht. »Ja, natürlich. Fragen Sie sie bitte gleich, ob sie einen Kaffee oder Tee möchte, und bringen Sie uns das dann rein.«

»Wie immer, Mr. Chambers«, säuselte sie. »Für Sie Kaffee?«

»Wie immer, Ruby.«

Damit verschwand sie, und für ein paar Sekunden blieb es still, bis sich meine Tür erneut öffnete. Erst sah ich nur die Wildlederstiefel und den Mantel und fiel fast vom Glauben ab. Gott, ich hätte es wissen müssen ...

Tief einatmend erhob ich mich und ging zu ihr. Der Schock, mich so schnell wiederzusehen, stand ihr förmlich ins Gesicht geschrieben. Wie versteinert stand sie da, bewegte sich keinen Millimeter, und anstatt etwas Freches zu sagen, starrte sie mich aus ihren großen, bernsteinfarbenen Augen an.

Im Hintergrund hörte ich das Klappern der Tassen, die Ruby gerade hereinbalancieren wollte und die ich ihr abnahm, um sie auf dem kleinen Tisch in der Besprechungsecke abzustellen. Dann schloss sich die Tür und Amber und ich waren allein. Ich trat hinter sie und griff nach ihrem Mantel. »Darf ich?«, fragte ich sie, erntete ein Nicken und nahm ihr den Mantel ab, um ihn an eine Garderobe neben der Tür zu hängen. Ein leichtes Beben erschütterte ihren Körper, als meine Fingerspitzen sie im Nacken berührten. Wie ein scheues Reh wich sie zurück, als hätte sie Angst vor mir. Sie trug einen kurzen, geblümten Rock, der gerade bis zur Mitte ihrer Oberschenkel reichte. Dazu einen beigen, übergroßen Wollpullover, der viel zu viel von ihrer fabelhaften Figur verhüllte. Von mir aus hätte sie gern in dem Fummel von Freitagabend herkommen können.

»Setz dich, Amber«, sagte ich und wies mit der Hand zur Sitzecke, die sich links von meinem Schreibtisch an der bodentiefen Fensterfront befand. Die Finger um die Henkel ihrer Handtasche gekrallt, setzte sie sich in Bewegung, während ich mir die Akte vom Schreibtisch schnappte und sie im Gehen aufschlug. »Savannah Davis? Nein, das ist die falsche Akte, Moment, das haben wir gleich.« Ich drückte auf den Knopf der Gegensprechanlage. »Ruby, ich habe eine falsche Akte. Ich benötige nicht die von Ms. Savannah Davis, sondern die von Ms. Amber ... Dein Nachname?«, flüsterte ich in Ambers Richtung und sah, wie sie so hochrot anlief, dass sie den reifsten Tomaten hätte Konkurrenz machen können.

»Ähm, ja, also ...« Nervös nestelte sie am Saum ihres Rocks herum, blickte überall im Raum umher, um zu vermeiden, mich ansehen zu müssen. »Also, die Sache ist die, ich bin Savannah Davis.« Dann verzog sie ihr Gesicht wirklich herzzerreißend und ich befürchtete, sie würde jeden Moment vor Scham im Boden versinken.

»Okay, hat sich erledigt, Ruby, es passt alles.« Langsam ließ ich den Knopf los, den ich unbewusst die ganze Zeit gedrückt hatte, und ging, die Akte in der Hand, zu ihr. Ich öffnete die Knöpfe meines Sakkos, setzte mich ihr gegenüber in einen der Sessel und schlug die Beine übereinander, stützte meine Ellenbogen auf den seitlichen Lehnen ab und legte meine Fingerspitzen aneinander. Dann musterte ich sie abwartend; gespannt, was sie mir zu sagen hatte.

Amber, oder Savannah viel mehr, rutschte währenddessen nervös auf der Couch hin und her. Ihre Wangen waren nach wie vor gerötet und sie fasste sich immer wieder ins Haar, als wollte sie damit von der Tatsache ablenken, dass sie mich angelogen hatte.

»Ich ... ähm, es ... es tut mir leid, das ist einfach so passiert«, stammelte sie und ich wurde nicht schlau aus ihren Worten.

Den Kopf seitlich geneigt, fragte ich sie: »Was genau ist einfach so passiert?«

»Das mit dem Namen. Du musst mir glauben, das war nicht geplant. Ich … ich hätte nicht einmal in dieser Bar sein sollen.«

Dann erzählte sie mir davon, wie Rutherford aus der Kreditabteilung sie abgewiesen hatte und wie fertig sie danach gewesen war. Dass sie mit ihrer Freundin telefoniert hatte, die es am besten gefunden hatte, dass sie ihren Frust bei einem Date abließe, das nicht ihres gewesen war. Wie sehr es sie gewurmt hatte, trotzdem versetzt worden zu sein. Und dass sie aus lauter Trotz für ein paar Stunden den Namen ihrer Freundin angenommen hatte, weil sie dachte, es hätte keine Konsequenzen.

Und nun saß sie hier und kaute verlegen auf ihrer Unterlippe. »Sorry«, wiederholte sie leise.

Ich stieß ein schnaufendes Geräusch aus und schüttelte den Kopf. Es war einfach nicht zu fassen, dass sie mich so verarscht hatte.

»Rylan, ich … Es tut mir …« Mit erhobener Hand stoppte ich sie.

Sie verstummte augenblicklich.

Anstatt auf ihre Entschuldigungsversuche einzugehen, blätterte ich in der Akte und sprach laut aus, was ich an Fakten vor mir hatte. »Modedesignerin also.«

Amber, nein, Savannah nickte, erwiderte jedoch nichts.

»Und du brauchst wie viel? Einhunderttausend Dollar? Wofür? Schaufensterpuppen?«

Jetzt ging ein Ruck durch ihren Körper und ich sah, wie sie ihren Rücken durchstreckte, als hätte ihr jemand ein Lineal in den Pullover geschoben. Okay, sie fand wohl gerade ihre Eier wieder, die sie überhaupt erst in die Chefetage gebracht hatten, die sonst kein normaler Bankkunde betrat. Aber sie hatte sich durchgesetzt.

»Du kannst mich ruhig ernstnehmen. Ich bin eine Geschäftsfrau und ich habe Kapitalbedarf, ja. Einhunderttausend Dollar. Und nein, dafür kaufe ich keine Schaufensterpuppen, sondern unter anderem erlesene Stoffe. Außerdem kann ich davon Buchungen für hochkarätige Models begleichen, die für mich auf den Laufstegen dieser Welt laufen sollen.«

Ich hatte mich wieder zurückgelehnt und schmunzelte in mich hinein. Sie war gut. Ihr Konzept war durchdacht, das zeigte ihr Businessplan sehr deutlich. Sie hatte Ahnung und wusste, was sie tat. Dennoch hatte die Sache einen Haken, an dem es zu scheitern drohte.

»Schön und gut. Was ist mit Sicherheiten? Was bietest du der Bank, falls du die Kreditraten nicht zahlen kannst?« Ich klappte die Akte wieder zu und legte sie vor mir auf dem Tisch ab.

»Dazu wird es nicht kommen. Ich werde jede einzelne Rate pünktlich bezahlen.«

»Darum geht es aber nicht, Savannah.« Als ich ihren Namen aussprach, zuckte sie kaum merklich zusammen und wendete für einen Moment ihren Blick von mir ab, nur um mich dann mit einem Augenaufschlag zu konfrontieren, der mich in meiner Freizeit um den Verstand gebracht hätte. Aber hier ging es ums Geschäft. »Die Bank geht immer vom Schlimmsten aus. Und der schlimmste Fall ist nun einmal, dass ein Kunde einen Kredit nicht zurückzahlen kann, aus welchen Gründen auch immer. So etwas kommt vor. Zu diesem Zweck fordern wir Sicherheiten, auf die wir in einem solchen Fall zurückgreifen können. Ein schöner Name wie deiner reicht da leider nicht aus.«

Ein abfälliges Lachen entwich ihrer Kehle, bevor sie schluckte.

»Hast du ein Haus?«, fragte ich nach, was sie kopfschüttelnd beantwortete. Ebenso die Frage nach einer Eigentumswohnung oder sonstigen Besitztümern, deren Wert in diese Größenordnung reichte. »Deine Eltern? Freunde? Könnte jemand für dich bürgen?«

»O Gott, nein, glaub mir, ich habe alles versucht. Aber mein Dad ... Ach, egal, lassen wir das.«

Sie kämpfte so hart, es brach mir regelrecht das Herz, dass ich ihr nicht würde helfen können. »Es tut mir wirklich leid, Savannah, aber die Chambers Group kann leider nichts für dich tun.«

Es dauerte ein paar Sekunden, bis meine Worte bei ihr ankamen. Dann senkte sie ihren Blick und knetete ihre Finger. Sie würde deswegen jetzt keine Tränen vergießen, oder? Ich hatte weiß Gott Wichtigeres zu tun, als Taschentücher zu reichen.

»Gibt es denn wirklich keine Möglichkeit? Wenigstens eine winzig kleine? Fünfzigtausend Dollar vielleicht?«

»So leid es mir tut, aber nein. Auch kleine Möglichkeiten gibt es hier nicht. Vielleicht bei einer anderen Bank, aber nicht bei uns.«

»Das ist wirklich scheiße«, rutschte es ihr über die Lippen und gleich darauf schlug sie die Hand vor ihren süßen Mund.

»Sorry, das war nicht so gemeint. Du hältst dich ja auch nur an die Anweisungen.«

»Natürlich tue ich das, ich habe sie schließlich selbst formuliert.«

So, wie sie mich gerade anstarrte, die Lippen leicht geöffnet, die Augen riesengroß, wurde ihr wohl gerade erst bewusst, wen sie vor sich hatte. Dabei war ich der Ansicht gewesen, sie hätte das schon im Lift gecheckt. Nun, da hatte ich mich wohl getäuscht.

»Ach, warte. Moment, das ist deine Bank?« Es klang ungläubig und nicht überzeugt, doch ich nickte.

»Japp, meine Bank. Meine Investmentgesellschaft.« Ich erhob mich, schloss die Knöpfe meines Sakkos und trat zu ihr, um ihr meine Hand zu reichen, die sie nur zögerlich ergriff. Ihre warme Haut zu fühlen, machte es mir schwer, mich professionell zu verhalten.

»Rylan Chambers. CEO der Chambers Group. Schön, Sie kennenzulernen, Ms. Davis.«

5

Savannah

Ich hätte es wissen müssen.

Was hatte ich mir nur dabei gedacht? Hatte ich wirklich geglaubt, ein Termin beim CEO der Bank wäre meine Rettung? Und vor allem, hätte ich nicht schon am Freitagabend schlauer sein und den Typ fragen können, wer er war, bevor ich mit ihm mit rumgemacht hatte?

Gott, es war so erbärmlich. Tief einatmend versuchte ich, die Haltung zu wahren. Mir nicht anmerken zu lassen, wie sehr mich das gerade aus der Bahn warf, obwohl es vorhersehbar gewesen war.

Schnell ließ ich seine Hand los und wandte meinen Blick von ihm ab. Dieses unverschämte Grinsen in seinem Gesicht sprach Bände. Er genoss es regelrecht, mich abblitzen zu lassen und den großen Macker zu spielen. Arschloch.

Ich brauchte einen Plan B, war aber viel zu durcheinander, um klar denken zu können. Vorhin im Aufzug ... dieser Kuss ... dieses Knistern in der Luft ... Und jetzt saß ich vor ihm wie ein Kaninchen vor der Schlange. Völlig paralysiert, handlungsunfähig, eingeschüchtert.

Kurzerhand fasste ich einen Entschluss. Ich würde es auch ohne Geld von einer Bank schaffen. Noch wusste ich nicht, wie, aber ich würde es hinkriegen.

»Okay, Rylan Chambers, vielen Dank, dass du dir die Zeit genommen hast«, sagte ich, während ich nach meiner Tasche griff, in der ich den Businessplan wieder verstaute. Dann erhob ich mich, strich meinen Rock glatt und streckte meinen Rücken durch. All das, während Rylan direkt vor mir stand. Er war trotz meiner schwindelerregend hohen Stiefel deutlich größer als ich, sodass ich meinen Kopf in den Nacken legen musste, wenn ich ihn ansehen wollte. Seine dunklen Haare saßen akkurat, sein Dreitagebart war gepflegt und zierte Wangen, Kinn und Oberlippe.

Für einen Moment herrschte dieses unangenehme Schweigen zwischen uns. Eines von der Sorte, die man irgendwie überbrücken wollte, indem man etwas Unsinniges sagte. Hauptsache, es sprach einer von beiden. Aber in unserem Fall sprach keiner. Ein paar Sekunden lang sahen wir uns nur an.

»Ich gehe dann jetzt. Du hast sicher Wichtigeres zu tun, als mit einer kleinen Modedesignerin über einen Kredit zu feilschen, den sie ohnehin nicht bekommt.« Okay, das klang zynischer, als es gemeint war. Aber ich war zugegebenermaßen enttäuscht, dass es nicht geklappt hatte.

Bevor ich mich abwenden konnte, legte Rylan eine Hand auf meine Schulter und hinderte mich am Gehen. »Hey, steck den Kopf nicht in den Sand. Du bist nicht irgendeine kleine Modedesignerin. Du bist gut in dem, was du tust, und du machst dir Gedanken. Das sieht man ganz deutlich daran, wie du deine Unterlagen aufbereitet hast. Aber für uns, für die Bank reicht das leider nicht. Es tut mir wirklich leid, dass ich dir nicht helfen kann, Savannah.«

Wie er meinen Namen aussprach und mich dabei ansah, irritierte mich noch viel mehr als die Tatsache, dass er mich – zumindest geschäftlich – abservierte.

»Schon gut, du machst nur deinen Job. Ich verstehe das schon«, entgegnete ich und schaffte es, mich aus seiner Berührung zu befreien. Die Stelle, auf der gerade noch seine Hand gelegen hatte, fühlte sich plötzlich ganz kalt an.

Die wenigen Schritte bis zur Tür erschienen mir wie der Gang zum Henker. Als würde man genau wissen, dass es gleich vorbei war. Dass jeder Schritt der letzte war, den man tat. Dass man mit jedem Meter, den man zurücklegte, sein Schicksal besiegelte.

»Ciao und schönen Tag noch.« Ich hatte bereits die Hand auf die Türklinke gelegt, als ich hörte, wie Rylan hinter mir tief Luft holte. Hatte er da eben ein leises »Scheiße, verdammt« gemurmelt? Als ich mich umdrehte, sah ich, wie er gerade sein Sakko auszog und über die Lehne seines Chefsessels am Schreibtisch hing. Die Weste, die er darunter trug, brachte seine schmale, aber athletische Körperform gut zur Geltung. Das weiße Hemd bot einen schönen Kontrast zu seiner gebräunten Haut und den dunklen Haaren. Okay, ja, er war eine höllisch heiße Erscheinung. Das hatte ich neulich schon festgestellt. Aber das war jetzt nicht wichtig.

»Hör zu, Savannah, vielleicht gibt es da doch noch eine Lösung«, hörte ich ihn sagen und hielt inne, löste zögerlich die Finger, die gerade noch die Türklinke umschlossen hatten.

»Ach ja? Woher kommt die, wo die Situation bis gerade eben doch klar war?« Fragend sah ich zu ihm, doch anstatt zu antworten, streckte er den Arm aus und zeigte auf einen der Ledersessel, die vor seinem Schreibtisch standen.

»Setz dich, bitte.« Ein schiefes Lächeln huschte über seine Mundwinkel.

Ich würde einen Teufel tun und mich hinsetzen. »Ich kann dir auch gut im Stehen zuhören«, erwiderte ich daher trotzig.

»Okay, gut, von mir aus.« Rylan umrundete seinen Schreibtisch und lehnte sich auf der anderen Seite rücklings gegen die Kante. Mit den Händen stützte er sich darauf ab. Während ich ihn beobachtete, wartete ich gespannt darauf, mit welcher Idee er mich gleich überfahren würde. »Ich könnte für dich bürgen. Als Sicherheit für die Bank, sozusagen.«

Was? Ich wusste nicht so recht, ob ich mich verhört hatte, und ging ein paar Schritte auf ihn zu. »Wie bitte?«

»Du hast mich schon richtig verstanden, Savannah. Ich bin mehr als kreditwürdig und könnte als Bürge für dich einspringen. Damit hättest du die Sicherheit, die die Bank verlangt, und bekämst den Kredit ohne Probleme.«

Ein schnaufender Laut entwich meiner Kehle. »Und wo ist der Haken?«

Rylan verschränkte die Arme vor der Brust, wodurch sich sein Bizeps anspannte. Gott, diese starken Arme lenkten mich völlig von dem ab, weswegen ich hier war.

»Es gibt keinen Haken. Du hast ein Problem und ich biete dir eine Lösung an.«

»So einfach?«, fragte ich argwöhnisch nach und konnte einfach nicht glauben, dass er mir dieses Angebot unterbreitet hatte.

»Japp. So einfach. Kein Haken. Versprochen.«

Verlegen kratzte ich mich an der Augenbraue und war versucht, sein Angebot sofort anzunehmen. Es wäre das Einfachste, um an das Geld heranzukommen. »Warum tust du das? Wir kennen uns nicht. Du weißt nichts von mir. Gar nichts. Und willst für mich bürgen? Ich könnte sonst was mit dem Geld vorhaben«, gab ich zu bedenken, als wollte ich es ihm wieder ausreden.

»Hast du aber nicht. Deine Zahlen sprechen für sich. Du investierst so viel. Lässt dich nicht einmal von einem Kreditsachbearbeiter abwimmeln, sondern bestehst auf einen Termin mit der Chefetage. Du hast die Eier, die man in diesem Business braucht und weißt, dich durchzubeißen. Mehr muss ich nicht wissen.«

Wow. Wie kleine Schneeflocken rieselten seine Worte in meine Hirnwindungen und setzten sich dort fest, entlockten mir ein vermutlich viel zu breites Lächeln. Ich hatte ihn also beeindruckt, weil ich mich mit dem Ergebnis des Gesprächs mit Mr. Rutherford nicht zufriedengegeben hatte.

»Ich kann das nicht annehmen, aber danke für das Angebot.« Kopfschüttelnd hob ich die Hände.

»Warum nicht? Es ist deine einzige Chance.«

»Es kann ja gut sein, dass es dir egal ist, wer ich bin. Dass dir die Zahlen reichen, um für mich zu bürgen. Aber wer sagt mir, dass ich dir vertrauen kann? Dass du nicht eines Tages vor mir stehst und einen Gefallen einforderst, weil du mir geholfen hast?«

Nun war er es, der sich vor lauter Verlegenheit mit Daumen und Zeigefinger über das Kinn rieb. »Nun ja, das hatte ich eigentlich nicht vor. Aber jetzt, wo du es ansprichst: Wir könnten unser Arrangement tatsächlich etwas vertiefen. Wir treffen uns einfach ab und zu und haben Spaß miteinander. Wie neulich abends. Ohne Verpflichtungen und dergleichen.«

Hatte ich mich da eben schon wieder verhört? Mir klappte der Mund auf und mein Kinn fiel buchstäblich auf den Boden, während ich meine Augen aufriss und ihn fragend anstarrte. »Du meinst also, du bürgst für mich und im Gegenzug mache ich für dich die Beine breit und bin deine Sexsklavin?«

»Also so würde ich das jetzt nicht formulieren«, hörte ich ihn sagen. Ich war so perplex, dass ich nach Worten ringen musste.

»Spinnst du eigentlich total? Niemals werde ich so etwas tun, okay? Das ist ja echt die Höhe! Du weißt schon, dass ich damit an die Presse gehen könnte, oder? Du bist echt nicht normal. Ich werde jetzt gehen und du wirst mich nicht noch einmal daran hindern!«

Abwehrend hob er die Hände und stieß geräuschvoll die Luft aus. Dieses belustigte Funkeln in seinen Augen stachelte meine Wut nur noch mehr an. »Es war ja nur eine Idee. Ich bürge auch ohne Arrangement für dich.«

»Keine Sorge. Das musst du nicht. Es wird weder eine Bürgschaft deinerseits noch ein Arrangement zwischen uns geben. Auf Wiedersehen, Rylan. Wobei nein, auf Nimmerwiedersehen!«

Die Wut formte sich zu einem Knoten in meinem Bauch, während ich mit straffen Schritten das Büro des CEOs der Chambers Group verließ. Dieser Typ hatte sie doch nicht mehr alle!

***

Völlig frustriert saß ich in meinen kleinen Laden in der Berkeley Street. Mein Geschäft bestand aus einem mittelgroßen Verkaufsraum, an dessen Seiten sich Regale und Kleiderstangen befanden, auf denen ich meine neuesten Kreationen präsentierte. Dazu gab es im hinteren Bereich noch zwei Nebenräume; in einem designte und nähte ich, in dem anderen war eine kleine Küche mit Tisch und zwei Stühlen. Auf einem davon saß ich gerade, zwischen den Händen drehte ich eine Tasse mit kaltem Kaffee und überlegte, was ich tun sollte.

Meine Eltern nach Geld zu fragen, fiel raus. Das reichte bei ihnen, damit sie gerade so über die Runden kamen und einmal im Jahr in den Urlaub fahren konnten. Zumal Dad mir gehörig die Leviten lesen würde, sollte ich auf die Idee kommen, ihn um Geld anzupumpen. Allein die Tatsache, dass ich nach dem Haus als Sicherheit gefragt hatte, kam einem Kapitalverbrechen gleich.

Amber? Fiel auch raus. Zwar hatte sie diesen Job bei der Unternehmensberatung neben dem Wirtschaftsstudium, dennoch war sie chronisch knapp bei Kasse. Eher lieh ich ihr die Kohle für ein Abendessen, als dass sie mein Vorhaben finanzieren könnte.

Langsam beschlich mich die Vermutung, dass ich gar nicht anders konnte, als auf eigene Faust nach Investoren zu suchen. Eine Mammutaufgabe, wenn man bedachte, dass mir die richtigen Kontakte fehlten. All meine Hoffnungen hatte ich auf den Termin bei der Bank gesetzt, aber stattdessen hatte mir der Geschäftsführer ein eher dubioses Angebot unterbreitet, das ich unter keinen Umständen angenommen hätte. Noch immer fragte ich mich, was er sich bei dieser Idee gedacht hatte …

Andererseits war Rylan eine unheimlich attraktive Erscheinung. Er war gut einen Kopf größer als ich – wenn ich Heels trug. Hatte breite Schultern, muskulöse Arme und überhaupt einen athletischen Körperbau. Zumindest vermutete ich das anhand dessen, was ich von ihm zu Gesicht bekommen hatte. Sein akkurates Äußeres ging nicht ganz mit dem konform, was ich von ihm kennengelernt hatte. Denn die Art, mit der er mich neulich Abend in seinen Bann gezogen hatte, war eher wild und einnehmend gewesen, etwas verrucht und abenteuerlich. In seinen Augen lag immer dieses Funkeln. Wie kleine Flämmchen, die um das Holz züngelten. Und seine begnadeten Hände … Seine Finger, die so fabelhafte Dinge mit mir angestellt hatten, dass ich noch immer Gänsehaut bekam, wenn ich daran dachte …

Gott, meine Gedanken drifteten in eine völlig falsche Richtung. Kopfschüttelnd versuchte ich, sie wieder loszuwerden, denn es war wenig hilfreich, mich jetzt von diesem Prickeln in meiner Körpermitte leiten zu lassen. Stattdessen sollte ich vielmehr überlegen, wen ich als ersten anrufen würde. Professor Clarke vielleicht? Er hatte während des Studiums Wirtschaft unterrichtet und würde garantiert wissen, ob sich eine Investition in mein Label lohnte. Oder aber Mrs. Richfield? Bei ihr hatte ich so ziemlich alles über Gestaltungslehre und Design gelernt. Aber ob sie sich mit Geld auskannte?

Letztlich war es wohl ganz egal. Wenn ich nicht hinwerfen wollte, müsste ich schnellstmöglich jemanden finden, der mir finanziell unter die Arme griff.

Und Rylan Chambers wäre das garantiert nicht. Der griff mir nie wieder irgendwohin.

***

Nur zwei Monate später hatte ich es tatsächlich geschafft. Ein Flirren lag in der Luft meines kleinen Ateliers in der Berkeley Street. Meine Herbstkollektion war rechtzeitig fertig geworden, was nur dank einiger ehemaliger Kontakte aus meinem Studium möglich gewesen war. Zwar hatte es mich viel Überwindung gekostet, Mrs. Richfield, Mr. Clarke und einige andere zu kontaktieren, aber mein Ehrgeiz hatte dann doch überwogen. Alle waren von meinem Elan und meiner Kreativität so angetan gewesen, dass ich einen großen Teil des Geldes, das ich brauchte, um die Kleider herzustellen, schnell zusammen hatte. Fast war es ein bisschen ärgerlich, dass ich nicht schon früher auf die Idee gekommen war.

»Mann, der Laden platzt ja fast aus allen Nähten.« Ehrfürchtig verneigte sich Amber vor mir. Sie hatte mir in den letzten Wochen so viel geholfen. Unermüdlich hatte sie Abend für Abend hier mit mir verbracht. Mir Gesellschaft geleistet, mich unterhalten, Stoffe zugeschnitten, Kleiderpuppen an- und wieder ausgezogen. Sie hatte einen großen Beitrag dazu geleistet, dass mein kleines Mode-Label, das ich schlicht und einfach *Savannah* getauft hatte, immer mehr Gestalt annahm.

»Ja, oder? Ist es nicht fantastisch? Das ist auch dein Verdienst, Süße. Ich bin dir so dankbar, dass du immer an mich geglaubt hast. Das werde ich dir nie vergessen.« Ich schluckte den Kloß, der mir den Hals versperrte, mühsam hinunter und drückte meine beste Freundin fest.

»Ach komm, hör auf. Das hast du allein geschafft. Du allein hast die Kohle organisiert, die Schnitte kreiert und all das. Das ist dein Ding. Das ist *Savannah*.« Während sie sprach, deutete sie auf den Schriftzug, der seit ein paar Tagen in großen Lettern an der Wand prangte. In Lila, meiner Lieblingsfarbe, ganz ohne Schnörkel und Schnickschnack. Genauso passte er zu mir und den Kleidern, die ich designte.

Heute feierte ich meinen Erfolg, der eher ein Meilenstein war, mit einer kleinen Modenschau. Mitten im Raum war ein Laufsteg aufgebaut, der an beiden Seiten von ein paar Stuhlreihen flankiert wurde. Es war nichts Großes. Eher lächerlich im Vergleich zur New York Fashion Week, wo die ganz großen Stars und Sternchen der Branche aufliefen.

Das hier war klein. Es war echt und authentisch.

Das hier war ich. Mit all meinem Herzblut und all meiner Seele.

Mit einem Glas Sekt in der Hand begrüßte ich meine Investoren, plauderte mit ein paar Presseleuten, die ich eingeladen hatte. Einige Gäste waren einfach so dazugestoßen, weil ein Schild auf der Straße stand und wir alles hübsch und einladend dekoriert hatten. Auch die begrüßte ich freundlich und lud sie zu Sekt und Häppchen ein. Aber der Großteil der Anwesenden waren Freunde von der Uni. Meine Eltern hatten den Bridgeabend mit ihren Nachbarn vorgezogen und waren leider nicht gekommen. Im ersten Moment hatte mir das einen Stich mitten ins Herz versetzt. Es hätte mir so viel bedeutet, ihnen zu zeigen, was ich erreicht hatte. Gott sei Dank hatte ich heute viel zu wenig Zeit, um mich zu ärgern oder mir darüber Gedanken zu machen. Ich würde ihnen morgen davon erzählen, ihnen ein paar Videos und Fotos schicken und hoffen, dass sie auch so stolz auf mich waren.

Ich hatte es geschafft, über eine Agentur drei Models zu buchen, die meine Kollektion gleich präsentieren würden. Die Aufregung in mir wuchs zu einem riesigen Klumpen, der mir den Magen verklebte und dafür sorgte, dass ich kaum noch klar denken konnte. Meine Hände waren schweißnass und ich schickte ein Stoßgebet nach dem anderen in den Himmel, damit gleich alles wie am Schnürchen lief. Fehler durfte ich mir einfach nicht erlauben. Dieses Business war unerbittlich. Egal, auf welcher Seite man stand, so schnell wie man drin war, war man auch wieder draußen. Also hoffte ich einfach, dass ich es schaffen würde, meine Gäste davon zu überzeugen, dass *Savannah* für Mode mit Zukunft stand. Was ich designte, war zeitlos. Vor allem aber, und das war mir schon immer enorm wichtig gewesen, sollte jede Frau auf diesem Planeten meine Mode tragen können, ganz egal, wie sie aussah und welche Konfektionsgröße sie hatte. Mode war nicht davon abhängig, wie schlank man war. Stil ergab sich immer aus dem großen Ganzen und der Ausstrahlung einer Frau. Bei *Savannah* sollte für jede etwas dabei sein. Die Kleidungsstücke, die ich für den Runway ausgewählt hatte, sowie die Models standen genau dafür.

Sie waren nur schlicht gestylt, hatten größtenteils auf Makeup verzichtet und die Haare, sofern sie länger als kinnlang waren, zusammengebunden, sodass der Fokus eindeutig auf dem lag, was sie trugen.

Die Kleider strahlten in den schönsten herbstlichen Rot-, Orange-, Braun- und Grüntönen. Röcke und Oberteile ebenso. Ich liebte diesen Anblick, der der Laubfärbung des legendären Indian Summer glich.

Amber hatte mir angeboten, die musikalische Untermalung der Show zu übernehmen, und sie machte einen fantastischen Job. Auf den Takt genau agierte sie, nahm Blickkontakt mit den Models auf, bevor diese losliefen. Es war einfach perfekt. Der Applaus des kleinen Publikums dröhnte in meinen Ohren, als würde ich mitten in einem gigantischen Stadion stehen.

Alles in mir kribbelte, die Nervosität verabschiedete sich mehr und mehr. Stattdessen flutete mich ein Gefühl von Sicherheit, gefolgt von unendlichem Stolz und Demut vor mir selbst. Tränen traten mir in die Augen, als die letzte Runde lief und alle Gäste euphorisch aufsprangen und klatschten. Auch wenn es nicht mehr als fünfzig Menschen waren, war dieser Anblick das Größte. Dieser Moment war so ergreifend für mich, dass ich meine Hände vor den Mund legte, um meine Schluchzer zu unterdrücken.

Gefangen in diesem Augenblick nahm ich nur am Rande wahr, dass jemand neben mich trat und seine Hand auf meinen Rücken legte. Erst, als ich die tiefe Stimme hörte, die in meinem Inneren vibrierte, war ich imstande, zu reagieren.

Es fiel mir schwer, mich von dem Szenario vor mir zu lösen. Mein Kopf glitt daher nur langsam zur Seite, bevor sich mein Mund öffnete, aber die Worte, die ich sagen wollte, buchstäblich in meiner Kehle feststeckten.

»Es war eine fantastische Show. Ich wusste, dass du es schaffst.« Ein breites Grinsen zupfte an den Mundwinkeln des Mannes, der neben mir stand und dessen Hand noch immer auf meinem Rücken lag.

Ich schluckte trocken. Wie kam er denn hierher?

»Du?«, presste ich endlich hervor und trat einen Schritt zurück. »Was machst du hier? Ich habe dich nicht eingeladen!«

6

Rylan

Ich hatte keine Ahnung, wie oder warum ich in ihrem E-Mail-Verteiler gelandet war. Garantiert war es ein Fehler gewesen und nicht beabsichtigt. Ich hätte die Einladung zu ihrer Fashion-Show auch einfach ignorieren und löschen können. Sie am besten gleich als Spam markiert, so wie sie mich damals abserviert hatte.

Fakt war jedoch, dass Savannah mir seit unserer ersten Begegnung nicht mehr aus dem Kopf gegangen war. Nahezu täglich schlich sie sich in meine Gedanken und viel zu oft fragte ich mich, was aus ihr und ihrem Vorhaben geworden war. Dass sie mir mit der Einladung die Antwort darauf gab, animierte mich tatsächlich dazu, ihr einen Besuch abzustatten.

Ich hatte sie gar nicht so überraschen wollen. Ihr Blick, als sie mich erkannt hatte, hatte Bände gesprochen und mir unmissverständlich zu verstehen gegeben, dass ich fehl am Platze war. Trotzdem war ich noch hier, obwohl alle anderen Gäste längst gegangen waren. Nur ihre Freundin sprang noch von einer Ecke in die andere und räumte auf, während ich Gläser in die kleine Küche trug, wo Savannah diese abspülte und gleich polierte.

»Es war ein voller Erfolg. Freut mich sehr für dich«, ließ ich sie wissen und berührte ihre Finger, als ich die Gläser ins Spülbecken gleiten ließ.

Ihr Kopf ruckte in meine Richtung und sie schenkte mir einen dezent genervten Blick. »Du bist ja immer noch hier. Hast du kein Zuhause?«, fuhr sie mich an, was mich amüsiert grinsen ließ.

»Doch, habe ich, aber ich bin gern hier.«

Sie holte tief Luft und ließ ihre Hände wieder ins Wasser fallen. So heftig, dass der Schaum vom Spülmittel durch den kleinen Raum spritzte und an meinem Sakko und ihrem Kinn hängenblieb.

»Du hast hier was, Moment.« Bevor sie den Schaum selbst fortwischen konnte, nahm ich meine Finger und fuhr sanft über ihre Haut. Dass sie dabei kaum merklich erbebte, freute mich innerlich. Anscheinend reagierte sie noch immer auf mich. Das hatte ich insgeheim gehofft.

»Den Rest machen wir morgen, oder, Süße?«

Leider funkte die Freundin dazwischen. Als sie plötzlich hinter uns im Türrahmen auftauchte, entzog sich Savannah schnell meiner Berührung. Verdammt. Sie war so kurz davor gewesen, schwach zu werden.

»Ich erledige den Rest«, bot ich daher an und hoffte, sie würde sich flink wie ein Wiesel vom Acker machen.

»Oh, super. Dankeschön!«

Aus dem Augenwinkel sah ich, wie sie Savannah ein Augenzwinkern und einen Daumen nach oben schenkte. Diese hingegen winkte nur ab und ging zu ihrer Freundin, um sie zu umarmen und ihr etwas zu sagen, das ich nicht verstand. Dann verschwand die Freundin und wir waren allein.

»Das war also die richtige Amber?«

Savannah nickte lediglich, ging zurück in den Verkaufsraum und stapelte ein paar Stühle übereinander. Schnell eilte ich zu ihr, um ihr dabei zu helfen. »Lass, ich mache das schon. Setz dich am besten hin und erzähl mir, wie es dir geht und wie du es geschafft hast, das hier«, meine Hände beschrieben eine ausladende Geste, »auf die Beine zu stellen.«

Doch die junge Modedesignerin machte keinerlei Anstalten, meinen Vorschlag in die Tat umzusetzen. Den ganzen Abend hatte sie mich ignoriert und kaum ein Wort mit mir gesprochen.

Nun stand sie mir gegenüber. Müde sah sie aus, ihre Augen waren ganz klein. Die Haare hatten etwas an Glanz und Fülle verloren, die Wellen hingen schwer über ihre Schultern. Sie trug ein enges, hellbraunes Kleid, das an einer Seite sehr hoch geschlitzt war und viel von ihrer seidenweichen Haut zeigte.

»Warum gehst du nicht einfach?«, fuhr sie mich erneut an, doch ich gab mich völlig unbeeindruckt.

»Weil ich dir helfen möchte.«

»Ich möchte aber nicht, dass du mir hilfst, okay?« Sie verschränkte die Arme vor der Brust und sah mich streng an. »Warum tust du das? Warum bist du überhaupt hergekommen? Ich kann mich nicht erinnern, dass du auf der Gästeliste standest.«

Darauf war ich vorbereitet und angelte mein Smartphone aus der Hosentasche, und die E-Mail-App zu öffnen und ihr die Einladung zu zeigen, die sie mit weit aufgerissenen Augen zur Kenntnis nahm.

»Das ... das war ein Versehen. Keine Absicht. Also, ich ... Sorry, aber die war nicht für dich bestimmt ...« Sie geriet ins Stocken und knetete nun ihre Finger, wie schon damals bei unserem Termin, als sie nicht mehr weitergewusst hatte.

»Woher hattest du überhaupt meine E-Mail-Adresse?« Ich trat einen Schritt auf sie zu und sah, wie sich augenblicklich ihre Atmung beschleunigte.

»Keine Ahnung, vielleicht hatte ich sie irgendwo gespeichert. Was weiß ich.« Über meine Schultern hinweg blickte sie sich um, als wäre sie auf der Suche nach einer Aufgabe, die sie erledigen konnte, um einer Unterhaltung mit mir aus dem Weg zu gehen. Dabei war die Anziehung zwischen uns deutlich spürbar. Sie zitterte am ganzen Körper, während ich ihr näherkam.

Gerade, als sie versuchte, sich an mir vorbeizudrücken, erwischte ich sie am Handgelenk und zog sie zurück. Meine Finger umfassten ihre weiche, warme Haut, ich registrierte, wie sie unter meiner Berührung zusammenzuckte. Dann glitt ihr Blick an mir hinauf, über meinen Oberkörper bis zu meinem Gesicht. Meine Mundwinkel verzogen sich zu einem Lächeln, das sie jedoch nicht erwiderte.

»Okay. Du hast also irgendwie meine Kontaktdaten gespeichert. Warum also wehrst du dich so dagegen, dass ich hier bin?« Ein neuer Versuch, sie irgendwie aus ihrem Schneckenhaus hervorzulocken. Ich hätte schon längst aufgeben können, weil sie eine viel zu harte Nuss war, die vermutlich niemand je knacken würde. Aber Aufgeben war für mich keine Option. Nie.

»Ich wehre mich nicht. Aber ich finde es ehrlich gesagt zum Kotzen, dass du hier bist, denn ich habe dich nicht eingeladen. Also nicht wissentlich. Dass du im Verteiler gelandet bist, war offensichtlich ein Versehen, und jetzt entschuldige mich, ich habe zu tun.« Sie schüttelte meine Finger von ihrem Handgelenk ab und umschloss es sofort mit ihrer anderen Hand, als hätte sie bis eben in Fesseln gelegen. Netter Gedanke eigentlich, vielleicht sollten wir mal ... *Konzentration, Chambers*, rief ich mich zur Räson.

Trotz ihrer Abwehrhaltung hatte sich ihre Atmung merklich beschleunigt. Sie wich meinem Blick aus und knabberte nervös an ihrer Unterlippe. Wenn sie wüsste, was sie allein damit anrichtete. Die Spannung zwischen uns war mit Händen greifbar, warum zur Hölle ließ sie das so kalt? Machte ich einen Schritt auf sie zu, trat sie einen zurück. Es war wie ein Spiel und heizte mich so dermaßen an, dass ich sie am liebsten sofort gegen die nächstgelegene Wand gedrückt hätte. Dass sie darauf stand, war mir noch bestens in Erinnerung.

»Hör zu, es tut mir leid. Ich wollte nicht so schroff sein«, lenkte sie ein, weil ich nicht auf ihre flapsige Bemerkung eingegangen war. Vorsichtig lenkte sie ihren Blick über meinen Oberkörper und schaffte es schließlich, mich für den Bruchteil einer Sekunde anzusehen. Und bei Gott, in diesen Augen loderte das Feuer.

»Entschuldigung angenommen«, erwiderte ich lediglich.

»Ich ... es ... das mit uns, neulich ... Das war eine einmalige Sache. Das wird sich nicht wiederholen. Nur damit du dir keine falschen Hoffnungen machst. Ich bin nicht der Typ für so etwas.«

Ich hörte ihr geduldig zu und nickte. »Okay.«

»Okay?« Mit großen Augen starrte sie mich an, als wäre ich das achte Weltwunder.

»Ja, okay. Was hast du denn von mir erwartet? Dass ich deine Worte ignoriere und dich über diesen Tisch da hinten lege, um etwas Spaß mit dir zu haben?« Mit einer seitlichen Kopfbewegung nickte ich in die Ecke, in der ihr großer Zeichentisch stand. Vor meinem geistigen Auge sah ich, wie ich all die Papiere und Zeichnungen mit einer Hand hinunterfegte, um Savannah darauf zu heben und zu vögeln, bis sie ihren Namen vergaß.

Ein schiefes Grinsen legte sich auf meine Lippen, als ich sah, wie sie schluckte und gleich darauf ihre Zähne in die Unterlippe grub. Dieses Mal nicht vor lauter Nervosität.

Direkt vor mir wedelte sie mit den Händen herum. »Das geht nicht.«

»Weil?«

»Da ... da liegen wichtige Entwürfe, wenn die beschädigt werden ... Nein, no way.«

75

»Verstehe ich. Alternativ können wir auch auf dem Boden Spaß haben. Oder aber …« Ich trat noch näher an sie heran. So nah, dass mir ihr blumiger Duft in die Nase stieg. Ich lenkte meinen Kopf so, dass meine Lippen direkt an ihrem Ohr waren. »Oder aber gleich hier an dieser Wand. So wie neulich. Wenn ich mich recht erinnere, hat dir das gut gefallen. Hab ich recht, Kleines?«

Sie zitterte, während mein Mund an ihrem Ohr vibrierte. Ich hätte darauf gewettet, dass alles in ihr kribbelte und sie bereits feucht für mich war. Weil es sie genauso anmachte wie mich.

»Hat es nicht«, hauchte sie kaum hörbar und ihre leise, bebende Stimme fuhr direkt in meinen Schwanz. Ich wollte, dass sie meinen Namen genauso stöhnte. Dass sie vergaß, wo wir waren. Wer wir waren. Wo sie anfing und wo ich aufhörte.

Ich trat einen weiteren Schritt auf sie zu und sie wich zurück, bis die Wand hinter uns sie ausbremste. Damit hatte ich sie da, wo ich sie haben wollte. Sie blinzelte erschrocken und ballte ihre Hände zu Fäusten. Ich umschloss sie mit meinen Fingern, um sie zu beruhigen.

»Sh, wir tun nichts, was du nicht willst. Versprochen.«

Savannah kniff die Lippen zusammen und schenkte mir einen zögerlichen Augenaufschlag. Sie atmete schnell.

»Möchtest du mir sagen, was du willst?«, knurrte ich direkt an ihrem Ohr, bevor ich mit meiner Zunge über ihren Hals fuhr, sodass sie erschauderte. Noch immer hielt ich ihre Hände fest und presste meinen Körper an ihren.

Sie legte ihren Kopf in den Nacken, schien sichtlich zu

genießen, was ich mit ihr tat. Dann ließ ich ihre Hände los, um meine um ihr Gesicht zu schließen. Nasenspitze an Nasenspitze betrachtete ich das Funkeln in ihren bernsteinfarbenen Augen, die förmlich zu glühen schienen. »Willst du, dass ich dich küsse, Savannah?« Mit den Daumen strich ich über ihre seidenweiche, erhitzte Haut, während sie nickte. »Dann sag es!«

Ihr war anzusehen, wie sehr sie mit sich kämpfte, ob sie zulassen sollte, was hier gleich passieren würde, oder nicht. In ihren Augen erkannte ich Gegenwehr, doch ihr bebender Körper sprach eine andere Sprache.

Im Bruchteil einer Sekunde schaffte sie es, meine Hände aus ihrem Gesicht zu schlagen und sich aus meiner Umklammerung zu befreien. Behände schlüpfte sie unter meinem Arm hindurch, nur um sich dann mit ein paar Metern Sicherheitsabstand aufzubauen. Die Hände in die Hüfte gestemmt, atmete sie hektisch.

»Hör zu, Rylan. Du bist hier. Okay. Du warst nur versehentlich eingeladen, aber du bist hier. Du hast mir beim Aufräumen geholfen, dafür danke ich dir. Aber du kannst jetzt wirklich gehen. Ich komme ganz gut alleine klar und brauche dich nicht weiter.«

What? Was war das denn jetzt für ein krasser Sinneswandel?

»Äh …«, brachte ich erstaunt hervor.

»Du hast das schon richtig verstanden. Das, was du im Sinn hast, wird nicht passieren. Der Abend von neulich wird sich nicht wiederholen.«

Ah, jetzt sprach sie aus, was ich befürchtet hatte. Ich

leckte mir über die Lippen, schob die Hände in die Hosentaschen und sah mich in ihrem Laden um, der, mit Verlaub gesagt, noch immer ziemlich chaotisch aussah.

»Gut, dann unterhalten wir uns doch ein bisschen. Wie hast du das hier geschafft? Versteh mich bitte nicht falsch, aber der Banker in mir würde schon gern wissen, wie du an das Geld gekommen bist.«

»Das geht dich nichts an«, zischte sie giftig. Hatte sie etwas zu verbergen? War sie vielleicht in dubiose Geschäfte verwickelt? Einem Kredithai auf den Leim gegangen? Wobei, nein. Nichts von alldem traute ich ihr zu.

»Keine Sorge, es hat nichts mit der Bank zu tun. Aber es interessiert mich einfach. Du scheinst einen enormen Kampfgeist zu haben.«

Wieder machte ich ein paar Schritte auf sie zu, während sie mir nach hinten auswich. Vermutlich spielten wir das so lange, bis wir die nächste Wand im Rücken hatten. Mir sollte es recht sein …

»Ja, den habe ich. Genau wie du, schließlich gibst du auch nicht auf und stehst immer noch hier.«

Touché. Für ihre kleinen Frechheiten sollte ich sie bestrafen. Ich sollte sie ans Bett fesseln und so lange kommen lassen, bis sie nicht mehr wusste, in welchem Universum sie sich befand. Allein der Gedanke daran sorgte dafür, dass der Platz in meiner Hose verdammt eng wurde.

Eine zarte Röte überzog ihre Wangen und sie knetete ihre Finger. Schon wieder. Das schien eine Angewohnheit zu sein, die sie wohl zur Beruhigung einsetzte, so oft, wie ich sie dabei erwischte.

»Das tue ich. Weil du noch vor ein paar Minuten nichts dagegen hattest, mich zu küssen. Darauf warte ich jetzt einfach, weißt du? Ich habe Zeit.«

Savannah verdrehte theatralisch die Augen und stieß einen genervten Laut aus. »Echt jetzt? Dafür habe ich gerade gar keinen Nerv. Das Letzte, was ich brauche, ist eine Beziehung mit einem Typen, der mir so hinterherhechelt.«

Oh, jetzt packte sie aber die Peitsche aus, um mir zu zeigen, wer hier die Hosen anhatte. Ich ließ sie in dem Glauben, dass sie es sei.

»Beziehung? O Gott.« Ich lachte laut auf. »Nichts liegt mir ferner als eine Beziehung. Es fällt mir schon schwer, das Wort auszusprechen, wenn du verstehst. Mal im Ernst. Mir geht es nicht um eine Beziehung und dir anscheinend auch nicht. Aber du und ich, wir hatten neulich richtig viel Spaß. Und als du in der Bank warst, war es im Fahrstuhl auch ziemlich heiß, wenn ich mich recht erinnere. Können wir uns das nicht einfach hin und wieder zunutze machen?« Während ich gesprochen hatte, hatte ich die Distanz zwischen uns merklich verringert und stand nun wieder direkt vor ihr. Sie hatte es aufgegeben, mir auszuweichen, es hätte ohnehin nichts genützt.

»Woah, warte. Du meinst, wir sollen eine Affäre anfangen und uns zum Vögeln treffen?« Argwöhnisch beäugte sie mich nun und ich sah förmlich, wie es in ihrem hübschen Köpfchen arbeitete.

»Ich würde es eleganter ausdrücken, aber ja, im Grunde genommen ist es das, was ich mir vorstellen kann.«

Savannahs Augen wurden größer und größer. Für ein paar

Sekunden sagte sie nichts. Atmete stattdessen stoßweise und schien fieberhaft zu überlegen, wie sie aus der Nummer herauskommen sollte. Dabei war die Antwort denkbar einfach: Gar nicht.

»Okay.«

»Bitte?« Hatte ich mich verhört? Mit allem Möglichen hatte ich gerechnet. Wüste Beschimpfungen eingeplant, vielleicht sogar den einen oder anderen Seitenhieb. Aber sie sagte einfach *Okay*?

Mit den Fingern rieb ich mir übers Kinn. »Also, Savannah, fassen wir zusammen: Du willst, dass ich von hier verschwinde. Aber du willst auch, dass wir vögeln. Ist das richtig?«

Sie lachte auf. »Das hört sich an wie bei einem Verhör. Aber ja, so etwas in der Art habe ich wohl gesagt.«

»Gut. Soll ich dann jetzt gehen oder soll ich bleiben, damit wir unsere«, ich hob die Zeigefinger in die Luft und macht imaginäre Gänsefüßchen, »Affäre gleich hier und jetzt beginnen können? Ich hätte da ein paar Ideen. Aber vielleicht hast du recht und es ist besser, wenn ich gehe. Wir könnten uns ein anderes Mal treffen.«

Strategieänderung. Ich war gespannt, ob es funktionierte. Ihr Gesicht spiegelte all ihre Gedanken wider, sie war so gut zu lesen wie ein Buch. Schon wieder dieser innere Kampf, doch ich sah ihr längst an, wie sie entscheiden würde. Der Glanz in ihren Augen, ihre Zungenspitze, die die Lippen befeuchtete. Sie schluckte trocken und ihre Wangen wurden dunkler. Ich hätte alles darauf verwettet, dass sie unter ihrem Kleid die Schenkel aneinander rieb, um das Kribbeln zu mindern.

»Mach's gut, Savannah, ich melde mich, okay?« Dann ging ich zur Tür, die noch immer sperrangelweit offenstand. »Soll ich sie auflassen?«

»Was? Moment! Warum gehst du jetzt?«, wollte sie verwirrt wissen.

»Weil du das so wolltest, schon vergessen? Vor ein paar Minuten meintest du noch, ich soll gehen.«

Für einen Moment kniff sie die Augen zusammen, holte tief Luft. Dann trat sie zurück, bis die Wand ihr im Weg war. Sie versteckte die Hände hinter ihrem Rücken und machte ein Hohlkreuz, wodurch ihre Brüste fabelhaft zur Geltung kamen und sich als gerade richtig große Rundungen unter dem Stoff abzeichneten. Ein Bein angewinkelt, stellte sie den Fuß an die Wand. Der Stoff des Kleides fiel zur Seite und entblößte ihre makellose Haut.

»Ach, scheiß drauf«, hauchte sie, grub ihre Zähne in die Unterlippe und schenkte mir einen Augenaufschlag, der mir weiche Knie bescherte. »Bleib. Bitte.«

»Bist du dir sicher?« Ich stand im Türrahmen, jederzeit bereit, zu gehen. »Gerade eben sollte ich noch …«

»Gott, Rylan. Schließ die Tür. Mach das Licht aus und komm endlich her.« Sie fauchte die Worte regelrecht und schien schon jetzt sehr erhitzt zu sein. Dabei hatte ich noch gar nicht angefangen. »Ich habe meine Meinung geändert und möchte, dass wir da weitermachen, wo ich uns vorhin unterbrochen hatte.«

Ich ließ mir Zeit und schloss die große Glastür, auf der von außen ihr neues Logo angebracht war, drehte den

Schlüssel zwei Mal im Schloss, um sie zu verriegeln. An der Wand daneben entdeckte ich den Lichtschalter, den ich ebenfalls betätigte. Ganz dunkel wurde es im Verkaufsraum jedoch nicht. Die Berkeley Street war viel zu gut beleuchtet. So sah ich wenigstens Savannahs Umrisse. Noch immer stand sie genauso an die Wand gelehnt und wartete wohl darauf, dass ich über sie herfiel. Aber ich hatte beschlossen, sie langsam zu verführen. Jede Sekunde wollte ich auskosten. Jeden Moment genießen und in mich aufsaugen.

Als ich die wenigen Meter zu ihr überwunden hatte, packte sie mich an meiner Krawatte, zog mich zu sich und presste ihre Lippen fest auf meine. Meine Hände lösten ihren Griff, bevor ich ihr Gesicht mit ihnen umschloss und dann in ihre Haare fuhr, ihren Kopf in den Nacken zog, um die zarte Haut an ihrem Hals zu verwöhnen. Ihr Stöhnen war wie Musik in meinen Ohren und doch wand sie sich aus meinen Berührungen.

»Moment, Rylan, warte«, stieß sie keuchend aus. »Ich muss da erst noch etwas zu Ende bringen.«

Ich verstand nicht. »Was meinst du mit zu Ende bringen?«

»Na du weißt schon, das von neulich. Im *Twenty Four*. Du bist da leer ausgegangen und das muss ja nicht so bleiben.« Ihre Worte untermalte sie mit wackelnden Augenbrauen.

Sie hatte ihre Hände auf meine Hüften gelegt und glitt mit den Fingern nach vorn, um den Gürtel zu öffnen. Großer Gott! Ich wusste, was sie vorhatte, und ein breites Grinsen erfasste mich. Ja, genau so wollte ich sie. »Okay, dann tu, was du nicht lassen kannst, Baby.«

Während sie auf die Knie ging, öffnete sie meine Hose,

schob sie mit quälender Langsamkeit nach unten. Gleiches tat sie mit meinen Boxerbriefs, bis meine Härte direkt vor ihrem Gesicht stand. Es machte mich so heiß, ich war so verrückt nach ihr, und als ihre Zunge meine Eichel berührte, glaubte ich, innerlich tausend Mal zu explodieren. Scheiße, ich würde das nicht lange aushalten. Schon jetzt spürte ich das Pulsieren in meiner Blutbahn, die Wärme, die meinen ganzen Körper flutete. Mein Puls schoss in die Höhe, während Savannah ihre Lippen über meinen Schwanz stülpte und mit der Zunge meine Spitze neckte.

Ich packte ihren Kopf, vergrub meine Finger in ihren Haaren und hielt sie damit in Position, bevor ich begann, vorsichtig in ihre Kehle zu stoßen. Scheiße verdammt, es war so unfassbar gut.

»Gott, Savannah, du machst mich fertig«, keuchte ich mit rauer Stimme.

Savannah nuschelte ein »Dito«.

Das Pulsieren verstärkte sich und ich spürte, wie sich meine Eier zusammenzogen, bereit zum Abschuss. Gerade rechtzeitig zog ich mich aus ihrem Mund zurück, packte sie, zog sie hoch und drehte sie um, sodass sie rücklings vor mir stand. Dann presste ich sie an die Wand, schob das Kleid über ihr Becken und zerriss fahrig ihr Höschen. Mit den Fingern fuhr ich zwischen ihre Schenkel, spürte die Feuchtigkeit, die mich dort empfing. Sie war so bereit für mich. Wie damals schon in der Bar.

Ganz nah presste ich meinen Körper an ihren, umfasste ihre Brust, knetete diese durch den Stoff.

»Wir werden viel Spaß miteinander haben«, knurrte ich,

bevor ich meinen Schwanz an ihre feuchte Mitte führte.
»Jetzt hör auf zu quatschen und fick mich endlich.«
Die kleine Modedesignerin gefiel mir immer besser.

7

Rylan

»Gibst du mir bitte die Kartoffeln, Schatz?« Mom hatte sich mir zugewandt und den Arm über den Tisch ausgestreckt, um gleich darauf nach der Schüssel zu greifen, die ich ihr reichte. »Danke, Rylan.«

»Wo ist eigentlich deine kleine Freundin? Wolltest du sie nicht mitbringen?« Aaron, mein jüngster Bruder, verkniff sich ein Lachen, und ich sah ihm an, dass er kurz davor war, zu platzen. Dieser miese Pisser. Er wusste genau, dass er mich damit traf. Und dass es einfach scheiße war, dass er Mom diesen Floh ins Ohr gesetzt hatte und sie nun glaubte, sie würde demnächst eine Schar Enkelkinder bekommen.

»Oh, genau, ich würde die Frau, die dein Herz erobert hat, zu gern kennenlernen. Wann bringst du sie mit?«

So leid es mir tat, aber diese Illusion würde ich zerstören

müssen.

»Mom, hör nicht auf Aaron. Er erzählt Bullshit und will mich nur ärgern. Es gibt keine Freundin, okay?« Meine Worte untermauerte ich mit mahnenden Blicken in Richtung meines Bruders. Sollte er noch einmal dieses Thema anschneiden, würde ich ihn in den Schwitzkasten nehmen. So wie früher, wenn er Bruce oder mich in die Pfanne gehauen und Dad uns die Leviten gelesen hatte, obwohl es immer Aaron gewesen war, der Scheiße verzapft hatte. Aber noch heute hatte er diesen Welpenblick, mit dem er alle um den kleinen Finger wickelte und glauben machte, er wäre die Unschuld vom Lande.

»Ach komm schon, Großer. Du müsstest dich mal sehen, wenn du über deine Nicht-Freundin sprichst. Da läuft doch garantiert was zwischen dir und dieser ... Wie heißt sie gleich nochmal? Tamara? Iona? ...«

Tief Luft holend legte ich das Besteck zur Seite und stützte mich mit den Ellenbogen auf dem Tisch ab. »Ich habe ihren Namen nie erwähnt. Hätte ich gewusst, dass das hier die heilige Inquisition ist, hätte ich CIA-taugliches Foltermaterial mitgebracht.«

Bruce hielt sich die Faust vor den Mund und feixte hinein, während Mom gar nichts von dem verstand, was hier ablief.

»Also gibt es sie. Sie, deren Namen nicht genannt werden darf.« Aaron hatte wohl beschlossen, nicht aufzugeben. Ich sollte beschließen, diesen Arsch einfach zu ignorieren.

»Iss einfach, du Klugscheißer, und lass mich in Ruhe«, brummte ich gefährlich leise und hoffte, er würde Folge leisten.

»Jungs, nun lasst mal die Kirche im Dorf und vertragt euch. Es ist Sonntag und wir haben ein schönes Mittagessen. Also erzählt, was gibt es Neues in der Stadt?«

Aaron holte sogleich Luft und setzte erneut zum Gegenhieb an. »Ry hat eine Fr…«

»Untersteh dich«, zischte ich und stieß ihm unter dem Tisch so hart gegen das Schienbein, dass er sein Gesicht schmerzhaft verzog. Recht so.

»Wir haben wohl bald ein neues Projekt«, rettete Bruce, auf den schon immer Verlass gewesen war, den Moment. »Drückt uns die Daumen, dass wir den Zuschlag für die Restaurierung des Gardner House erhalten. Das wäre wirklich genial, weil da Altes und Neues zusammenkäme. Echt gigantisch, was man aus der Bausubstanz machen kann. Die ersten Entwürfe sind einfach traumhaft.« Mein Bruder verlor sich in einem Monolog über Bausubstanzen, Materialmixe und dergleichen. Er war Architekt mit Leib und Seele. Seine Augen leuchteten, wenn er über die Projekte sprach, die seine Firma bearbeitete.

»Das Gardner House? Du meinst das mit den kleinen Läden unten drin?«, hakte ich nach, weil ich nicht ganz sicher war, welches der Gardner Houses er meinte. Die Gardners waren eine Dynastie, ihnen gehörte halb Boston.

»Das in der Cambridge Street. Und im Moment ist da nur noch ein Buchladen. Also nichts, was wir nicht hinbekämen. Es wird gigantisch. Mrs. Gardner hat uns finanziell freie Hand gelassen und da geht natürlich einiges. Alles nur vom Feinsten.«

»Den Laden kenne ich, den kriegt ihr da nie raus, falls das

euer Ziel sein sollte«, krähte Aaron im Hintergrund und tat so, als wäre er allwissend und megawichtig.

»Ja, schon klar. Kümmere du dich um dein … Ach ja, wie läuft nochmal die Jobsuche bei dir?«

»Gar nicht, weil ich gerade in den Prüfungen meines Studiums stecke, du Blödarsch.«

»Na, jetzt reißt euch zusammen, sonst bekommt keiner von euch einen Nachtisch.« Mom hatte mit der flachen Hand auf den Tisch geschlagen und sofort war Ruhe. Die Drohung, dass wir keinen Nachtisch bekamen, hatte früher schon für Ordnung gesorgt und sie tat es auch heute noch, was ich mit einem Schmunzeln registrierte. Wir waren längst erwachsen, hatten eigene Meinungen, eigene Köpfe und eigene Leben, doch in unserem Elternhaus ordneten wir uns denselben Regeln unter wie in unserer Kindheit.

Nachdem der heilige Lunch vorbei war und wir uns noch etwas mit Mom unterhalten hatten, machten Bruce und ich uns auf den Weg zurück in die Stadt. Aaron hingegen blieb noch da, weil er am Abend angeblich ein Date im Lions Club hatte. Haha, wer das glaubte, der glaubte wahrscheinlich auch noch an den Weihnachtsmann.

Die Autofahrt dauerte etwa eine halbe Stunde. Von Beginn an hatte ich das Gefühl, dass Bruce etwas auf der Zunge lag, was er – vermutlich aus Rücksicht – nicht aussprach. Doch ich sah es ihm förmlich an, sah, wie seine Gedanken arbeiteten und er versuchte, eins und eins zusammenzuzählen.

»Na, nun sag schon, was dir so auf der Seele brennt«, schlug ich vor, während er starr auf die Straße blickte und uns sicher durch Boston manövrierte.

»Häh? Keine Ahnung, was du meinst.«

»Ja, klar. Du weißt genau, was ich meine, Bruce«, schnaubte ich. »Sag es einfach oder frag, was du fragen willst. Aber dieses Schweigen und deine merkwürdigen Atemgeräusche machen mich langsam wahnsinnig.« Bruce hatte schon als Kind die Angewohnheit gehabt, abgehackt Luft zu holen, wenn er nervös oder unsicher war oder nicht wusste, was er tun sollte.

Er lachte auf und nickte. »Also gut. Ist sie deine Freundin?«

Boah! Das beschäftigte ihn so sehr?

Ich unterdrückte den grunzenden Laut, der mir in der Kehle steckte. »Du meinst die Modedesignerin?«

»Ja, genau die. Aber vielleicht hat sie sogar einen Namen? Und eine Adresse? Einen Background? Etwas in der Art?«

»Warum willst du das alles wissen? Meinst du, sie bändelt mit dir an, weil ich sie nicht als Freundin haben will? Da bist du schief gewickelt, mein Lieber. Savannah ist genauso wenig an einer Beziehung interessiert wie ich.«

»Aber ihr trefft euch, richtig?«

Es war ein paar Tage her, dass ich Savannah das letzte Mal gesehen hatte. Seit dem Abend nach ihrer Modenschau trafen wir uns mehr oder weniger regelmäßig und hatten eine Menge Spaß miteinander. Sie war nicht nur unglaublich hübsch, sondern auch kreativ und klug und witzig. Und bei Gott, sie verfügte über Zungenfertigkeiten, dass mir Hören und Sehen verging, wenn ich nur daran dachte.

»Ab und zu«, erwiderte ich schulterzuckend.

»Richtige Dates?«

»Was? Nein? Wir … Also na ja, wir vö…«

»Ihr vögelt, alles klar«, unterbrach er mich feixend. »Pass nur auf, einer von euch wird sein Herz an den anderen verlieren und dann ist es schlimm.«

»Quatsch, das wird nicht passieren. Wir sind uns da wirklich einig. Wir mögen uns auf einer gewissen Ebene und genau die werden wir nicht verlassen. Also kein Stress. Keine Scheiß-Verbindlichkeit. Nur ein bisschen Spaß. Könnte dir übrigens auch nicht schaden, kleiner Bruder.«

Ich hatte keine Ahnung, woran es lag, dass meine Brüder und ich Single waren. Wobei das so nicht ganz stimmte, denn bei Aaron lag es klar auf der Hand – er bekam einfach nichts auf die Reihe. Und ich – ich wollte keine Beziehung. Basta. Aber bei Bruce war es anders. Er war schon immer ein Frauenversteher gewesen. Die Damenwelt hatte ihm schon zu High-School-Zeiten zu Füßen gelegen und er hatte sich stets aussuchen können, mit wem er ausging. Er war ein feiner Kerl, hatte das Herz am rechten Fleck und sah fast so gut aus wie ich. Daher wunderte es mich schon, dass er keine Freundin hatte.

Bruce' Blick ruckte für einen Moment in meine Richtung. Mit gerunzelter Stirn sah er mich an, bevor er wieder nach vorn auf die Straße schaute und den Kopf schüttelte. »Ich wüsste nicht, wann ich in meinem Alltag noch eine Frau unterbringen sollte«, maulte er regelrecht. Klar, als Star-Architekt mit eigener Firma, die er nach Dads Tod übernommen hatte, war er quasi dauerhaft am Arbeiten. Er lebte für die Architektur wie ich für das Finanzwesen. Wir hatten unsere Bestimmungen gefunden und gingen darin auf. Noch dazu war Bruce so korrekt, dass er es nicht einmal wagen würde, eine Affäre anzufangen. Er war schon immer der bodenständigste von uns dreien gewesen.

Bodenständig war ich zwar auch, na gut, wenn man von dem luxuriösen Penthouse im Chambers Tower und dem Sportwagen in der Tiefgarage mal absah, aber meinen Spaß ließ ich mir nicht nehmen.

»Machen wir später noch einen Abstecher ins Twenty Four?«, schlug ich vor, denn mir war noch nicht danach, sofort wieder nach Hause zu fahren.

Doch Bruce schüttelte den Kopf. »Nicht heute, sorry. Ich muss mich auf das Projekt vorbereiten. Da ist noch einiges zu tun.«

»Hey, es ist Sonntagabend. Da arbeitet niemand außer die Ärzte im Krankenhaus.«

»Ja, genau, ich werde dich daran erinnern, wenn du das nächste Mal sonntags die Aktienkurse checkst«, feixte Bruce und bog in die Atlantic Avenue ein, um mich zu Hause abzusetzen. »Geh mit der Kleinen aus. Lad sie zum Essen ein oder sowas. Was man halt so macht, wenn man jemanden kennenlernen will.« Er schnalzte mit der Zunge und zwinkerte mit einem Auge.

»Ich werde sie nicht daten, okay? Sie ist süß, ja. Aber mehr als Spaß wird daraus nicht, verstanden? Außerdem haben wir nicht einmal Telefonnummern ausgetauscht.« Okay, vielleicht hatte ich mich jetzt etwas zu laut geäußert.

»Was? Wie vorsintflutlich ist das denn? Du hast ihre Nummer doch sicher in deinem System, mit dem die Bank arbeitet. Hm, schon mal daran gedacht, das zu nutzen? Ruf sie einfach mal an, frag, wie es ihr geht. Hey, schon klar, du musst dich nicht rechtfertigen. Nicht vor mir. Aber überleg dir schon mal, was du Mom erzählst, wenn du die Kleine wieder nicht mitbringst.«

Jetzt war ich derjenige, der genervt die Augen verdrehte und den Kopf schüttelte.

»Mach's gut, Blödmann«, erwiderte ich und öffnete die Tür seiner Corvette C8, um auszusteigen. »Und viel Spaß beim Arbeiten.«

***

Es war Teil unseres Deals, dass keiner die Telefonnummer des anderen hatte. Auch unsere Adressen hatten wir nicht ausgetauscht, wussten lediglich, wo sich die Arbeitsstellen des jeweils anderen befanden.

Wobei die süße Savannah nicht bedacht hatte – und ich genauso wenig –, dass ich in der Bank Zugriff auf all ihre Daten hatte. Handynummer, Anschrift ... Es wäre ein Leichtes, ihr eine Nachricht zu schreiben und sie zu fragen, wie es ihr ging. Oder sie einfach zu besuchen.

Aber nichts dergleichen kam infrage. Unsere Privatleben würden sich nicht vermischen. Darauf hatte ich bestanden, als wir unser Arrangement begonnen hatten.

Auch mein Büro war tabu für sie, das hatte ich ihr schnell klargemacht. Dort hatte sie nichts verloren.

Bisher lief es so, dass ich sie in ihrem Laden aufsuchte, wenn ich sie sehen wollte. Entweder fielen wir dann direkt an

Ort und Stelle übereinander her oder gingen in ein Hotel in der Nähe. So oder so war es für mich eine prickelnde Erfahrung. Diese Frau war unglaublich heiß und neugierig. Vor allem war sie so voller Hingabe, dass es mich jedes Mal wieder umhaute, wenn wir uns vergnügten.

Allein die Vorstellung ihres Orgasmus-Blicks reichte, dass mein Schwanz hart wurde. Super, mitten am Montagvormittag bei der Arbeit. Kurz vor einem Meeting mit der Personalabteilung, die mit mir über den Mitarbeiterbedarf sprechen wollte.

Dass meine Gedanken neuerdings ständig zu Savannah abschweiften, passte mir gar nicht. So wichtig war diese Sache mit ihr nicht, als dass ich immerzu daran denken sollte.

In unserer bankinternen Software gab ich ihren Namen ein und rief ihre Akte auf. Okay, sie wohnte in Arlington und nahm jeden Tag einen beachtlichen Fahrtweg in Kauf. Anerkennend nickte ich. Es passte zu ihrer taffen Art. Ein Laden in ihrer Wohngegend würde ihr nicht einmal ansatzweise gerecht werden. Ihr Finanzstatus war in Ordnung, sie war dank der Investoren liquide und verfügte über ausreichend Mittel, um ihr Geschäft aufzubauen. Fast machte es mich stolz, dass sie das alles so gut im Griff hatte. Es war nicht so, dass ich ihr das nicht zugetraut hatte. Aber ich gab zu, dass ich schon ein wenig skeptisch gewesen war, als sie wegen der Finanzierung angefragt hatte.

Oben rechts in der Bildschirmmaske stand ihre Telefonnummer. Als hätte ich keinerlei Einfluss auf die Bewegungen meiner Finger, tippten diese die Zahlen samt des dazugehörigen Namens in die Kontaktliste meines

Handys. Es war entgegen unserer Abmachung und mir war klar, dass sie auch meine Nummer haben würde, wenn ich ihr schrieb oder sie anrief. Es sei denn, ich würde diese unterdrücken, was ich jedoch albern fand.

Dass meine Brüder Mom den Bären aufgebunden hatten, ich hätte eine Freundin, machte die Sache für mich nicht einfacher. Moms Blick, als sie mich fast flehend gebeten hatte, die Frau mitzubringen, hatte sich förmlich in meine Netzhaut eingebrannt, sodass ich wirklich versucht war, ihr diesen Gefallen wenigstens einmal zu tun.

Nach dem Tod unseres Dads hatte sie es echt schwer gehabt. Auch wenn es wegen seiner schweren Krankheit für uns alle und vor allem für ihn eine Erlösung gewesen war, hatte sie lange gebraucht, bis sie wieder imstande gewesen war, am Leben teilzunehmen.

Dass ich ihr nun so vor den Kopf stoßen musste, weil ich nicht gewillt war, eine Beziehung einzugehen und ihr die Schwiegertochter zu präsentieren, die sie sich wünschte, brach mir fast schon das Herz.

Natürlich spielte ich mit dem Gedanken, Savannah anzurufen und sie zu fragen. Es wäre ein Leichtes, denn ihre Nummer leuchtete direkt vor mir auf. Aber sie hatte das schon einmal abgelehnt und ich vermutete, sie würde es wieder tun.

Dennoch juckte es mir in den Fingern, die Nummer zu wählen. Der Gedanke, sie jederzeit kontaktieren zu können, ohne in ihren Laden zu gehen, gefiel mir von Minute zu Minute besser.

Mein Blick glitt zur Smartwatch an meinem linken

Handgelenk, die mir mahnend vorhielt, dass ich mich heute zu wenig bewegt hatte. Also beschloss ich, gleich nach dem Meeting eine Runde joggen zu gehen. Aber erst würde ich ...

Wie ferngesteuert griff ich nach dem Headset und setzte es auf, während mein rechter Zeigefinger über der Maustaste schwebte, jederzeit bereit, auf Savannahs Telefonnummer zu klicken, damit sie angewählt wurde. Plötzlich erklang der Rufton in meinem Ohr. Es klingelte einmal, zweimal, dreimal ...

»Hallo?«, hörte ich Savannahs abgehetzte Stimme. Sie klang, als wäre sie auf der Flucht.

»Hi.« Ich räusperte mich verlegen und schlug mir mit der flachen Hand gegen die Stirn. Was genau hatte mich geritten, sie anzurufen?

»Hallo? Wer ist da? Ist das ein verfluchter Telefonstreich, oder was?« Sie wetterte dermaßen in den Hörer, dass ich unweigerlich schmunzelte.

Noch einmal räusperte ich mich, um meine Stimme wieder zu festigen. »Hier ist Rylan. Hallo, Savannah.«

Einen Moment lang herrschte Stille am anderen Ende der Leitung. Quälende Stille, in der ich nur ihre Atemgeräusche hörte.

»Störe ich dich gerade?«, fragte ich schließlich, um die Pause zu unterbrechen.

»Ich ... du ... Woher hast du meine Nummer? Warum rufst du mich an?«

Sollte ich jetzt zugeben, dass ich meine eigenen Regeln beziehungsweise die der Bank gebrochen und ihre Nummer einfach den Stammdaten entnommen hatte? Das wäre ein

Armutszeugnis schlechthin.

»Weißt du, ich frage mich schon die ganze Zeit, wie deine Stimme wohl am Telefon klingt.« Okay, das war gut. Das lenkte sie hoffentlich von der ersten Frage ab.

Ein mürrischer Laut war am anderen Ende zu hören. »Du spinnst doch. Ehrlich. Das war nicht abgemacht, Rylan. Willst du mich jedes Mal anrufen, wenn du gerade Bock auf ein Treffen hast?«

»Ja, vielleicht. Das wäre doch eine gute Idee, oder? Und sieh es doch mal so, jetzt hast du auch meine Nummer und kannst dich ebenfalls jederzeit bei mir melden, wenn dir nach etwas Spaß ist«, nahm ich ihr den Wind aus den Segeln und konnte hören, wie sie am anderen Ende schluckte. »Hast du denn Lust?« Meine Stimme war ein paar Oktaven tiefer gerutscht und hörte sich rau an.

»Ja. Also, nein«, krächzte sie. »Ich bin unterwegs und kann nicht, sorry.«

»Oh, du musst dich nicht entschuldigen. Es ist okay, wenn du keine Zeit hast. Wie wäre es dann mit Dienstagabend? Dinner im *Sweet Green*?«

»Ein Date?«, platzte es aus ihr heraus und ich lachte.

»Nein, natürlich kein Date. Das wäre gegen die Abmachung, nicht wahr?«

»Haha, witzig, Mr. Chambers. Dir traue ich alles zu, schließlich hältst du wenig von Abmachungen.«

Touché.

»Es ist nur ein Essen, Savannah, bevor wir … sagen wir, anderweitig aktiv werden.« Ich verzog meinen Mund zu einem breiten Grinsen, weil ich förmlich vor mir sah, wie sie nach Luft schnappte.

»Pah, aktiv werden. Sag doch, bevor wir vögeln. Ficken. Knick-knack machen, die Rakete abschießen, was weiß ich. Aber aktiv werden? Echt jetzt?«

Okay, jetzt hatte sie mich, ich konnte mich vor Lachen kaum noch halten und prustete laut los, bevor ich wieder ernst wurde.

»Also am Dienstag, zwanzig Uhr.« Ich ging nicht auf ihre vorherigen Worte ein. Es war so schon eine Gratwanderung, weil ich kaum mehr ruhig sitzen konnte. Mein Schwanz zuckte vorfreudig und mein Blut geriet in Wallung bei der Vorstellung, erst mit Savannah essen zu gehen und sie dann in einem Hotelzimmer in allen möglichen Stellungen zu nehmen.

»Okay. Aber nur unter der Bedingung, dass es kein Date ist und dass es nicht zur Gewohnheit wird. Verstanden?« Ihre forsche Art entlockte mir ein weiteres Lächeln.

»Natürlich. Es ist nur ein Essen, keine Verpflichtung. Ich halte mich daran, versprochen.«

»So wie du dich an deine eigenen Regeln in der Bank hältst und keine Telefonnummern von Kundinnen klaust?«, erwiderte sie lachend.

»Mach's gut, Savannah. Bis morgen.«

Dann legte ich auf, stieß geräuschvoll die Luft aus und lehnte mich zurück. Das Meeting mit der Personalabteilung. Darauf sollte ich mich jetzt konzentrieren.

Der Tag nahm gefühlt kein Ende. Es war bereits spät am Abend, als ich mir schließlich meine Sportklamotten überwarf, die Turnschuhe anzog und joggen ging, um den inneren Druck abzubauen. Der Druck, den das Gespräch mit Savannah in mir ausgelöst hatte und den ich dringend loswerden musste, wenn ich nicht noch verrückt werden wollte.

8

Savannah

Noch immer war ich perplex, weil Rylan mich einfach so angerufen hatte, obwohl wir etwas anderes vereinbart hatten. Andererseits mochte ich den Gedanken, dass wir damit die Möglichkeit hatten, unseren Kontakt auch außerhalb der Bettlaken zu pflegen.

Als hätte er gewusst, dass ich gerade daran dachte, schrieb er mir eine Nachricht.

Rylan: Denk daran, heute Abend um zwanzig Uhr. Gib mir bitte deine Adresse, damit ich dich abholen kann. Vielleicht verzichtest du darauf, ein Höschen anzuziehen. Das wäre sicher für uns beide sehr spannend.

Dieser Schuft! Und das war er in jeglicher Hinsicht. Mir war klar, dass er meine Anschrift kannte, diese war schließlich ebenso in den Bankdaten hinterlegt wie meine Nummer. Doch ich rechnete es ihm hoch an, dass er trotzdem nachfragte.

Aber die Sache mit dem Höschen? Das ging nun wirklich zu weit. Hitze stieg in meine Wangen. Peinlich berührt sperrte ich das Display und legte das Smartphone verkehrt herum auf den Tisch. Ich war mit meiner Mom frühstücken und sie musste nicht wissen, was in meinem Leben so ablief.

»Ist alles in Ordnung, Schätzchen? Du siehst aus, als hättest du einen Geist gesehen.« Ihr blieb aber auch nichts verborgen.

»Alles bestens. Du wolltest gerade davon berichten, wie es bei Dad in der Werkstatt läuft. Hat er genug Aufträge?«

In Haverhill, wo ich aufgewachsen war und wo meine Eltern noch immer wohnten, besaß mein Vater eine Kfz-Werkstatt. Nichts Besonderes, schon gar nichts Großes, aber es hatte immer gereicht, um über die Runden zu kommen. Als Kind hatte ich es geliebt, ihm Gesellschaft zu leisten, all das Werkzeug zu inspizieren, mir die Autos anzuschauen und den Geruch von Diesel und Benzin und Öl zu inhalieren. So oft hatte Mom mit mir geschimpft, wenn meine Kleidchen wieder mit irgendwelchen Schmierstoffen verschmutzt gewesen waren.

»Oh, die läuft gut, mach dir da keine Sorgen. Dad hat viel zu tun und Brody und Mitch ebenso. Also, wir werden nie zu großen Reichtümern kommen, aber für unseren Lebensabend reicht es.«

»Lebensabend? Mom, ihr seid beide erst Mitte fünfzig. Wenn etwas sehr weit von euch entfernt ist, dann ist es euer Lebensabend.«

Ein Lächeln umspielte ihre Lippen, die sich dann immer etwas kräuselten. »Ja, ja, komm du erstmal in unser Alter, dann sprechen wir uns wieder. Aber nun berichte mal, wie läuft es in deinem Atelier? Oder sagt man Studio? Wie nennt sich das, was du da hast?« Neugierig sah sie mich an und pappte eine extra dicke Schicht Honig auf ihr Brötchen.

»Würde wohl beides ganz gut passen, schätze ich. Und wie es läuft? Na ja, die Modenschau, die ich kürzlich veranstaltet habe, kam wirklich gut an. Ich hatte viele Gäste aus der Branche, aber auch die Presse war da und hat in der Zeitung davon berichtet. Ich weiß nicht, was als Nächstes kommt, aber sollten die großen Modelabel bei mir anklopfen, bin ich bereit.«

Mein Traum war es schon immer gewesen, eigene Sachen zu kreieren. Wenn ich das innerhalb eines namhaften Labels umsetzen konnte oder zumindest für eines designen durfte, wäre das der Jackpot.

Mit geradem Rücken saß ich da, selbstbewusst und auf mein Ziel fokussiert, erfolgreich zu werden. Sogleich musste Mom mal wieder das tun, was sie früher schon getan hatte, wenn sie der Meinung war, mich kleinhalten zu müssen.

»Meinst du wirklich, dass die sich bei dir melden werden, weil du eine Modenschau veranstaltet hast? Das glaube ich ja wirklich nicht.« Zwar war ihr Blick freundlich, doch der zweifelhafte Unterton in ihrer Stimme blieb mir nicht verborgen. Als Kind hatte es mich so frustriert, wenn sie das tat, weil ich immer das Gefühl gehabt hatte, dass sie nicht an mich glaubte oder mir nichts zutraute.

Heute jedoch war ich erwachsen und konnte mit Situationen wie dieser umgehen. »Nein, natürlich nicht wegen der Modenschau. Aber ich bin gut, und wer schlau ist, checkt das und kommt zu mir.«

Ein schnaubendes Lachen war zu hören. »Na, du bist ja optimistisch. Aber ich drücke dir die Daumen.«

Kurz fühlte ich mich wirklich, als wäre ich wieder acht Jahre alt und wollte auf den alten Apfelbaum hinten im Garten klettern. Mom hatte mich jedes Mal, JEDES MAL davon abgehalten, mit der Begründung, ich würde ohnehin herunterfallen und mir die Knochen brechen. Dass ich zum Studieren nach Boston gegangen war und meinen ganz eigenen Weg eingeschlagen hatte, war eigentlich ein Wunder.

»Weißt du, Mom, es ist okay, wenn du es dir nicht vorstellen kannst. Und vielleicht sind deine Zweifel sogar berechtigt. Aber ich baue mir da etwas auf und das lasse ich mir von niemandem schlechtreden, auch nicht von dir.«

Okay, es konnte sein, dass ich ein bisschen sauer war. Und vielleicht hörte man das auch und ganz sicher sah man es mir an. Aber ich fand, es war mein gutes Recht, so zu reagieren. Denn anstatt immer alles anzuzweifeln, was ich tat, konnte meine Mutter zur Abwechslung mal an mich glauben. Ohne darauf einzugehen, lenkte sie das Gespräch auf ein neues Thema.

»Hast du eigentlich derzeit einen Freund?«

Als hätte ich mich verhört, schüttelte ich den Kopf. »Bitte was?«

»Du hast mich schon verstanden. Ob du einen Freund hast, wollte ich wissen. Es interessiert mich einfach.«

Geräuschvoll stieß ich die Luft aus. »Was soll ich mit einem Freund? Ich habe gar keine Zeit für einen Mann und bin schon froh, wenn ich mit ab und zu mit Amber treffen kann.«

Gut, das entsprach nicht ganz der Wahrheit. Denn für Rylan nahm ich mir schon hin und wieder Zeit. Und er nahm sie sich für mich. Unsere Affäre war ziemlich knisternd; er war einfach nur ein heißer Typ, der sich gerne nahm, was er wollte. Und er wollte mich. Es war zwecklos, zu leugnen, dass mich das nicht kalt ließ. Meine Gedanken drifteten zu ihm und seinem athletischen Körper. Auch wenn wir bei unseren Treffen nicht viel redeten, spürte ich doch jedes Mal diese Verbindung zwischen uns. Wir verstanden uns einfach blind, wussten genau, was der jeweils andere wollte und brauchte. Ich genoss es, von ihm verwöhnt zu werden. Und wenn sich unsere Wege dann wieder trennten, vibrierte mein Körper noch stundenlang.

»Savannah, Schätzchen? Ist alles in Ordnung? Du bist so rot im Gesicht. Hast du dir eine Erkältung eingefangen? Hast du Fieber? Na ja, es wäre kein Wunder, so leicht bekleidet, wie du im Herbst herumläufst.«

O Gott, für ein paar Sekunden war ich wohl so versunken, dass ich meine Mutter völlig ignoriert hatte.

»Sorry, Mom, ich habe nur gerade etwas ... überlegt. Es geht mir gut, wirklich. Du musst dir keine Sorgen machen. Es gibt da nur so einen besonderen Stoff, weißt du. Der ist so ... schön, fühlt sich gut an auf der Haut, ist seidig und geschmeidig ... Aber er ist teuer ...« Den Stoff gab es zwar tatsächlich, aber irgendwie hatte ich das Gefühl, dass meine Beschreibung auch gut auf Rylan passen könnte.

»Na gut, wenn du sagst, dass es dir gut geht, will ich dir mal glauben.«

Ha, sie glaubte mir natürlich nicht. Das hatte sie noch nie getan, nicht in Zusammenhang mit diesem Satz.

Mein Blick glitt zu meiner Smartwatch, die ich mit einem selbstgenähten Armband am linken Handgelenk trug. »Oh verdammt, es ist schon so spät. Ich muss wieder ins Studio, hab noch irrsinnig viel zu tun. Was wirst du tun? Nutzt du die Gelegenheit und gehst noch shoppen, wo du schon mal in der Stadt bist?«, fragte ich meine Mutter und griff nach meinem Telefon, das eine neue Nachricht anzeigte.

Rylan: KEIN Höschen!!!

Gott, dieser Kerl machte mich fertig. Warum zur Hölle sollte ich ohne Höschen durch die Weltgeschichte spazieren? Ich tippte schnell eine Antwort, nachdem ich die Kellnerin herangerufen hatte, damit wir bezahlen konnten.

Savannah: Und wenn doch?

Ich setzte einen teuflisch grinsenden Emoji ans Ende meiner Nachricht und schmunzelte. Dieses Spiel gefiel mir und heizte mich so an, dass ich ganz unruhig auf der Sitzbank hin und her rutschte. Seine Antwort kam sofort.

Rylan: Ich würde es nicht darauf anlegen, wenn ich du wäre!

Ein heißes Schaudern lief meine Wirbelsäule auf und ab und bündelte sich mit einem verdächtigen Kribbeln in meinem Magen.

»Ich übernehme das, Mom«, sagte ich, als die Kellnerin mit der Rechnung kam und meine Mutter schon ihre Geldbörse bereithielt.

»Danke, mein Schatz. Und wenn irgendetwas ist, melde dich bitte unbedingt, ja? Wir sind für dich da. Immer.«

Argwöhnisch runzelte ich die Stirn und überlegte, welche falschen Signale ich wohl gesendet hatte, dass sie annahm, ich bräuchte ihre Hilfe.

»Es ist alles in Ordnung, Mom. Nur im Moment ist es halt ein wenig, sagen wir, turbulent. Aber das ist nichts, was ich nicht im Griff habe und worüber ihr euch Sorgen machen müsst. Grüß Dad ganz lieb, okay? Hab dich lieb.«

Vor dem Restaurant verabschiedeten wir uns mit einer Umarmung. Mom rief sich ein Uber, das sie zum Bahnhof bringen würde, von dem aus ihr Zug nach Hause ging. Es kam höchstens einmal im Jahr vor, dass wir uns in der Stadt trafen und etwas gemeinsam unternahmen. Ich schätzte es sehr, dass sie heute den Weg auf sich genommen hatte. Immerhin brauchte der Zug etwas über eine Stunde von Haverhill bis in die Innenstadt.

Auf dem Weg zurück in meinen Laden überlegte ich

fieberhaft, welches Kleid ich heute Abend am besten tragen sollte, und freute mich immer mehr auf das Nicht-Date mit Rylan Chambers.

***

Nach einer anderthalbstündigen Modenschau für mich selbst hatte ich mich für ein rauchblaues Kleid entschieden, das hauteng geschnitten war und bis zu meinen Knien reichte. Auf der linken Seite hatte es einen Schlitz bis zur Mitte meines Oberschenkels. Das Oberteil war abgesehen von dem Cut-Out oberhalb meiner Brüste, der ein echter Blickfang war, recht schlicht gehalten. Der weiche Stoff fühlte sich angenehm auf der Haut an. Darunter trug ich halterlose, helle Strümpfe mit einem Rand aus feiner Spitze, der sich an meine Beine schmiegte. Ein trägerloser BH sorgte dafür, dass meine Oberweite an Ort und Stelle saß und nicht aus Versehen aus dem Cut-Out rutschte, wenn ich mich irgendwie herabbeugen sollte.

Meine langen, blonden Haare hatte ich zu einem lockeren Ponytail zusammengebunden und ein paar Strähnen an den Seiten herausgezupft, damit ich nicht zu streng aussah. Mein Make-up war dezent und natürlich, so mochte ich es am liebsten. Ich hatte lediglich die Augen etwas mehr betont und die Lippen mit einem dunklen Rotton nachgezogen.

Schwarze High Heels rundeten mein Outfit ab. Ich war zufrieden. Es sah aufreizend aus, aber nicht billig. So gestylt konnte ich ins Diner nebenan gehen, aber auch genauso gut in ein nobles Restaurant.

Im Schlafzimmer vor dem großen Spiegel machte ich ein Foto, das ich Amber schickte. Als hätte sie nur auf eine Nachricht von mir gewartet und die ganze Zeit ihr Telefon in der Hand gehalten, antwortete sie prompt.

Amber: Wow, du siehst heiß aus! Dieses Kleid ist mega! Hast du das gemacht?

Ich wünschte, ich hätte. Aber auch wenn ich natürlich etliche selbst designte Klamotten besaß, befanden sich auch noch genug Gekaufte in meinem Schrank.

Savannah: Danke und nein, das ist von TK Maxx.

Amber: Viel Spaß mit deinem Hottie!

Sie schickte noch drei Flammen-Emojis hinterher, was mich grinsen ließ.

Savannah: Wir gehen essen.

Amber: Waaaas? Ein Date? Und das erfahre ich erst jetzt?

Savannah: Nein, kein Date. Nur Essen.

Amber: Ha, ha, ja genau. Nur Essen. Alles klar, glaub du nur ruhig weiter an den Weihnachtsmann. Bestimmt will er dich besser kennenlernen, weil er sich unsterblich in dich verliebt hat und dir die Welt zu Füßen legen will.

Savannah: Ach komm, das ist Bullshit. So ein Typ ist er nicht. Wir wollen beide keine Beziehung, sondern nur ein bisschen Spaß.

Amber: Magst du ihn denn?

Puh, mit dieser Frage erwischte sie mich eiskalt. Kurz überlegte ich. Wenn er mir gänzlich unsympathisch gewesen wäre, hätte ich niemals mit ihm ins Bett gehen können. Aber er war unheimlich attraktiv, gepflegt, athletisch. Noch dazu witzig, charmant und er hatte Humor, der mit meinem auf einer Wellenlänge war. Er war ein begnadeter Küsser und seine Fingerfertigkeiten waren atemberaubend. Auch mit seiner Zunge konnte er ... O Gott, mir wurde heiß. Mit der Hand fächelte ich mir Luft zu und war froh, dass Amber mich nicht sah. Sie hätte mich sofort überführt. Also ja, ich mochte ihn.

Savannah: Denkst du ernsthaft, ich schlafe mit jemandem, den ich abstoßend finde?

Amber: Ich weiß, dass du DAS nicht tust! Aber das beantwortet nicht meine Frage, Süße. Du magst ihn, habe ich recht?

Eine weitere Nachricht kam gerade rein, als ich Amber antworten wollte. Ich öffnete sie und sofort breitete sich prickelnde Wärme in meinem Bauch aus.

Rylan: Ich bin in fünf Minuten da!

Ich schickte ihm schnell ein Okay und verabschiedete mich dann von meiner besten Freundin.

Savannah: Ich werde gleich abgeholt. Schönen Abend, Süße. Ich melde mich morgen.

Amber: Abgeholt? Okay, es ist ein Date!!! Viel Spaß und tu nichts, was ich nicht auch tun würde.

Schmunzelnd steckte ich das Smartphone in meine Clutch, zog mir den Mantel über und verließ meine Wohnung. Draußen empfing mich ein kalter Lufthauch, der meine Beine umspielte und zwischen meine Schenkel fuhr. Ein Gänsehautschauer rieselte über meine Haut und hinterließ ein kribbelndes Gefühl in mir. Als stünde ich unter Strom. Mein Herz pochte wie wild, es überschlug sich fast. Und als ich Rylan entdeckte, der sich rücklings an seinen Wagen gelehnt hatte, blieb es für einen Augenblick sogar stehen. Bis jetzt hatte ich ihn nur im Anzug gesehen. Doch heute trug er eine dunkelgraue Jeans mit schwarzen Sneakern. Die abgewetzte Lederjacke verlieh ihm ein gewisses Bad-Boy-Aussehen, was mich magisch anzog. Unter der Jacke war ein schwarzes Shirt erkennbar, das keinen Hehl um seine deutlich definierten Bauchmuskeln machte.

Ein verwegenes Grinsen haftete auf seinen Lippen, während er beobachtete, wie ich auf ihn zulief. Ich ließ mir Zeit. Senkte immer wieder den Blick, um ihm gleich darauf einen Augenaufschlag zu schenken, der, so hoffte ich, seine Knie weich werden ließ. Er leckte sich über die Lippen – es funktionierte.

Als ich die kurze Distanz zu ihm überwunden hatte und direkt vor ihm stand, sagte er nichts. Stattdessen legte er einen Arm um meine Taille und zog mich so fest an sein Becken, dass ich einen erschrockenen Laut ausstieß. Mit der anderen Hand strich er sanft eine Haarsträhne hinter mein Ohr und hielt dann meinen Hinterkopf fest, bevor seine Lippen sich fest auf meine drückten und er mich küsste, dass Sterne vor meinen Augen funkelten. Seine Zunge neckte mich, und als ich sie einließ, begann sofort ein leidenschaftlicher Tanz, der mir direkt unter die Haut fuhr. Ein leises Stöhnen entwich Rylans Kehle, als ich ihn in die Unterlippe biss und dann mit der Zunge darüberfuhr. Dieser Kuss war wie ein Tsunami, der uns in andere Sphären spülte. Er löste seine Hand aus meinem Haar, fuhr über meinen Rücken und packte meinen Po, um mich noch fester an sich zu drücken. Auch die andere Hand rutschte weiter nach unten und begann, den Saum meines Kleides aufzuraffen.

Wir standen mitten auf dem Gehweg. Zwar war es schon fast dunkel, aber noch immer waren etliche Leute unterwegs. Er würde doch nicht etwa …

Mein Herz machte einen Satz, als er mich packte und mit sich umdrehte, sodass nun ich zwischen ihm und seinem Wagen stand. Ich war so erhitzt, meine Mitte prickelte so sehr, dass ich versucht war, um Erlösung zu betteln.

Ein Schauder erfasste mich, als seine Fingerspitzen auf meine nackte Haut an den Oberschenkeln trafen. Seine Hände waren warm und es fühlte sich gut an. Verboten gut. Mit den Fingern einer Hand fuhr er zwischen meine Schenkel und ich sog geräuschvoll die Luft zwischen den Zähnen ein.

Seine Lippen hatten sich von meinen gelöst. Sie glänzten von der Feuchtigkeit unseres Kusses und waren rot. Sein eindringlicher Blick fixierte mich, hielt mich gefangen, während seine Finger erkundeten, ob ich seiner Bitte Folge geleistet hatte.

Ich grub meine Zähne in die Unterlippe und hielt kaum aus, was er da tat. Ein teuflisches Grinsen zupfte an seinem

Mundwinkel, als seine Finger auf meine feuchte Mitte trafen und er ein paar Zentimeter in mich eintauchte.

Ich schloss die Augen und warf den Kopf in den Nacken. Wären wir nicht auf offener Straße gewesen, hätte ich ganz laut »Fick mich endlich« gerufen.

Für ein paar Sekunden standen wir so da. Fixierten uns gegenseitig mit diesem heißen und innigen Blick, während seine Finger in mir waren.

»Braves Mädchen«, knurrte er schließlich und der Klang seiner heiseren Stimme ließ mich fast an Ort und Stelle explodieren.

Dann entzog er mir seine Finger und hob sie langsam an meine Lippen. Mit der Zungenspitze fuhr ich darüber und schmeckte meine süß-salzige Geilheit, die mich nur noch mehr packte. Gott, dieser Typ brachte mich noch komplett um den Verstand.

Noch einmal drückte er seine Lippen fest auf meine, fuhr mit der Zunge darüber und nahm den Geschmack auf. Dann stieß er sich von mir ab.

»Steig ein«, forderte er mich auf und ich umrundete den schwarzen Aston Martin, um seinem Befehl Folge zu leisten. Der Schlitz meines Kleides klaffte dabei auf und Rylan wackelte frivol mit den Augenbrauen. »Du siehst übrigens zauberhaft aus.«

»Danke«, hauchte ich, noch immer außer Atem. Mein Puls raste und hatte Mühe, sich zu beruhigen. Was stellte dieser Mann nur mit mir an? Warum war ich in seiner Gegenwart nicht in der Lage, auch nur einen vernünftigen Gedanken zu fassen? »Du auch.«

Er lachte auf und startete den Motor, der sofort laut aufheulte und dessen Vibrationen sich über den Sitz in mein Inneres übertrugen, das ohnehin unter Strom stand.

»Ich sehe zauberhaft aus? Na, wenn das kein guter Start in den Abend ist, dann weiß ich auch nicht.«

Sein Lachen steckte an, auch wenn ich noch völlig überwältigt von seiner Begrüßung war. Langsam entspannte ich mich wieder und lauschte den Motorenklängen, während Rylan den Wagen zielsicher durch die Stadt lenkte.

9

Rylan

Unser Nicht-Date entpuppte sich als ziemlich unterhaltsam. Savannah schien bester Laune und erzählte mir davon, wie sie in Haverhill aufgewachsen war. Dass ihr Dad eine kleine Kfz-Werkstatt hatte, in der sie als Kind immer gern herumgeschnüffelt hatte. Dass sie ein Einzelkind war, aber gern einen großen Bruder gehabt hätte, mit dem sie hätte in der Schule angeben oder drohen können.

»Wie ist es denn so mit zwei Brüdern?«, wollte sie schließlich von mir wissen.

Ich holte tief Luft. Normalerweise gewährte ich Unbekannten nie so tiefe Einblicke in mein Privatleben, aber sie hatte mir so viel von sich erzählt, dass ich nicht anders konnte. »Nun ja, nur mit Bruce wäre es ziemlich cool gewesen. Aber Aaron, der Jüngste, hat alles versaut. Er ist das Nesthäkchen. Kriegt irgendwie nichts auf die Reihe und ist total verpeilt, wenn du verstehst, was ich meine.« Mit dem Zeigefinger tippte ich an meine Schläfe und verdrehte die Augen.

Lachend nickte sie. »Ich kann mir vorstellen, was du meinst. Wie alt sind deine Brüder?«

»Bruce ist zwei Jahre jünger als ich, also siebenundzwanzig, und Aaron ist sechsundzwanzig.«

»Und du nennst ihn Nesthäkchen? Die beiden könnten Zwillinge sein und sind minimal jünger als du«, prustete sie lachend.

»Du müsstest sie einfach kennenlernen, dann würdest du schnell wissen, warum ich das so sage.«

Für den Bruchteil einer Sekunde wurde sie ernst, doch dann zuckte sie mit den Schultern. »Eigentlich schade, dass das nie passieren wird.«

»Wieso? Das eine schließt das andere ja nicht unbedingt aus.« Irgendwie musste ich es schaffen, unser Gespräch in eine Richtung zu lenken, die hilfreich wäre, um mein Anliegen so zu formulieren, dass ich sie nicht vollkommen überfuhr.

»O nein, Rylan, das war nicht Teil des Deals. Unser Verhältnis beschränkt sich auf rein Körperliches, nicht mehr.«

»So, wie du das sagst, klingt es irgendwie merkwürdig. Als würde ich dich kaufen wollen oder so«, grummelte ich und stocherte in meinem Essen herum, das inzwischen serviert worden war. Ich beschloss, vorerst das Thema zu wechseln. »Erzähl mir mehr von dir«, forderte ich sie also auf, legte mein Besteck auf den Teller und schob ihn zur Seite. Das Lokal war zwar wirklich nett, aber die Speisen hier waren nicht so mein Ding.

Im Gegensatz zu mir schien Savannah noch lange nicht satt zu sein und schob ihre Gabel gerade erneut in den Quinoa Salat. Sie spießte ein Stück Avocado auf, tunkte es in eine Sauce und schob es dann so genüsslich in ihren Mund, dass mir ganz anders wurde, während ich sie dabei beobachtete.

»Was willst du wissen?«, nuschelte sie. Ihre Frage brachte mich tatsächlich dazu, zu überlegen, was genau ich von ihr wissen wollte. Im Grunde genommen waren wir uns völlig fremd und das wollte ich gern ändern.

»Ich weiß nicht. Vielleicht am besten alles, damit wir nichts vergessen?«

Ein glucksendes Geräusch drang an meine Ohren, sie hielt sich die Hand vor den Mund. »Spaßvogel. Wir müssen eigentlich nichts voneinander wissen. Je mehr man weiß, umso mehr Konfliktpotential gibt es, weißt du? Das bringt nur Probleme mit sich. Glaub mir, ich weiß, wovon ich rede.«

»Ach ja? Das hört sich interessant an und wäre auf jeden Fall ein Gespräch wert, meinst du nicht?« Ich griff nach meinem Weinglas und hielt es über dem Tisch, bis Savannah es mir gleichtat und ihres mit einem zarten Pling gegen meines stieß, bevor wir beide einen Schluck Rotwein tranken.

Dann schüttelte sie den Kopf. »Netter Versuch, Rylan Chambers, aber nein. Du weißt schon mehr als genug über mich, das sollte reichen.«

Okay, ich gab auf. Ich kam nicht weiter und mein Plan

schien zum Scheitern verurteilt. Also unterhielten wir uns weiter über oberflächliche Themen, bis Savannah begann, ungeniert zu gähnen. Damit entlockte sie mir ein Schmunzeln.

»Dir ist schon klar, dass deine ich-bin-müde-und-will-nach-Hause-Nummer nicht ziehen wird, oder?«

Noch einmal ließ sie mich das typische Geräusch hören und zuckte mit den Schultern. »Nicht? Schade, denn ich bin wirklich müde«, erwiderte sie mit einem kessen Augenzwinkern.

»Dann bringe ich dich am besten nach Hause und sorge persönlich dafür, dass du ins Bett kommst.«

»Ich kann mir auch einfach ein Uber bestellen«, bot sie an, doch ich schüttelte den Kopf.

»Nichts da, denkst du wirklich, ich lasse dich mitten in der Nacht alleine durch Boston fahren?«

Sie verzog ihr Gesicht, was irgendwie süß aussah, denn ihr Nasenrücken kräuselte sich dabei. »Hallo? Was glaubst du, habe ich bisher gemacht, wenn ich abends unterwegs war? Ich bin auch ohne deine Hilfe immer gut zu Hause gelandet.«

»Das weiß ich. Trotzdem möchte ich auf Nummer sicher gehen, okay? Du warst heute schon einmal ein braves Mädchen, sei es einfach nochmal.«

Ich sah, wie sich ihre Wangen röteten, weil sie genau wusste, was ich meinte. Fast war es, als würde ihr genau in diesem Moment bewusstwerden, dass sie kein Höschen trug, weil ich es so gewollt hatte, und als würde sie begreifen, dass es zwecklos war, sich gegen mich und meine Forderungen zu wehren.

»Lass mich dich nach Hause bringen. Außerdem bin ich neugierig, wie eine Modedesignerin so wohnt.« Mit den zwei Fingern, mit denen ich vorhin in ihr war, strich ich sanft über ihren Handrücken. Ihre Haut war weich und erhitzt, sie zitterte leicht, zog sich aber nicht zurück. Ihr Blick war plötzlich so verhangen, dass ich schnell nach einer Bedienung winkte, um die Rechnung zu begleichen. Auf einmal konnte es nicht schnell genug gehen, dass wir diesen Laden hier verließen.

Nur wenige Augenblicke später half ich ihr in den Mantel, griff nach ihrem Handgelenk und zog sie nach draußen. Ich hielt es kaum noch aus. In den letzten zwei Stunden war der Platz in meiner Hose viel zu eng geworden. Hinzu kam das Wissen, dass sie kein Höschen trug ...

Wir schafften gerade ein paar Schritte, bis ich sie gegen die nächstgelegene Hauswand presste und meine Hand in ihren Haaren vergrub. Mein Knie schob ich zwischen ihre Beine und genoss das leise Stöhnen, das sie sich nicht verkneifen konnte, als ich meine Lippen fest und fordernd auf ihre drückte.

»Okay, okay. Du hast gewonnen«, murmelte sie, mühsam nach Atem ringend, nachdem ich ihren Mund wieder freigegeben hatte. »Du darfst mich nach Hause bringen. Und wer weiß, vielleicht, aber nur vielleicht zeige ich dir sogar meine Wohnung.« Grinsend biss sie auf ihre Unterlippe, bevor ich mit dem Daumen über die Stelle fuhr.

»Ich würde mein Leben darauf verwetten, dass du mir sogar dein Schlafzimmer zeigst, Prinzessin«, knurrte ich ganz nah an ihrem Ohr. Inzwischen war es mir wieder egal, ob sie mich zu Moms Mittagessen begleiten würde oder nicht. Vielmehr wollte ich sie vögeln. Sie besitzen. Jeden Moment mit ihr auskosten, sie in den Wahnsinn treiben, über die Klippe jagen und wieder auffangen.

Mit einem Ruck stieß sich Savannah von der Wand ab und brachte etwas Abstand zwischen uns. »Das werden wir ja sehen.«

»Werden wir, da bin ich mir ganz sicher.« Lachend legte ich einen Arm um ihre Schultern und zog sie an mich, während wir zu meinem Wagen liefen, wo ich ihr wie ein Gentleman die Beifahrertür aufhielt, damit sie einsteigen konnte. Dann umrundete ich den Wagen, setzte mich hinter das Steuer. Doch bevor ich den Wagen startete, gab es da noch eine Sache, auf die ich mich schon den ganzen Abend freute und die Savannahs *das werden wir ja sehen* relativieren würde.

»Worauf warten wir eigentlich?«, wollte sie wissen und sah mich fragend an.

Mein Blick glitt über sie hinweg Richtung Handschuhfach.

»Öffnen«, sagte ich bestimmend.

»Was? Warum?«

»Öffne das Handschuhfach«, wiederholte ich leise und rau, woraufhin sie endlich tat, worum ich sie gebeten hatte. Gleich darauf griff sie nach der schwarzen Schachtel, die sie kopfschüttelnd in den Händen drehte.

»O nein, Rylan, bitte keine Geschenke. Das war nicht abgemacht. Ich will sowas nicht, okay?«

Ich drehte mich zu ihr und lächelte sie an, legte meine

Hand an ihre Wange und strich mit dem Daumen über ihre zarte Haut. »Okay. Dann wird es dich freuen, wenn ich dir sage, dass dies kein Geschenk ist. Mach's auf.«

Savannah stieß ein schnaubendes Lachen aus. »Du spinnst ja, was ist das denn?« Doch ihre Neugier siegte schließlich, sie öffnete die Schachtel und entnahm das gleichfarbige Säckchen, das sie sofort befühlte. Ich wusste, dass sie ahnte, was sich darin befand, denn augenblicklich presste sie ihre Oberschenkel fester zusammen. Vorsichtig zog sie an dem Bändchen, welches das Säckchen verschloss, und befreite einen schwarzen Vibrator. Ihr Kopf ruckte in meine Richtung, die Augen weit aufgerissen, und sie hielt mir das Ding vor die Nase. »Echt jetzt? Damit willst du mich beeindrucken?« Sie schnappte nach Luft, entlockte mir damit ein Lächeln. »Ich habe zu Hause einen, der viel größer ist. Der hier bringt doch nichts.«

Ich wackelte mit den Augenbrauen und erwiderte: »Gut zu wissen«, nahm ihr das Gerät aus der Hand und führte es an meine Lippen, um es zu befeuchten. Mit der Zunge leckte ich über den samtigen Silikonschaft, dann gab ich es ihr zurück. »Führe ihn ein und dann bleib einfach still sitzen.«

»Du ... du ... Schuft!«, schimpfte sie wie ein Rohrspatz, was mich noch mehr amüsierte.

»Ich kann auch, wenn du nicht ...«, setzte ich an und beugte mich über sie, um die Regie zu übernehmen, fuhr mit den Fingerkuppen über ihre Beine und schob dabei ihr Kleid zur Seite.

»Finger weg, das kann ich selbst.« Sie hob ihr Becken an, heftete ihren Blick auf meinen und führte den Vibrator ein.

Allein dieses Szenario war so unheimlich heiß. Sie hatte ja keine Ahnung, wie aphrodisierend es war, ihr dabei zuzuschauen. Ohne meine Augen von ihr zu lösen, nahm ich mein Handy und öffnete die Musik-App, um eine Dance-Playlist abzuspielen, die ihr ordentlich einheizen würde. Sie wusste nicht, dass das Spielzeug, das sie gerade trug, eine Remote-Funktion hatte und sich die Vibrationen nach dem Takt der Musik richteten.

Ich startete den Motor, verband das Handy über Bluetooth mit dem Autoradio und mit dem ersten Bass, der erklang, hörte ich neben mir einen erstickten Laut.

»Scheiße«, presste sie mühsam hervor und rutschte auf dem Sitz hin und her. Es fiel mir wirklich schwer, ein amüsiertes Grinsen zu unterdrücken, während ich sie immer wieder von der Seite beobachtete. Ihre Wangen waren gerötet, ihr Blick verhangen. Mit der rechten Hand krallte sie sich im Sitz fest, die linke suchte Halt an der Mittelkonsole. Ohne Frage war es der heißeste Anblick, den ich seit langem erlebt hatte.

Zischend sog sie die Luft zwischen den Zähnen ein, als ein neuer Titel begann, der etwas schneller war als sein Vorgänger. Die Vibrationen beschleunigten sich ebenfalls und brachten sie mehr und mehr in Ekstase. Doch sie würden hoffentlich nicht ausreichen, um sie zum langersehnten Höhepunkt zu bringen. Das wollte ich gerne selbst übernehmen.

Bis auf ihre Atemgeräusche, die inzwischen stoßweise ihre Kehle verließen, war Savannah still geworden. »Hey, geht es dir gut?«, fragte ich nach und fuhr mit meinen Fingern über ihre Oberschenkel.

Blitzartig drehte sie ihren Kopf in meine Richtung und funkelte mich an. »Du ... du verfluchter ...«

Ich tippte auf dem Audiodisplay herum und übersprang den nächsten Song, weil ich wusste, dass der übernächste etwas entspannter für sie sein würde. Schließlich hatte ich diese Playlist selbst erstellt.

Neben mir hörte ich ein erleichtertes Aufatmen, weil der Vibrator anscheinend einen Gang runtergeschaltet hatte.

»Du bist echt ein Arsch. So etwas war nicht geplant, du ... du ... Verdammt, Rylan, warum tust du das?«, lamentierte sie keuchend.

Ich bewegte meinen Zeigefinger wieder zum Display. Langsame Lieder waren wohl fehl am Platz. Also skippte ich diesen Titel, der gerade einmal zur Hälfte abgespielt war, und sofort war wieder das Keuchen aus Savannahs Kehle zu hören, das mich so anmachte.

»Scheiße, Rylan, das ist nicht fair!«

»Nicht fair? Weißt du, was nicht fair ist?« Ich griff nach ihrer linken Hand, die sie verzweifelt ins Sitzpolster vergrub, und legte sie auf meinen Schritt. »Spürst du das? Das ist nicht fair, Savannah. Ich bin scharf auf dich und muss fahren.«

Ihren teuflischen Blick und das schiefe Grinsen registrierte ich am Rande, während ich spürte, wie sie langsam ihre Finger krümmte und damit meine Erektion umschloss. O Gott, keine Ahnung, wie lange wir noch unterwegs wären, aber lange hielt ich das nicht mehr aus.

»Du kleines Biest«, knurrte ich und nahm ihre Hand von meinem Schwanz, um sie auf der Mittelkonsole abzulegen.

Für den Rest der Fahrt, der gefühlt eine Ewigkeit dauerte, überließ ich Savannah dem Vibroteil und hatte riesigen Spaß dabei. Sie ebenso, aber das hätte sie vermutlich niemals zugegeben. Als ich endlich in die Warren Street einbog, wedelte sie hektisch mit den Händen. »Da vorne ist es«, rief sie fast schon euphorisch und froh darüber, dass mein kleines Spiel gleich vorbei war. Dabei war das gerade einmal der Anfang …

Geschickt lenkte ich meinen Aston Martin in eine Parklücke direkt vor dem Haus, in dem Savannah wohnte, und schaltete den Motor aus, womit der Job des Vibrators beendet war. Erleichtert atmete sie auf und versuchte, so wütend wie nur irgend möglich auf mich zu sein. Boxte mich in den Oberarm und sandte mir grollende Blicke.

»Das war ziemlich mies, Rylan Chambers, und ich hoffe, dir fällt etwas ein, wie du das wiedergutmachen kannst.«

»Oh, da hätte ich auf Anhieb einige Ideen. Bittest du mich mit rauf?«

»Natürlich. Schließlich schuldest du mir einen Orgasmus. Oder gleich zehn.« Sie öffnete die Wagentür, um auszusteigen, doch ich hielt sie zurück.

»Zehn?« Ich holte tief Luft. »Dann sollten wir vielleicht gleich damit anfangen, oder?« Mit der linken Hand bediente ich das Display und schaltete die Musik wieder ein, während ich mit der rechten in Savannahs Nacken fuhr und sie an mich zog, um sie zu küssen. Mit der Zunge fuhr ich über ihre Unterlippe, bis sie ihren Mund für mich öffnete und ich sie im Sturm erobern konnte. Unsere Zungenspitzen neckten sich leidenschaftlich, unsere Münder verschmolzen miteinander, während ich mit einer Hand ihre Oberschenkel spreizte und in ihren Schritt fuhr, in dem es verdächtig vibrierte. Ich fand schnell, wonach ich gesucht hatte, und rieb mit den Fingern über ihre empfindsame Mitte, die bereits verlangend angeschwollen war. Ein tiefes Stöhnen an meinen Lippen trieb mich nur noch mehr an, ihr das zu geben, wonach sie sich so sehnte.

Mit kreisenden Bewegungen massierte ich ihre Klit. Erst quälend langsam, dann immer fordernder, darauf bedacht, unseren innigen Kuss nicht zu unterbrechen. Sie wand sich unter meinen Berührungen, keuchte an meinen Lippen. Ihr Körper bebte, bis sie so hart unter meiner Hand explodierte, dass es mich fast mit fortriss. Mein Schwanz pulsierte voller Begierde und es fiel mir schwer, mich zurückzuhalten.

»Bereit für die restlichen neun?«, brummte ich, nachdem wir uns voneinander gelöst hatten. Ich schaltete das Autoradio wieder aus und stieg aus dem Wagen, umrundete ihn und hielt Savannah die Tür auf.

»Was ist mit dem Ding hier?« Mit einem kessen Lächeln hielt sie mir den Vibrator vors Gesicht, der von ihrer Feuchtigkeit glänzte.

Gott, ich war wirklich drauf und dran, mich in dieser Frau zu verlieren. Ihre Art nahm mich immer mehr gefangen.

»Behalt ihn. Wenn du mal Sehnsucht nach mir hast, ruf mich an. Ich kann die Playlist auch aus der Ferne starten.«

Dann hielt ich ihr eine Hand entgegen, die sie jedoch ausschlug und alleine ausstieg. »Du bist ein gottverdammter Schuft, Rylan. Wirklich. Ich hasse dich dafür, dass du das tust.«

Schulterzuckend folgte ich ihr zum Eingang, wo ich sie, bevor sie den Schlüssel ins Schloss stecken konnte, an mich zog und mit den Fingern durch ihre feuchte Spalte fuhr. »Du liebst, was ich mit dir mache. Lügen ist zwecklos, dein Körper spricht eine eigene Sprache, Prinzessin. Und jetzt sollten wir schleunigst in deine Wohnung gehen, sonst kommst du neunmal im Treppenhaus und jeder Bewohner wird es hören können.«

Aufreizend stolzierte Savannah vor mir die Stufen zu ihrer Wohnung hinauf. Den Mantel hatte sie bereits ausgezogen und über ihren Arm gelegt, was mir einen freien Blick auf ihr ansehnliches Hinterteil gewährte, das in dem engen Kleid hervorragend zur Geltung kam. Was für ein schöner Anblick. Noch schöner war es jedoch, ihr in die Augen zu sehen, wenn sie kam. Und das würde ich heute Nacht wohl noch einige Male erleben dürfen.

In ihrer Wohnung angelangt, hielten wir uns nicht lange mit Höflichkeiten auf. Ich verzichtete auf eine Führung durch alle Zimmer und wies sie an, uns direkt ins Schlafzimmer zu dirigieren, wo ich sie aufforderte, sich auszuziehen. Ich wollte sie so sehr und brauchte sie so dringend, dass alles andere zwar schön, aber reine Zeitverschwendung war. Bevor ich meine Jeans auf den Boden warf, fischte ich ein Kondom aus der Hosentasche, das ich aufs Bett warf. Savannah lachte, öffnete die Nachttischschublade und ergänzte den Vorrat um einige weitere Gummis. Diese Frau machte mich fertig.

Sie lag bereits nackt auf dem Bett, ihre Brüste ragten mir

prall entgegen. Ihre seidenweiche Haut war von einer zarten Röte überzogen. Die Zähne in der Unterlippe vergraben, schenkte sie mir einen betörenden Augenaufschlag. Als sie ihre Beine spreizte, war es vorbei mit meiner Beherrschung. Mit wenigen Schritten war ich bei ihr, legte mich aufs Bett und begann, sie zu streicheln. Federleicht tanzten meine Fingerspitzen über ihre Kehle, fuhren sanft die Schlüsselbeine nach, weiter runter zu ihren Brüsten. Umrundeten ihre Nippel, die sich steif aufrichteten, und wanderten weiter zum Bauchnabel und von da aus zu ihrem Venushügel. Keuchend räkelte sich Savannah unter meinen Händen und genoss meine Streicheleinheiten, während mein Schwanz nach mehr verlangte. Ich musste sie spüren. Sie schmecken.

Mit den Händen packte ich ihre Knie und spreizte sie weit auseinander, sodass ihre entblößte Mitte direkt vor mir war. Der Duft ihrer Geilheit stieg mir in die Nase, berauschte mich regelrecht. Ich beugte mich hinab, sog jedes Fitzelchen von ihr tief ein und schob eine Hand unter ihren Hintern.

»Hör zu, Savannah. Das hier wird jetzt ziemlich unromantisch und schnell gehen. Aber ich kann mich unmöglich länger zurückhalten, verstehst du?«, knurrte ich dicht an ihrer Mitte und spürte das leichte Beben, das durch ihren Körper ruckte.

»Dann solltest du keine Zeit verlieren und endlich loslegen, Rylan. Du schuldest mir noch immer neun Orgasmen.« Mit ihren Händen an meinem Hinterkopf drückte sie mich fest an ihre Mitte. Ich spürte ihre Feuchtigkeit an meinen Lippen und an meiner Zunge, mit der ich langsam über ihre Klit fuhr. Dann schneller. Dann wieder langsamer. Sie bog ihren Rücken durch, reckte sich mir entgegen.

»Ich lege gern noch fünf drauf, wenn du das schaffst«, reagierte ich auf ihre Aussage von eben und glitt mit zwei Fingern in ihre feuchte Spalte. Mühelos schob ich sie tief in ihre Mitte hinein, was sie aufkeuchen ließ.

Als ich meine Finger krümmte und den Punkt traf, der wohl noch empfindsamer war als ihre Klit, bäumte sie sich laut stöhnend auf. »Verdammt, Rylan ... Das ist ... du bist ...«

»Ein Schuft, ich weiß. Heb dir deine Flüche auf, bis ich mit dir fertig bin, Prinzessin«, knurrte ich, während ich sie weiter mit meiner Zunge verwöhnte, meine Finger in sie stieß und krümmte, bis sie ein zweites Mal unter mir explodierte.

Ich hielt es keine Sekunde länger aus, griff nach einem Kondom, das ich hektisch über meinen prallen Schwanz rollte, und noch während Savannah auf der Welle des Höhepunktes ritt, versank ich mit einem kräftigen Stoß in ihr. Sie mit meinem ganzen Körper zu spüren, war unendlich heiß und ließ mich fast schon kommen, ohne dass ich mich weiterbewegte. Also hielt ich für einen Augenblick inne, legte meine Hände an ihre Wangen und küsste sie hart. Ihre Lippen waren feucht und geschwollen, ihre Haut erhitzt. Ihr Atem ging genauso stoßweise wie meiner.

»Sieh mich an, Savannah. Ich will sehen, wenn du ein drittes Mal kommst«, forderte ich sie auf und stieß fester in sie. Mit ihren Schenkeln umklammerte sie meinen Po, schob mich damit noch tiefer in sich, und bei Gott, es war der

Wahnsinn. Ihr verhangener Blick traf meinen und ließ mich nicht mehr los. Meine Stöße wurden schneller, verlangender und leidenschaftlicher.

Das Pulsieren in meinem Schaft wurde stärker, je kräftiger Savannahs Muskeln mich umschlossen. Wir klammerten uns aneinander, als wollten wir uns nie wieder verlieren, und ich kam so heftig, dass Sterne vor meinen Augen tanzten. Ein letztes Mal stieß ich in Savannahs Mitte hinein, dann kam auch sie, erneut begleitet von einem leisen Wimmern.

Kraftlos sackte ich auf ihr zusammen, bevor ich mich auf die Seite rollte und sie in meine Arme zog.

Ich musste höllisch aufpassen.

Auf mich.

Auf meine Gefühle.

Savannah Davis hatte mich in der Hand. Und sie hatte das Zeug dazu, alles in mir zu ändern.

Das durfte unter keinen Umständen passieren.

10

Savannah

»Du bist umwerfend«, raunte er dicht an meinem Ohr und küsste gleich darauf meine Schläfe, während ich mich näher an seine Brust schmiegte. Ich hatte keine Ahnung, wie spät es war. Wusste nicht mehr, wie oft ich in den letzten Stunden gekommen war. Hatte kein Gefühl mehr dafür, wo ich aufhörte und wo Rylan begann.

Dieser ganze Abend war so anders gewesen. So leicht und so … heiß. Aber anders heiß, als unsere bisherigen Treffen gewesen waren. Etwas hatte sich zwischen uns verändert. Ich konnte es nicht in Worte fassen, spürte es aber deutlich. Waren es seine Berührungen? Die Zärtlichkeit, mit der er gerade meine Schulter streichelte? Die Art und Weise, wie er mit mir sprach?

»Du auch«, gestand ich und bemühte mich darum, die

Fassung zu wahren. Ich wusste, dass Rylan Chambers mir zum Verhängnis werden würde. Allerdings hatte ich nicht eingeplant, dass er mich mit seinem attraktiven Äußeren und seiner überheblichen Art magisch anzog. Letzteres revidierte ich allerdings langsam, da er sich wirklich Mühe gab.

»Ehrlich gesagt hätte ich nicht gedacht, dass du das schaffst.« Seine Lippen vibrierten an meiner Wange, während er sprach. Ich spürte sein breites Grinsen und setzte mich ruckartig auf, zog die Bettdecke über meinen Oberkörper, um meine Blöße zu bedecken.

»Dass ich was nicht schaffe?« Argwöhnisch musterte ich ihn aus zusammengekniffenen Augen und verschränkte die Arme vor der Brust. Hatte ich gerade wirklich gedacht, dass er doch nicht so überheblich war, wie ich anfangs geglaubt hatte? War wohl doch ein Irrtum.

Rylan lachte auf, bevor er sich auf die Unterlippe biss. »Die neun Orgasmen. Glaub mir, Baby, deine Hingabe ist phänomenal!«

Ich schnappte nach Luft und verdrehte theatralisch die Augen. »Du hast mitgezählt?«

»Natürlich. Falls es dir noch nicht aufgefallen ist, halbe Sachen sind nicht mein Ding.«

»Ach, was du nicht sagst.« Schulterzuckend versuchte ich, so neutral wie möglich zu klingen. Vermutlich gelang es mir eher schlecht, denn ich spürte die Nachwirkungen der letzten Stunden bei jeder Bewegung. In jedem Muskel meines Körpers brannte dieser süße Schmerz, den man nur auf diese Art bekam. Noch immer prickelte das Blut wie Champagner in meinen Adern. Allein der Gedanke an all das, was er mit mir angestellt hatte, ließ meine Mitte wieder kribbeln. Verdammt. Was machte er nur mit mir? Warum hatte ich mich nicht mehr unter Kontrolle?

Rylan hatte inzwischen die Augen geschlossen und eine Hand unter der Bettdecke auf meinen Oberschenkel gelegt, wo er mit seinem Daumen kleine Kreise zog, die mich zittern ließen. Sein Oberkörper war nur halb bedeckt und ich betrachtete ihn zum ersten Mal ganz ungeniert. Seine gebräunte Haut, die Muskeln, die sehnigen Hände. Sein kantiges, wunderschönes Gesicht mit dem Dreitagebart. Diese vollen Lippen, von denen ich mich fragte, ob ich je genug davon bekommen würde, sie zu küssen.

Als er vorsichtig ein Auge öffnete, wandte ich mich verlegen ab. »Wenn du mit deiner Musterung fertig bist, komm wieder her.« Es war mir unangenehm, dass er mich beim Starren erwischt hatte. Aber bisher hatte ich keine Gelegenheit dafür gehabt, da es bei den letzten Treffen ausschließlich um Sex gegangen war. Heute hatte ich jedoch das Gefühl, es ginge um einiges mehr. Ob er das auch spürte?

»Ich muss kurz ins Bad, lauf nicht weg«, erwiderte ich und versuchte, mir die Bettdecke umständlich um meinen nackten Körper zu wickeln. Dass ich dabei auch Rylan die Decke wegzog und er so gut wie nackt vor mir lag, ignorierte ich.

»Hey, Prinzessin, du kannst aufhören, dich zu verstecken. Ich kenne jeden Zentimeter deines wundervollen Körpers, und wenn du ihn jetzt verhüllst, will ich ihn nur wieder auspacken. Dann beginnt das Spiel von vorn. Neun, acht, sieben ... du weißt schon.«

Lachend schüttelte ich den Kopf. »Du bist ein Spinner«,

gab ich zu bedenken und raffte die Decke zusammen, um sie gleich darauf aufs Bett zu werfen.

»Aber einer, der verdammt gut im Bett ist, oder?«

Seinen Kommentar schmetterte ich mit einer Handbewegung ab, bevor ich die Badtür hinter mir schloss. Nur wenige Minuten später kuschelte ich mich wieder in seine Arme und inhalierte seinen Duft. Fühlte die Kühle seiner Haut, als meine Fingerspitzen seine Brust berührten.

»Wie läuft dein Modelabel?«, wollte er plötzlich wissen, ohne unsere Position zu verändern.

»Ganz gut. Die Modenschau neulich war wirklich der Hit. Allerdings warte ich noch auf die Anfragen der großen Labels. Wenn ich Entwürfe für sie machen könnte, das wäre ein Traum.« Ein leises Seufzen kam über meine Lippen.

»Hm, von allein wird da nichts passieren. Hast du jemanden, der dich im Marketing unterstützt? Ohne ein gutes Konzept wird das ewig dauern, bis die auf dich aufmerksam werden. Wenn überhaupt.«

»Ja, ich weiß. Leider kenne ich niemanden, der das übernehmen könnte. Außerdem, ist sowas nicht verdammt teuer?«

Ruckartig setzte Rylan sich auf und ich rutschte auf mein Kopfkissen. Verdattert sah ich ihn an, folgte ihm aber schließlich und lehnte mich ans Kopfende meines Bettes. Neugierig wartete ich darauf, was er mir zu sagen hatte.

»Savannah, du bist eine so unglaublich kreative Frau. So einfallsreich und geschäftstüchtig. Und du lebst deinen Traum, das beeindruckt mich immer wieder.« Er hatte seine Hand an meine Wange gelegt und den Abstand zwischen uns verringert, was mein Herz augenblicklich schneller schlagen ließ. Keine Ahnung, warum das auf einmal passierte.

»Komm zum Punkt, Rylan«, forderte ich ihn auf, um mein holperndes Herz wieder in den Griff zu kriegen.

»Das will ich doch, wenn du mich nicht unterbrichst. Ich kenne einige aus der Branche, die dir helfen könnten. Und was das Finanzielle betrifft, ich hätte da eine Idee …«

Meine Augen weiteten sich und ich wich etwas zurück. »Wow, warte. Du bietest mir jetzt nicht wieder einen privaten Kredit an, für den ich dir irgendwelche Dienste erweisen muss?« Kopfschüttelnd stieß ich die Luft aus. Mein Herz hatte sich schlagartig beruhigt.

»Jetzt lass mich doch mal ausreden. Ja, ich biete dir einen privaten Kredit an. Wir lassen uns Angebote von den besten Marketingleuten zukommen und ich übernehme die Kost…«

»Und was willst du dafür, hm? Eine Beteiligung? Das kannst du vergessen. *Savannah* ist mein Label und das wird es auch bleiben«, fuhr ich ihn an, viel barscher, als ich es wollte. Gekränkt verschränkte ich die Arme vor der Brust und schob die Unterlippe vor, um ihm zu zeigen, wie bescheuert ich seine Idee fand.

Rylan hatte sich mir gegenüber in den Schneidersitz gesetzt und wartete geduldig. »Kann ich dann jetzt weiterreden, ohne dass du mich ständig unterbrichst?« Ich nickte. »Gut. Also nochmal. Ja, ich übernehme die Kosten. Und nein, ich will dafür keine Beteiligung, denn ich bestehe darauf, dass du mir jeden Cent zurückzahlst, sobald du es kannst. Zinsfrei, ausnahmsweise.« Ein Lächeln huschte über seine Lippen, was mich wieder milde stimmte. »Ich gebe zu, dass gewisse Dienste – Oder wie hast du es genannt? – reizvoll wären, aber nein, das habe ich nicht im Sinn. Auch wenn ich dich sehr mag und furchtbar gern mehr Zeit mit dir verbringen würde, aber das hat nichts mit dem Privatdarlehen zu tun.«

Ein Ruck fuhr durch meinen Körper. Was hatte er da gerade gesagt? Bestimmt hatte ich mich verhört!

»Ähm …« Etwas Konstruktiveres brachte ich gerade nicht hervor.

»Sag einfach ja, Savannah. Ich will dir helfen. Aus Überzeugung. Weil ich weiß, dass du eines Tages zu den ganz Großen zählen wirst. Weil du gut bist und weil du es schaffen kannst. Ich meine, hallo? Welche Frau überlebt bitte neun Orgasmen hintereinander und ist dann immer noch in der Lage, zu diskutieren? Du bist für diese Welt da draußen wie gemacht, Prinzessin. Lass mich dir also helfen, deinen Platz darin zu sichern.«

Okay, jetzt musste ich wirklich lachen. »Es war nicht nötig, das mit den neun Orgasmen erneut zu erwähnen, du hattest mich bereits, als du sagtest, dass du … Also, dass du mich …«

Im Nu war er wieder bei mir. So nahe, dass kein Blatt Papier zwischen unsere Nasenspitzen passte. Ich spürte seinen Atem, der meine Haut kitzelte. Die Bartstoppeln, die mich vorsichtig kratzten.

»Was denn? Du wirst schwach, weil ich dir sage, dass ich dich mag?« Als müsste er das Gesagte besiegeln, landeten seine Lippen butterweich auf meinen, bevor ich etwas erwidern konnte. Seine Zunge neckte meine, verschlang sich mit ihr und raubte mir den Atem. »Ich mag dich wirklich sehr, Savannah«, raunte er zwischen zwei Küssen. »Ich weiß nicht einmal, warum ich dir das sage, normalerweise ist das nicht meine Art. Aber bei dir ist alles irgendwie anders. Keine Ahnung, wieso.« Dann versanken wir wieder in einem dieser Küsse, von denen man sich wünschte, sie würden ewig dauern. Die Sorte Küsse, die einem den Verstand raubte, die Bauchkribbeln auslöste und einen vom Boden abhob.

»Ich würde auch gern mehr Zeit mit dir verbringen«, wisperte ich atemlos, nachdem wir uns voneinander gelöst hatten. »Vielleicht könnten wir uns nochmal zu einem Nicht-Date treffen?«

»Das ist eine hervorragende Idee«, raunte er heiser und zog mit seinen feuchten Lippen eine heiße Spur über meinen Hals, die mich erschaudern ließ. »Aber erst einmal machen wir aus der Neun eine Zehn. Ich hasse ungerade Zahlen.«

Dann verschwand er mit seinem Kopf unter meiner Bettdecke, allerdings nicht, ohne mir vorher noch ein teuflisches Grinsen zu schenken.

∗∗∗

Auch Tage nach unserem Nicht-Date war ich noch ganz berauscht und nicht hundertprozentig ansprechbar, als ich mich mit Amber zum Frühstück traf.

»Hallo? Erde an Savannah, wo bist du nur mit deinen Gedanken? Etwa bei diesem Banker?«

Ausweichend sog ich die Luft zwischen den Zähnen ein und drehte meinen Kopf hin und her, was meine beste

Freundin mit einem Lachen quittierte. Doch dann berichtete ich ihr von der Nacht neulich, die irgendwie alles verändert hatte.

»Seid ihr jetzt zusammen, oder was?« Ambers Augen waren so riesig, dass ich Angst hatte, sie würden herausfallen, wenn sie nicht aufpasste.

»Ich weiß nicht. Nein, ich glaube nicht. Wir haben uns seitdem auch gar nicht wieder gesehen. Vielleicht habe ich da auch etwas falsch interpretiert und am Ende ist es nach wie vor die lockere Affäre, als die es begonnen hat.«

»Schätzchen, wenn er dir im Bett sagt, wie sehr er dich mag und dass er gern mehr Zeit mit dir verbringen möchte, hat das wenig mit einer lockeren Affäre zu tun. Glaub mir, der meint es ernst. Ist er gut im Bett?« Ich liebte ihre unverblümte Art. Amber hatte noch nie ein Blatt vor den Mund genommen.

Ich nippte an meinem Tee, der noch immer viel zu heiß war, und erzählte ihr dann von den neun, nein zehn Höhepunkten jener Nacht. Sie wurde immer stiller, hing mir wie gebannt an den Lippen.

»Er hat nicht zufällig einen Bruder?«

»Sogar zwei«, erwiderte ich augenzwinkernd.

Als hätte er gerochen, dass es gerade um ihn ging, erschien Rylans Name auf meinem Handydisplay. »Sorry, da muss ich kurz rangehen.« Entschuldigend hob ich die Schultern und griff nach dem Telefon.

»Klar, wenn Mr. Sexy mich anrufen würde, würde ich ihn keine Sekunde warten lassen.« Amber streckte mir die Zunge raus und verdrehte die Augen.

»Hey, Rylan«, nahm ich den Anruf entgegen und lehnte mich im Sessel zurück.

»Hi, Prinzessin. Entschuldige, dass ich mich noch nicht gemeldet habe, aber ich hatte unheimlich viel zu tun.«

»Ist doch okay. Ich habe auch viel zu tun.« Das dunkle Timbre seiner Stimme brachte mich sofort wieder durcheinander.

»Wie geht's dir?«, wollte er wissen.

»Ganz gut. Und dir?« Meine beste Freundin, die mir gegenübersaß und gerade in eine Blaubeerschnecke biss, zog Grimassen, die mich aus dem Takt brachten.

»Hör zu, ich habe einige Angebote von den besten Marketingspezialisten der Stadt hier. Am besten treffen wir uns, um sie gemeinsam durchzugehen. Was meinst du?«

Was ich dazu meinte? Für den Bruchteil einer Sekunde fühlte ich mich überrumpelt, weil er so schnell und vor allem ohne meine Zustimmung gehandelt hatte. Zum anderen war ich enttäuscht, weil er sich nur geschäftlich mit mir treffen wollte. Aber was genau hatte ich denn erwartet? Ich wusste ja selbst nicht so genau, was das zwischen uns eigentlich war.

»Vielleicht können wir es mit einem Essen verbinden? Ich würde dich gern ausführen«, legte er nach, als hätte er meine Gedanken gelesen, die sich schlagartig in eine andere Richtung lenkten.

»Ja, gern. Das hört sich gut an.«

»Gut, ich hole dich dann um neunzehn Uhr ab. Passt das?«

Ich nickte, wohlwissend, dass er das nicht sehen konnte.

»Äh, ja, natürlich.«

Dann verabschiedeten wir uns und sofort musste ich mich den wissbegierigen Fragen meiner Freundin stellen. »Ein weiteres Date mit Mr. Sexy?« Sie wackelte bedeutsam mit den Augenbrauen, was mich zum Lachen brachte. »Es ist eher geschäftlich. Er will mich mit dem Aufbau meiner Marke unterstützen und das mit mir besprechen.« Amber verzog das Gesicht. »Typisch Banker. Aber wir müssen berücksichtigen, dass es sich um Bostons heißesten Banker handelt. Insofern ist es also in Ordnung, dass er so trockene Themen mit dir besprechen möchte, anstatt dich auf seinem Schreibtisch zu vögeln.«

»Amber«, zischte ich über den Tisch und sah mich um, unsicher, ob uns jemand gehört hatte. »Hör auf, so zu reden.«

»Wieso? Hast du dir noch nicht vorgestellt, wie sich sein Schreibtisch an deinem Hintern anfühlt? Also wenn ich du wäre ...«

Empört schnappte ich nach Luft. »Aber du bist Gott sei Dank nicht ich. Also hör auf mit diesem Schwachsinn.« Gleichzeitig hatte ich direkt sein Büro vor Augen. Den dunklen Schreibtisch aus Echtholz, den Drehstuhl, der mit schwarzem Leder überzogen war. Die Regale im Hintergrund, ebenfalls dunkel gehalten und mit indirekter Beleuchtung, in denen sich allerhand Bücher und Zeitschriften neben einigen Dekoelementen befanden. Und die Couch, auf der ich vor noch nicht allzu langer Zeit förmlich um einen Kredit gebettelt hatte. Mir wurde heiß bei dem Gedanken daran, ihn einfach in seinem Büro zu überraschen.

»Scheiße, Savannah, du müsstest dich gerade sehen. Die

Vorstellung macht dich an, oder? Also, wenn ich du wäre, würde ich mir die hotteste Unterwäsche anziehen, einen Hauch von Nichts, sozusagen, und einen Mantel darüber. Dann würde ich in sein Büro stolzieren, die Hüllen fallen lassen und mich von ihm bis zur Besinnungslosigkeit vögeln lassen. Na, wie klingt das für dich?«

Ich spürte die Hitze in meinen Wangen. Mein ganzer Körper prickelte bei der Vorstellung und es fiel mir schwer, ein grenzdebiles Grinsen zu unterdrücken.

»Ooookay, ich gebe zu, der Gedanke ist nicht unsexy. Aber ich weiß nicht. Ich kann nicht einfach in sein Büro spazieren. Was, wenn er einen Termin hat oder mitten in einer Besprechung ist?«

»Ach, Bullshit, für dich lässt der alles stehen und liegen. Da bin ich mir ganz sicher. Los, ruf ihn an und verklickere ihm deine kleine Planänderung.«

Ehrlich gesagt war ich mir da nicht so sicher. Aber einen Versuch wäre es wert, oder?

Zögerlich nahm ich erneut das Telefon in die Hand und rief seine Nummer auf. Mein Zeigefinger schwebte über dem Anrufbutton, doch ich war unsicher, ob es wirklich so eine gute Idee war, wie Amber meinte. Anstatt mich anzuhören, übernahm meine beste Freundin die Regie, griff nach dem Handy, hielt es sich ans Ohr und wartete.

»Ja, hallo, Mr. Chambers. Amber hier, Savannah Davis' Assistentin ... Was? Äh ja, ich bin ganz neu ... Sie möchte Sie gern sprechen, Mr. Chambers ... Ja gut, Augenblick, ich stelle Sie durch.« Mit eiskaltem Blick reichte sie mir das Telefon. Wäre sie nicht meine beste Freundin gewesen, hätte ich sie in diesem Moment einfach umgebracht. Genauso eiskalt, wie sie mich ansah, hätte ich ihr die Augen ausgekratzt.

Kurz ballte ich meine Hände zu Fäusten und flüsterte »Das wird ein Nachspiel haben«, bevor ich das Handy übernahm.

Amber hingegen grinste frech. »Du kannst mir später danken, Süße.« Dann lehnte sie sich zurück und genoss, wie ich ins Rudern kam, weil ich nicht wusste, was ich sagen sollte.

»Hi, Rylan, ich bin es noch mal«, stammelte ich.

»Ja, ich weiß. Du hast eine Assistentin? Das finde ich super. Was gibt es denn?«

»Ähm, ja, genau, Amber ist ganz neu, sie hat gerade eben erst bei mir angefangen. Aber sie macht sich wirklich gut.« Während ich sprach, kniff ich die Augen zusammen und sandte mehrere imaginäre Giftpfeile über den Tisch. Dazu machte ich mit der flachen Hand eine halsabschneiderische Geste.

»Das freut mich sehr, Savannah. Was hast du auf dem Herzen? Ich muss gleich zum nächsten Termin.«

»Ach so, ja. Ich wollte dir nur Bescheid geben, dass du mich heute Abend nicht abholen musst. Ich komme zu dir ins Büro, damit wir alles besprechen können.«

Ich hörte, wie er tief Luft holte. »Oh, okay. Gut, dann sei einfach um sieben Uhr da. Ich sage Ruby Bescheid, dass sie dich direkt durchwinkt.«

»Ruby?«

Sein dunkles Lachen drang an mein Ohr und von da ging

es direkt in mein Nervensystem, wo es seltsame Sachen mit mir anstellte. »Meine Assistentin. Ihr seid euch bereits über den Weg gelaufen, als du zum ersten Mal hier warst. Du erinnerst dich?«

»Ah genau, Ruby.« Ich nickte und hatte sofort ein Bild dieser Frau vor Augen. Brünette Haare, die zu einem kinnlangen, akkuraten Bob geschnitten waren. Ihr Gesicht war ebenmäßig und mit einer dunkel gerahmten Brille versehen. Damals trug sie ein dunkelgrünes Kostüm, das edel aussah, und hohe Schuhe. An viel mehr konnte ich mich nicht erinnern. Aber sie war hübsch. Verdammt hübsch sogar. Und nicht viel älter als ich.

»Gut, Savannah, dann bis heute Abend. Ich muss los.«

Damit legte er auf und ich hatte keine Ahnung, was genau mich da gerade eben geritten hatte.

11

Rylan

»Mom, sie ist nicht meine Freundin, okay?« Meine Mutter wollte es anscheinend nicht verstehen. Zum dritten – oder fünften? – Mal fragte sie mich, ob ich diese Frau, von der Aaron immer so schwärmte, zum Thanksgiving-Essen mitbringen würde.

»Aber Aaron hat gesagt, ihr seid …«

»Aaron weiß einen Scheiß. Sorry, Mom. Aber ich habe keine Freundin. Du weißt, dass ich viel arbeite und gar keine Zeit für eine Beziehung habe.« Es brach mir fast das Herz, sie so barsch enttäuschen zu müssen. Doch mir platzte langsam der Kragen, weil mein Bruder, der kleine Wichtigtuer, seine Fresse nicht halten konnte.

Meine Mutter seufzte laut. Das tat sie immer, wenn sie ernüchtert war. »Ach Rylan, das ist wirklich so schade. Glaub mir, eine Beziehung mit jemandem, den man über alles liebt und der diese Liebe erwidert, ist unersetzlich.«

»Mag sein. Aber es ginge zu Lasten meines Jobs, das kann ich einfach nicht verantworten.«

»Du willst es nicht verantworten. Das ist ein Unterschied«, erwiderte sie knallhart, doch ich ging nicht darauf ein.

»Ich bin einfach nicht der Typ dafür, das weißt du doch. Ich brauche keine Frau, um glücklich zu sein. Mein Job macht mich glücklich. Er erfüllt mich. Macht mich stolz.«

»Ich weiß, mein Schatz. Und ich will dir da auch gar nicht reinreden. Aber wenn mir keiner von euch Enkelkinder schenkt, was wird dann aus den Chambers? Wir sterben irgendwann einfach aus.«

Okay, jetzt war es mit meiner Beherrschung dahin. Ich lachte laut los. »Also Mom, ehrlich, darüber musst du dir doch jetzt noch keine Gedanken machen. Wer weiß, was die nächsten Jahre bringen? Außerdem sind da auch noch Bruce und Aaron.« Wobei ich Zweifel hatte, ob mein jüngster Bruder jemals sein Leben auf die Reihe kriegen würde. Bruce wäre wohl der bessere Kandidat für den ganzen Liebesmist, allerdings war auch er mit seinem Job verheiratet.

Das Telefon auf meinem Schreibtisch klingelte. »Mom, die Arbeit ruft. Ich muss dann mal wieder.«

»Du bist wie dein Dad. Eure Zielstrebigkeit ist wirklich bewundernswert, aber sieh, was es ihm genützt hat. Er liegt tief unter der Erde und hat gar nichts mehr davon, dass er sein Leben lang so hart und so viel gearbeitet und vor allem so unendlich viel verpasst hat.« Ich hörte das leise Schniefen am anderen Ende und stieß die Luft aus, während ich mir mit

Daumen und Zeigefinger über die Nasenwurzel rieb.

»Ich weiß, Mom, ich weiß«, seufzte ich.

»Liebe ist viel wichtiger als Arbeit, lass dir das gesagt sein, Rylan. All deine Erfolge nützen dir nichts, wenn du niemanden hast, mit dem du sie teilen kannst. Wir alle brauchen jemanden, dem wir uns anvertrauen können, der stolz auf uns ist, mitfiebert und einfach da ist. Und ich würde dir von Herzen wünschen, dass du so jemanden findest, mein Schatz.«

Ihre Worte erweichten mein Herz, und ob ich wollte oder nicht, das Gedankenkarussell in meinem Kopf drehte sich inzwischen von ganz allein. Ich wusste, was sie meinte. Doch bisher hatte ich wenig Wert daraufgelegt und war in der Tat mehr damit beschäftigt gewesen, direkt nach dem Studium die Bank zu gründen und zum Erfolg zu führen. Das war mir bis jetzt gut gelungen und ich war der Ansicht, dass es daran lag, dass mir keine Frau das Hirn vernebelte.

Savannah war seit sehr langer Zeit die Erste, die das Potenzial dazu hatte, mich auf andere Gedanken zu bringen. Ich ertappte mich neuerdings immer häufiger dabei, wie sie sich gedanklich zwischen all die Zahlen und Termine bei der Arbeit schlich.

»Ach Mom, mach dir bitte nicht so viele Sorgen, ja? Wir haben noch alle Zeit der Welt.«

»Irrtum, Rylan. Niemand weiß, wie viel Zeit er hat. Niemand. Schon morgen kann alles vorbei sein. Und dann? Willst du, dass auf deiner Trauerfeier zwar die ganze Bank anwesend ist, aber keine Frau, mit der du dein Leben geteilt hast?«

Genervt verdrehte ich die Augen. Langsam wurde mir das alles zu viel. »Mooom«, lamentierte ich. »Hör auf, so zu denken, das tut weder dir noch mir gut. Irgendwann wird die Richtige schon anklopfen, okay? Sei dir gewiss, du bist die Erste, die es dann erfährt. Und nun muss ich wirklich wieder an die Arbeit. Hab dich lieb, bis Sonntag.«

»Ich hab dich auch lieb, Rylan. Aber denk an meine Worte.«

Damit legte sie auf, und bevor ich Ruby zurückrufen konnte, klopfte es an der Tür. Diese öffnete sich gleich darauf einen Spalt und ein paar blonde, gelockte Strähnen hüpften förmlich in mein Blickfeld.

Irgendwann wird die Richtige schon anklopfen. Das waren meine Worte gewesen, oder? Vor ein paar Sekunden erst hatte ich sie ausgesprochen … Mein Herz machte einen Satz, ich hatte keinen Einfluss darauf, dass es schier durchdrehte, als Savannah mein Büro betrat und ihre blonde Mähne über die Schulter warf.

Hinter Savannah erschien Ruby auf der Bildfläche. Mit erhobenem Kinn hielt sie die Tür auf und rief mir zu: »Ms. Davis für Sie, Mr. Chambers. Falls ich noch etwas für Sie tun kann, sagen Sie einfach Bescheid. Ich bin noch eine Weile da, um die Verträge für morgen durchzusehen.« Dann warf sie meinem Gast einen ziemlich verächtlichen Blick zu und schloss die Tür.

»Hey. Schön, dich zu sehen.« Meine Stimme war ein paar Oktaven tiefer gerutscht. Mit wenigen Schritten überwand ich die Distanz zu ihr, legte meinen Zeigefinger unter ihr Kinn und hob ihren Kopf an. Unsere Blicke verhakten sich miteinander und ich hatte das Gefühl, in ihren bernsteinfarbenen Augen zu ertrinken. Es war wie ein Sog, der mich festhielt.

Verlegen wandte sie ihren Blick ab und nestelte am Gürtel ihres Mantels herum. »Ich bin etwas früher da, sorry. Ist immer schwer einzuschätzen, wie lange man braucht.«

»Kein Problem.« Mit der Hand fuhr ich von ihrem Kinn über ihre Wange bis in ihr Haar, das herrlich nach Sommerblumen duftete, zog sie an mich und legte meine Lippen auf ihre. Es war ein vorsichtiger Kuss. Einer, der zum Tragen kam, wenn man nicht genau wusste, wie man sich begrüßen sollte. Voller Leidenschaft? Oder doch lieber zaghafter? Nachdem das letzte Treffen mit ihr so anders gewesen war, so viel intensiver, als ich es je für möglich gehalten hätte, wusste ich es tatsächlich nicht besser und drückte einfach meine Lippen auf ihre.

»Ist alles okay?«, fragte sie leise, nachdem sie sich von mir gelöst und sich über die Unterlippe geleckt hatte.

Ich nickte. »Ja, natürlich. Setz dich doch schon mal, ich muss nur noch einen Anruf erledigen, dann bin ich für dich da. Ich habe alles zusammengetragen, sieh es dir ruhig schon an.« Schnell griff ich nach den Angeboten der Marketingspezialisten, die ich kontaktiert hatte, und reichte sie ihr. Noch immer den Mantel tragend, setzte sie sich auf die Couch schräg gegenüber meines Schreibtisches.

Ich steckte den Bluetooth-Kopfhörer in mein rechtes Ohr und tippte etwas in mein Handy. Gleich darauf klingelte es bei meinem kleinen Bruder.

»Aaron, hey, hast du einen Moment?«, begrüßte ich ihn,

nachdem er sofort rangegangen war.

»Klar, Großer, für dich doch immer.« Er klang abgehetzt, vermutlich war er gerade im Fitnessstudio oder beim Joggen im Park.

»Kannst du mir einen Gefallen tun? Bitte?«, fragte ich und fuhr mir mit der linken Hand durch meine Haare. Während ich sprach, glitt mein Blick immer wieder zu Savannah, die bereits in Zahlen versunken war. Die Haare fielen über ihre Schulter nach vorn und ich hätte sie zu gern wieder hinter ihre Ohren gestrichen, damit sie besser sah.

»Kommt drauf an.«

»Hör auf, Mom den Floh ins Ohr zu setzen, dass ich eine Freundin habe, okay? Das ist scheiße. Ständig ruft sie mich deswegen an.«

Gelächter am anderen Ende. War ja klar. Wie früher. Mit Aaron konnte man nicht vernünftig reden. Es ging einfach nicht.

»Nicht mein Problem, Alter. Außerdem hast du selbst damit angefangen, ich habe es nur etwas … sagen wir, ausgebaut.« Ich hörte den sarkastischen Unterton in seiner Stimme und verdrehte die Augen.

»Lass es einfach, okay? Ansonsten reicht ein Anruf beim Dekan der Uni, dann kannst du Klos putzen, anstatt etwas über Wirtschaft zu lernen«, drohte ich ihm gefährlich leise. Doch mein Bruder lachte nur höhnisch. Er wusste, dass ich das nie wirklich tun würde. »Ich verstehe mich noch immer gut mit ihm, behalte das lieber im Hinterkopf.«

»Weil du seine Tochter gefickt hast. Das hat er sicher nicht vergessen«, schleuderte er mir entgegen.

Ich schüttelte den Kopf, rieb mir mit der flachen Hand über die Stirn und warf einen Blick zu Savannah, die von den Unterlagen aufsah und mich mit großen Augen musterte. Ich wollte mir lieber gar nicht erst vorstellen, wie dieses Gespräch auf sie wirkte.

»Das ist lange her, war nur einmal und tut überhaupt nichts zur Sache. Also halte dich aus meinen Angelegenheiten raus und hör auf, Mom Dinge über mich zu erzählen, die nicht stimmen. Aus irgendwelchen Gründen glaubt sie dir mehr als mir. Ich möchte nicht, dass sie am Ende enttäuscht ist.«

»Ja, ja, okay. Ist ja schon gut. Krieg dich wieder ein, großer Krieger«, gab er schließlich klein bei und ich atmete erleichtert auf. »Du magst sie, oder? Die kleine Modeschöpferin?«

Anstatt zu antworten, ließ ich zu, dass Savannahs Blick sich mit meinem verfing. Ihre Haut war gerötet, ihr langen, schlanken Finger lagen auf den Papieren, die sie auf ihren Schoß gelegt hatte. Ja, ich mochte sie sehr. Sie war so echt. So unbeschreiblich. Sie gab sich keine Mühe, sich zu verstellen, war immer sie selbst. Zumindest nahm ich das an.

»Großer Gott, bist du etwa verknallt, Ry? Dass ich das noch erleben darf«, hörte ich Aaron am anderen Ende rufen.

»Halt die Klappe und vor allem: Halt dich aus meinem Leben raus. Und jetzt schönen Abend, ich habe noch zu arbeiten.«

»Schon klar, Ry. Wir sehen uns am Sonntag. Ach, eine Frage habe ich noch.«

Geräuschvoll sog ich die Luft ein, weil ich genau wusste,

was kommen würde. »Hm?«

»Bringst du sie mit?«, frotzelte er, begleitet von einem jungenhaften Kichern.

»Fi… Mach's gut, Aaron.« Gereizt legte ich auf und ging zu meinem Schreibtisch, nahm den In-Ear-Kopfhörer aus meinem Ohr, um ihn zurück in die kleine Ladebox zu stecken.

Für ein paar Sekunden lag etwas in der Luft, das ich nicht deuten konnte, und ich hatte das Gefühl, Savannah das Gespräch erklären zu müssen.

»Hör mal«, begann ich, strich mit den flachen Händen über meine Oberschenkel, bevor ich mich zu ihr auf das Sofa setzte.

»Das war interessant.« Mit ernster Miene sah sie mich an. »Sehr interessant sogar.«

»Das war Aaron, mein jüngster Bruder. Er …« Kopfschüttelnd stieß ich einen schnaubenden Laut aus. »Er bringt mich zur Weißglut, weißt du? Er erzählt meiner Mom ständig irgendwelche Hirngespinste, die nicht stimmen. Und sie glaubt ihm.«

»Also, du meinst so etwas wie, dass du eine Freundin hast? Die du aber nicht hast, habe ich recht? Weil, wir … wir …« Ihr Blick löste sich von meinem und sie betrachtete ihre Finger. »Weil wir, also, wir schlafen ja nur miteinander.«

Genau das hatte ich vermeiden wollen, denn damit erwischte sie mich eiskalt. Es war, als würde mir jemand einen riesigen Eimer mit Eiswürfeln über den Kopf kippen. Meine Haut kribbelte plötzlich und alles in mir fühlte sich taub an. Was redete sie da?

»Was? Nein! Wir schlafen nicht nur miteinander, Savannah.« Ich griff nach ihrer Hand, doch sie zog ihre Finger schnell weg.

»Ach ja? Was ist das denn mit uns? Eine Affäre? Eine Beziehung? Eine Nicht-Beziehung, genau wie das Nicht-Date neulich? Hör auf, dir selbst etwas vorzumachen, Rylan. Das funktioniert nicht.«

Sie redete sich in Rage und bekam kleine rote Flecken am Hals. Hektisch sprangen ein paar Locken hinter ihrem Ohr hervor.

Beruhigend legte ich meine Hand auf ihren Oberschenkel, strich mit dem Daumen vorsichtig über den Stoff des Mantels. »Wir waren uns doch einig darüber, oder?«

Savannah nickte und es brach mir fast das Herz. »Ja, waren wir. Alles gut. Lass uns übers Geschäftliche sprechen. Dieses Angebot hier entspricht eigentlich genau dem, wonach ich suche. Aber ich fürchte, ich kann es mir nicht leisten.«

Es irritierte mich, dass sie noch immer im Mantel neben mir saß. Als wäre sie auf der Flucht oder zumindest auf dem Sprung zum nächsten Termin. Date? Sie hatte doch nicht etwa …? Argwöhnisch runzelte ich die Stirn. »Willst du nicht mal deinen Mantel ablegen?« Von hinten legte ich meine Hände auf ihre Schultern, bereit, ihr den feinen Wollstoff von den Schultern zu ziehen. Doch sie wich mir aus.

»Nein, nein. Danke, das passt schon so.« Schnell zog sie die linke Seite des Kragens, die verrutscht war, wieder näher zum Hals. Blitzte da ihr BH-Träger hervor? Mit dem Zeigefinger fuhr ich am Kragen entlang, über den Träger und über ihre nackte Haut darunter. Ein leichtes Beben ging durch ihren Körper, doch sie blieb konzentriert.

»Sag mal, Savannah, kann es sein, dass du etwas anderes geplant hattest, als über die Finanzierung deines Marketingkonzeptes zu sprechen?«, raunte ich dicht an ihrem Ohr und spürte, wie sie sich für den Bruchteil einer Sekunde versteifte.

Langsam drehte sie ihren Kopf zu mir, senkte ihren Blick, nur um mich dann mit ihren Bambiaugen anzusehen.

»Vielleicht. Ja, vielleicht hatte ich etwas anderes im Sinn. Vielleicht, weil ich dachte, nach der Nacht neulich könnte ich …« Dann stockte sie und atmete tief ein.

»Was dachtest du, hm?« Ich legte meine Hände an ihre Wange und sah ihr tief in die Augen. Mich beschlich eine leise Ahnung, was sie im Sinn gehabt haben könnte. Aber ich wollte es aus ihrem Mund hören. Ich wollte hören, wie ihre süßen Lippen diese Worte sagten.

»Ich dachte, ich könnte dich in deinem Büro verführen.«
Ihr Atem ging schneller, sie biss sich auf die Unterlippe. Die zarte Röte auf ihren Wangen wurde stärker.

»Eine wunderschöne Idee. Wirklich. Allein der Gedanke daran, dich über meinen Schreibtisch zu beugen, lässt mich hart werden, Savannah«, knurrte ich gefährlich leise, wie ein Raubtier, kurz bevor es zugriff.

Ihr Blick glitt zu dem Möbelstück aus dunklem Mahagoni und sie schluckte mehrmals. Die Lippen leicht geöffnet, sah sie schließlich wieder zu mir und begann, den Mantel zu öffnen.

Scheiße. Ich war geliefert. Sie hatte mich so was von an

den Eiern. Ich war ihr verfallen. Sie verdarb mich. Mit jedem Mal ein Stückchen mehr.

»Wollen wir vorher über dein Vorhaben sprechen oder danach?« Mit den Fingerspitzen folgte ich ihren Bewegungen und fuhr von ihrem Hals abwärts über ihr Brustbein bis hin zum Ansatz ihrer Brüste. Schwarze Spitzenunterwäsche blitzte unter dem Wollmantel hervor und ließ einiges erahnen. Gott, am Ende trug sie noch Strapse dazu. Heilige Scheiße.

Mit einem Mal streckte sie ihren Rücken durch, griff nach meiner Hand, um sie auf meinem Oberschenkel abzulegen und verschloss den Mantel wieder. »Lass uns erst darüber reden, wie ich das mit dem Marketing hinkriegen kann, ohne mich finanziell zu ruinieren.«

Geräuschvoll stieß ich die Luft aus und fuhr mit der Hand durch meine Haare. *Okay, durchatmen, Chambers. Tief durchatmen.* Ich hoffte, mein Puls würde sich schnell wieder regulieren, damit ich aufstehen konnte, ohne dass sie meinen Ständer bemerkte.

Also gut. Wir wendeten uns den geschäftlichen Themen zu. Auch wenn sich meine Kenntnisse über Marketing für Modelabel in Grenzen hielten, war es doch möglich, die Angebote auszuwerten und zu vergleichen. Es war unfassbar, welche Stundenhonorare die oftmals selbsternannten Werbegurus aufriefen. Letztendlich blieben zwei der ursprünglich sechs Angebote für Savannah im Rennen, doch sie hatte keine Ahnung, wie sie die Kosten stemmen sollte. Ich hoffte, dass sie dieses Mal zulassen würde, dass ich sie unterstützte.

»Pass auf. Wir hatten doch bereits darüber gesprochen, dass ich dir helfen werde. Ich verauslage die Rechnungsbeträge und wenn du liquide genug bist, zahlst du mir alles zurück. Einverstanden?«

Mit geschlossenen Augen legte sie den Kopf in den Nacken, drehte ihn einmal nach links, dann nach rechts. Dann sah sie mich wieder an. »Und die Gegenleistung dafür sieht wie genau nochmal aus?«

»O Mann, Savannah, nochmal zum Mitschreiben, es gibt keine Gegenleistung. Ich möchte dir helfen. Einfach so. Weil ich deine Arbeit wertschätze und daran glaube, dass du es schaffen kannst. Mehr nicht.«

Wieder schluckte sie, doch dieses Mal zitterten ihre Lippen dabei. Ihre Augen wurden glasig und eine Träne löste sich aus dem Augenwinkel. Vorsichtig wischte ich sie mit dem Daumen fort. »Findest du das wirklich so traurig?«, versuchte ich, sie mit einem Scherz aufzumuntern, und es funktionierte.

»Nein.« Ein halbherziges Lächeln huschte über ihre Lippen. »Aber es kommt etwas unerwartet. Wir kennen uns kaum und du bist so ... so ... ich weiß nicht. Mir ist so etwas noch nie passiert. Ich hätte mir diese Unterstützung von meinen Eltern gewünscht, aber die haben noch immer ihre Zweifel, ob ich in diesem Business bestehen kann.«

»Was? Natürlich kannst du das! Du bist der Wahnsinn. Deine Entwürfe sind der Wahnsinn, soweit ich das als Laie beurteilen kann. Wenn es jemand schaffen kann, dann du!« Im Eifer des Gefechts war ich aufgesprungen, hatte sie mitgerissen, sodass alle Unterlagen umherflogen, und sie herumgewirbelt. Glucksende Laute verließen ihre Kehle, bevor wir in der Mitte des Raumes zum Stehen kamen, ich meine Arme um ihre Taille schlang und sie fest an mich drückte. »Du schaffst das, Savannah. Wir schaffen das.« Meine Worte besiegelte ich mit einem leidenschaftlichen Kuss, der jäh unterbrochen wurde, als die Tür aufflog.

»Mr. Chambers, ich würde dann ... oh! Oooohh! Sorry, ich wollte nicht ...«, stammelte Ruby, machte aber keinerlei Anstalten, mein Büro wieder zu verlassen. Stattdessen stand sie mit einem schiefen, etwas unechten Lächeln in der Tür.

»Sie können Feierabend machen, Ruby. Oder ist noch etwas?«

»Nein, Mr. Chambers. Ich dachte nur, ich könnte vielleicht ...« Mir entging nicht, wie sie Savannah von Kopf bis Fuß musterte. Die Augen leicht zusammengekniffen, glitt ihr Blick an ihr hinab, als müsste sie eine Bewertung abgeben. Als ich mich räusperte, zuckte sie zusammen. »Ähm, ja, ich gehe dann mal. Schönen Abend noch, Mr. Chambers.«

»Ihnen auch, Ruby.«

»Auf Wiedersehen«, sagte auch Savannah, doch meine Assistentin beachtete sie gar nicht und wandte sich ab, als würde sie gerade ihr eigenes Büro verlassen.

»Was ist denn mit der los?«, zischte Savannah und löste sich aus meiner Umarmung.

»Keine Ahnung – aber ganz ehrlich? Es ist mir egal. Und jetzt leg endlich diesen Mantel ab. Ich möchte zu gern sehen, was du darunter verbirgst und dich auf meinem Schreibtisch vögeln.«

Mit einem Hüftschwung, der sich gewaschen hatte,

tänzelte sie vor mir herum, warf ihren Kopf in den Nacken und fuhr mit den Fingern so verführerisch am Kragen des Mantels entlang, dass mir ganz heiß wurde. Der obere Teil rutschte über ihre Schultern und entblößte nackte Haut, die lediglich von BH-Trägern aus Spitze geziert war. Gott, ich war so scharf auf sie. Mit einem Ruck packte ich sie und zog sie an meine Hüften, damit sie spürte, wie groß mein Verlangen nach ihr war. Wie sehr ich mich nach ihr verzehrte und sie wollte.

Begleitet von einem leisen Keuchen glitt ihr Blick zwischen mir und meinem Schreibtisch hin und her. Dann verzog sie ihren hübschen Mund zu einem teuflischen Grinsen. »Okay, dein Schreibtisch. Jetzt. Aber nur, wenn du mir danach erzählst, was es mit deiner Mom und deinen Brüdern auf sich hat.«

Hatte ich bereits erwähnt, dass sie mich an den Eiern hatte?

12

Savannah

Meine Liaison mit Rylan Chambers glich einem Wechselbad der Gefühle. Hin- und hergerissen zwischen sämtlichen Emotionen, die man durchleben konnte, fragte ich mich, was ich wirklich für ihn empfinden sollte. Mein Herz war auch kein guter Ratgeber, denn es überschlug sich förmlich, sobald er in meiner Nähe auftauchte.

Jetzt war es mitten in der Nacht und ich saß in Rylans Penthouse auf einer Couch, die so groß war wie mein Wohnzimmer. Die riesigen Fensterfronten aus Glas waren nass vom Herbstregen, der draußen tobte. Mit gleichmäßigem Rhythmus trommelten die Tropfen gegen die Scheiben. Die nächtliche Beleuchtung der Stadt schien nie auszugehen, denn sie leuchtete auch jetzt noch so, als würde da unten das pralle Leben pulsieren. Vielleicht tat es das auch. Dafür liebte ich Boston. Für die Lebendigkeit, für den Charme und dafür, dass man hier alle Möglichkeiten hatte. Und natürlich dafür, dass ich Rylan hier getroffen hatte.

Nachdem wir am Abend nach der echt heißen Nummer auf seinem Schreibtisch sein Büro verlassen hatten, hatte er mich noch im Fahrstuhl an die Wand gedrückt. Mich mit seiner Hand an meiner Kehle in Position gehalten und so ungestüm geküsst, dass ich noch immer weiche Knie bekam, wenn ich nur daran dachte. In jenem Augenblick hätte ich schwören können, mich gänzlich in ihm verloren zu haben. Als wir dann endlich oben angekommen waren, hatte er mir den Mantel abgenommen. Wortlos hatte er mich in sein Schlafzimmer getragen, dort aufs Bett gelegt und dann Sachen mit mir angestellt, die mich vergessen ließen, wer ich war, was ich fühlte, wo ich wohnte …

Fröstelnd schlang ich die Arme um meinen Oberkörper. Ich trug nur eines von Rylans Shirts, das mir viel zu groß war. Aber ich mochte, dass es nach ihm roch und wie weich sich der Stoff an meine Haut schmiegte. Fast, als wäre er es, der mich umhüllte.

Leise ging ich in die Küche, setzte Wasser auf und suchte nach Tee. Ich öffnete einen Schrank nach dem anderen, bis ich Pfefferminztee gefunden hatte, und fragte mich, ob er eigentlich eine Haushälterin hatte. Alles war sauber, fast schon steril, ordentlich und sortiert. Er war also entweder der Inbegriff eines Monks, der alles akkurat haben musste, oder er hatte jemanden, der diesbezüglich für ihn sorgte.

Nachdem der Wasserkessel viel zu laut gepfiffen hatte, goss ich meinen Tee auf und ging zurück ins Wohnzimmer –

oder vielmehr in den Wohnbereich, denn hier im Penthouse waren die Räume, abgesehen vom Bade- und Schlafzimmer, nicht abgetrennt. Alles war offen, großzügig gestaltet und stilvoll eingerichtet. Im Gegensatz zu seinem Büro, das eher dunkel möbliert war, war seine Wohnung hell und freundlich. Gradlinig und doch einladend gemütlich.

Mit der Teetasse stellte ich mich ans Fenster und betrachtete die Regentropfen, die langsam an den Scheiben hinabliefen. Regentropfen hatten es gut. Sie machten sich keine Gedanken darüber, wie sie am besten an Geld kamen. Wie sie erfolgreich wurden. Mussten sich nicht beweisen, niemanden überzeugen, nichts verkaufen. Sie fielen einfach auf die Erde, platschten zum Beispiel gegen Fensterscheiben, und wenn sie vertrockneten, war es vorbei.

Rylan war meiner Bitte ausgewichen, mir mehr über seine Familie zu erzählen. Ich wusste nicht, warum das so war. Aber es interessierte mich, welches Verhältnis er zu seinen Geschwistern und zu seiner Mutter hatte. Was war mit seinem Vater? Ich wollte es so gern wissen. Wollte wissen, wer Rylan Chambers wirklich war. Was ihn ausmachte. Alles wollte ich über ihn wissen. Ihn besser kennenlernen.

Ein leises Seufzen kam über meine Lippen, als ich seine Hände an meiner Hüfte spürte. Ich war wohl so in Gedanken gewesen, dass ich ihn nicht gehört hatte. Gemächlich schlang er von hinten seine Arme um meine Taille und zog mich eng an sich heran. Mit dem Kopf schmiegte ich mich an seine Wange und genoss, dass er seine Nase in meinen Haaren vergrub.

»Ich wollte dich nicht erschrecken, entschuldige«, raunte

er und küsste mich aufs Haar.

»Und ich wollte dich nicht wecken, sorry.«

»Hast du nicht, ich war schon eine Weile wach und habe dich beobachtet.«

Ich drehte meinen Kopf so, dass ich ihn ansehen konnte.

»Du hast was? Aber du hast doch geschlafen.«

»Japp. Bis der Wasserkessel gepfiffen hat.«

»O sorry, das wollte ich wirklich nicht. Ich hoffe, es ist okay, dass ich in deiner Küche nach Tee gesucht habe.« Plötzlich war es mir unangenehm, dass ich alle Schränke durchwühlt hatte.

»Aber natürlich. Fühl dich wie zu Hause.«

»Wie genau konntest du mich beobachten? Dein Schlafzimmer ist doch …«

Mit mir zusammen drehte er sich um, löste eine Hand von meinem Körper, um mit seinem Handy eine App zu öffnen, dort einen Regler zu verschieben und tadaaa, auf einmal satinierten sich die Wände des Schlafzimmers wieder.

»Geht ganz einfach. Siehst du?« Noch einmal betätigte er den Schieberegler und die Scheiben, von denen ich gedacht hatte, es seien Gipskartonwände, wurden wieder klar, sodass man das Bett sehen konnte.

»O-okay, du stehst auf solchen Technikkram?«, wollte ich wissen.

»Ja, schon irgendwie. Aber in erster Linie stehe ich auf dich.« Seine heisere Stimme vibrierte in meinen Ohren und hallte in meinem ganzen Körper nach. Mit ein paar Schlucken leerte ich meinen Tee und drehte mich in seiner Umarmung um. Rylan nahm mir die Tasse ab und stellte sie auf die Lehne der Couch. Dann legte er seine Hände an meine Wangen und seine Stirn an meine. Sein Atem kitzelte meine Nasenspitze. »Komm wieder mit ins Bett, Savannah. Da ist es auch wärmer.«

»Erzählst du mir dann von deiner Familie?«

»Verdammt, da war ja noch was«, nuschelte Rylan mit einem schiefen Lächeln und fuhr sich mit den Fingern über das Kinn. Dann griff er nach meiner Hand und zog mich Richtung Schlafzimmer, wo wir schnell wieder unter die Bettdecke krochen und uns aneinander kuschelten.

Eine Weile schwiegen wir. Meinen Kopf auf Rylans Brust gelegt, lauschte ich seinem gleichmäßigen Herzschlag und dem Regen, der noch immer an die Fenster trommelte. Beides beruhigte mich und machte mich regelrecht schläfrig.

»Vor drei Jahren starb mein Dad. Es kam ziemlich unerwartet, von der Diagnose bis zum Tod blieben ihm keine sechs Monate.« Rylans Stimme war ernst. An meiner Wange spürte ich, wie sich sein Herzschlag beschleunigte.

»Das tut mir so leid«, flüsterte ich und hob meinen Kopf, um ihn anzusehen. »Du musst nicht darüber ...«

Mit seinen Fingern streichelte er sanft über meine Schulter und gab mir einen Kuss aufs Haar. »Doch, ich habe es dir versprochen. Und ich bin niemand, der seine Versprechen bricht.«

Ich rang mir ein Lächeln ab, wohlwissend, wie schwer es ihm fallen musste, über diesen Verlust zu reden.

»Er hat ein riesiges Loch in unserer Familie hinterlassen, wir waren ganz schön am Ende. Vor allem unsere Mutter. Erst jetzt beginnt sie wieder, richtig zu leben. Was ich toll finde, allerdings ist es immer noch ein wenig seltsam, dass sie alleine in den Lions Club geht. Auf jeden Fall ist sie seitdem sehr darauf bedacht, dass wir Jungs unser Glück finden, und der Meinung, dass wir das Leben nicht einfach so verstreichen lassen sollten.«

»Ich finde, damit liegt sie goldrichtig«, warf ich ein und küsste ihn auf die Brust, woraufhin er seinen Arm fester um mich schlang.

»Mag sein, ja. Aber Bruce und ich lieben unsere Jobs. Aaron ist noch etwas neben der Spur und muss seinen Weg erst finden.«

»Was machen die beiden?«

»Bruce ist Architekt und hat die Firma unseres Vaters übernommen. Und Aaron? Die kleine Pissnelke? Er macht gerade seinen Master in Wirtschaft. Hat aber keinen Plan, was er danach machen wird. Das war schon immer so. Er hat eine große Klappe, steht gern im Mittelpunkt, aber es ist viel heiße Luft.«

»Warum warst du vorhin so sauer auf ihn?«

Die Bettdecke raschelte. Während Rylan sich aufsetzte, rutschte mein Kopf von seiner Brust aufs Kissen. Für ein paar Sekunden blieb ich liegen, betrachtete seine kantigen Gesichtszüge und tat es ihm dann gleich, richtete mich auf und wartete ab.

»Nachdem das mit uns begonnen hat, habe ich meinen Brüdern von dir erzählt. Frag mich bitte nicht, warum, das kann ich dir nicht beantworten, weil ich es nicht weiß. Während Bruce, der eher so rational veranlagt ist wie ich, das einfach hingenommen hat, hatte Aaron nichts Besseres zu tun, als unserer Mutter den Floh ins Ohr zu setzen, dass ich eine feste Freundin hätte. Seitdem bekniet sie mich in jedem Gespräch, dass ich diese Freundin mitbringen soll. Wir treffen uns seit Dads Tod jeden Sonntag zum Mittagessen, weißt du?«

Das zu hören, versetzte mir einen Stich mitten ins Herz. Ich wünschte, ich hätte auch so einen guten Draht zu meiner Familie. Aber den hatte ich aus irgendwelchen, mir unbekannten Gründen nicht. Zwar verstand ich mich ganz gut mit meinen Eltern, aber so ein inniges Verhältnis, wie es anscheinend bei den Chambers der Fall war, hatten wir nicht.

»Warum ärgert dich das so? Du kannst es doch einfach aufklären«, erwiderte ich schließlich und fing seinen Blick auf, der sich plötzlich verändert hatte. Auf einmal schien er so verwundbar, wie ich ihn zuvor noch nicht gesehen hatte.

Bitter lachte er auf. »Du meinst, ich soll während des Nachtischs erwähnen, dass wir eine Freundschaft mit gewissen Vorzügen am Laufen haben?«

Wie sich das anhörte ...

»Ja, zum Beispiel.« Ich zuckte mit den Schultern und horchte in mich hinein, weil meine Worte etwas ganz anderes aussagten, als mein Herz fühlte. Das wollte inzwischen so viel mehr als nur gewisse Vorzüge.

»Das geht nicht, Prinzessin. Das kann ich meiner Mutter nicht antun. Sie würde das nicht verstehen.«

Ich wendete den Blick von ihm ab und betrachtete meine Fingernägel, die mal wieder neu lackiert werden mussten. Der dunkelrote Lack splitterte an einigen Stellen ab und hinterließ hässliche Lücken.

162

»Und wenn ich zur Abwechslung mal dir helfe?«, warf ich ein und hasste mich selbst dafür, dass ich überhaupt auf diese Idee kam.

Rylan horchte sofort auf und sah mich fragend an. »Wie stellst du dir das vor?«

Ich verdrehte die Augen und verzog das Gesicht, weil der das Offensichtliche nicht kapierte. »Ist doch ganz einfach. Nimm mich mit und stell mich als deine Freundin vor.«

Rylan schüttelte den Kopf. Sein Blick ließ vermuten, dass er glaubte, sich verhört zu haben.

»Was denn? Du hast mich sogar schon mal darum gebeten, schon vergessen?«

»O Gott, nein, natürlich habe ich das nicht vergessen. Das war so blöd von mir, tut mir leid. Ich habe nicht nachgedacht in dem Moment. Aber ... würdest du das denn wirklich tun?«

Ich sah die Verunsicherung in seinen Augen und hatte das dringende Bedürfnis, ihm einem Streich zu spielen.

»Nein, Rylan, ich habe dich nur verarscht. Nur ein Idiot käme auf die Idee, deine Freundin zu spielen. Ich bin doch nicht bescheuert.« Um mein glucksendes Lachen zu verbergen, verkroch ich mich bis zur Nasenspitze unter der Bettdecke.

»Warum sagst du es dann?«

»Weil ich wollte, dass du mir vor lauter Freude noch ein paar Höhepunkte verschaffst.«

Ein breites Lachen zupfte an seinen Mundwinkeln. »Du kleines Biest«, knurrte er und zog die Bettdecke hinunter, woraufhin ich meine Belustigung nicht mehr verbergen konnte.

»Sorry, das musste sein.«

»Das wird ein Nachspiel haben, Ms. Davis.« Das dunkle Timbre seiner Stimme donnerte direkt in mein Herz. Er rutschte zu mir unter die Decke, drehte sich seitlich und schob sein Knie zwischen meine Beine. »Aber sag mir bitte erst, ob du das ernst gemeint hast.«

»Das mit den Höhepunkten?« Grinsend biss ich mir auf die Unterlippe.

»Oh. Das war ernst gemeint, das weiß ich, und du hast keine Ahnung, was du dir damit eingebrockt hast. Aber ich meinte die andere Sache.«

Mit den Fingern strich er sanft über meine Wange, fuhr mit dem Daumen über meine Unterlippe, dann über das Kinn und über meinen Hals bis hinab zu meinem Schlüsselbein. Jede seiner Berührungen war wie ein kleiner Stromstoß und versetzte mich in eine Art Ausnahmezustand.

»Wenn du die Sache meinst, in der ich für ein Sonntagsessen deine Freundin spiele, dann ja, das habe ich ernst gemeint. Wirklich. Du hilfst mir, also helfe ich dir.«

»Bist du dir sicher? Ich meine, wir müssten dann so tun, als wären wir ein Paar«, gab er zu bedenken. Seine Finger fuhren weiter über meine erhitzte Haut.

»Ich weiß, kriegen wir hin.« Als seine Finger meine Nippel gefunden hatten und sanft hineinkniffen, schnappte ich nach Luft.

»Danke, Savannah. Das bedeutet mir wirklich viel«, raunte Rylan. Gleich darauf landeten seine Lippen auf meinen, so als wollte er testen, wie es war, eine feste Freundin zu haben.

»Du hast was? Süße, bist du von allen guten Geistern verlassen?« Meine beste Freundin starrte mich mit offenem Mund an.

Nach dem letzten Treffen mit Rylan, das unerwartet vertraut gewesen war und noch dazu in seiner Wohnung geendet hatte, brauchte ich ihren Rat. Also saßen wir mit frisch gebrühtem Kaffee auf der kleinen Couch, die ich in meinem Atelier aufgestellt hatte.

»Ich weiß«, jammerte ich vor mich hin.

»Warum willst du seine Freundin spielen? Ich dachte, ihr seid nur ... na ja, Knick-Knack-Freunde?«

Damit entlockte sie mir ein müdes Lächeln. Knick-Knack-Freunde. Ja, das waren wir ganz bestimmt. Aber langsam begann unsere Verbindung, gefährlich zu werden. Zumindest für mich wurde sie das, weil ich mich in Rylans Gesellschaft immer öfter dabei ertappte, wie ich mich wohl fühlte, wie ich ihn anstarrte und mir vorstellte, wir würden gemeinsam etwas unternehmen und all so Sachen. Aber wir waren eben kein Paar.

Doch wir sollten eines spielen. Und ich hatte zugesagt, ihm zu helfen.

»Warum tust du das, Savannah? Ich meine, er sieht wirklich begnadet gut aus, ohne Frage. Er scheint ja auch im Bett etwas drauf zu haben, sonst würdest du nicht ständig mit diesem verhangenen Blick in der Weltgeschichte herumlaufen. Aber warum um alles in der Welt willst du für einen Tag seine Freundin spielen? Hat er dir Geld dafür geboten, oder was?«

»Anfangs hat er das tatsächlich«, klärte ich sie auf und erzählte ihr von unserer ersten Begegnung damals in der Bank, woraufhin Amber den Kopf schüttelte und mehrere Schimpfwörter für ihn parat hatte. Schnell ergänzte ich unseren neuen Deal, um Rylan wieder ins rechte Licht zu rücken. »Aber jetzt hilft er mir einfach nur. Er kennt die richtigen Leute, die nützlich für mich sind, verstehst du? Das kann ich nicht ablehnen, wenn ich vorankommen will.«

»Verstehe. Du fühlst dich ihm gegenüber verpflichtet und hilfst ihm auch. Eine Hand wäscht die andere, oder wie das heißt. Hm, ich weiß nicht, was ich davon halten soll.«

»Ich helfe ihm, weil ich es möchte, okay? Du kannst davon halten, was du willst, es wird nichts an meiner Entscheidung ändern. Ich fühle mich ihm gegenüber nicht verpflichtet, schließlich zahle ich ihm das Darlehen bis zum letzten Cent zurück. Wenn ich es irgendwann kann ... Aber er hilft mir. Warum kann ich ihm nicht auch einfach helfen?«

Amber holte tief Luft und drehte ihren Kopf hin und her. »Süße, du kannst tun, was immer du willst. Wenn du ihm helfen möchtest, dann hilf ihm. Wenn du seine One-Day-Freundin sein willst, dann sei das. Aber sag am Ende nicht, ich hätte dich nicht gewarnt. Denn ehrlich gesagt habe ich so meine Zweifel, ob das wirklich gut geht.«

»Ach Amber, hör doch einmal auf, immer so rational zu sein. Deine Zweifel sind unbegründet. Die Fronten sind klar abgesteckt und das wird sich auch nicht ändern.«

»Wenn du das sagst.« Sie lehnte sich zurück und ich konnte die Skepsis in ihrem Blick sehen. Eine Weile später sagte sie: »Du magst ihn, nicht wahr?«

Gedankenversunken nippte ich an meinem Kaffee, der nur noch lauwarm war und bitter schmeckte. »Ein bisschen vielleicht. Aber das tut nichts zur Sache, wirklich.«

Amber stellte ihre Tasse ab und beugte sich vor, legte ihre Hände auf meine Knie, die ich im Schneidersitz angezogen hatte. »Ein bisschen vielleicht? Echt jetzt, Sav? Ein bisschen vielleicht?«

»Ja, warum wiederholst du das zweitausend Mal?«

»Vielleicht, weil ich nicht glauben kann, dass du dir selbst etwas vormachst? Ich meine, hallo? Deine Augen haben diesen besonderen Glanz, wenn du über ihn sprichst. Deine Wangen werden rot dabei. Dann dieses Lächeln ... O Mann, also wenn du mich fragst, magst du ihn nicht *ein bisschen vielleicht*. Du bist bis über beide Ohren in ihn verknallt und solltest vorsichtig sein bei dem, was du vorhast. Am Ende bricht er dir das Herz und ich muss es wieder ausbügeln.« Demonstrativ griff sie nach einer Packung Papiertaschentüchern und wedelte damit in der Luft herum.

»Musst du nicht, versprochen. Ich werde mit ihm zu seiner Familie fahren, einen schönen Nachmittag haben und mehr wird nicht passieren.«

Die zweifelhaften Blicke meiner Freundin trafen mich an meinem wundesten Punkt. Sie glaubte mir nicht. Und wenn ich ganz ehrlich war, glaubte ich mir nicht einmal selbst.

13

Rylan

»Bist du dir ganz sicher, dass du mitkommen willst?« Auch wenn ich mich wirklich darüber freute, dass Savannah mir helfen wollte, hatte ich so meine Bedenken, ob die ganze Sache gutgehen würde. Dabei war es eigentlich fast schon zu spät, denn wir saßen bereits in meinem Auto.

Savannah trug ein geblümtes Chiffonkleid in Herbstfarben, das bis kurz über ihre Knie reichte. Es stand ihr hervorragend und unterstrich das Blond ihrer Haare, die sie offen trug. Ein dicker Wollschal verdeckte sie allerdings zum größten Teil und ich war versucht, Strähne für Strähne mit meinen Fingern freizulegen.

Mit aufeinandergepressten Lippen sah sie mich an und nickte. »Japp«, erwiderte sie knapp. »Versprochen ist versprochen.«

Ihre Worte verpassten mir innerlich einen sanften Ruck, der mein Herz dazu brachte, für einen Moment zu stolpern. Diese Frau … ich wurde einfach nicht schlau aus ihr. Und allein dafür mochte ich sie von Treffen zu Treffen ein bisschen mehr.

»Okay, dann lernst du gleich als Erstes meinen mittleren Bruder kennen. Bist du bereit?« Die Aufregung war ihr förmlich anzusehen. Ihr Brustkorb hob und senkte sich schnell, immer wieder leckte sie sich über die Lippen, als hätte sie Angst, dass diese austrocknen könnten. Sie hatte ihre Finger miteinander verschlungen und knetete sie, dass die Knöchel weiß hervortraten. Zur Beruhigung legte ich meine Hand auf ihre, woraufhin sie sofort damit aufhörte. Die andere Hand legte ich an ihre Wange, strich sanft mit dem Daumen über ihre weiche Haut. Dann küsste ich sie, zaghaft und vorsichtig, weil ich sie nicht überrumpeln wollte.

»Hey, du kannst noch Nein sagen, wenn du nicht mitkommen möchtest, okay? Ich will, dass du das weißt. Ich wäre dir nicht einmal böse. Ist für uns beide eine ziemlich schräge Situation.«

Unsicher lachte sie auf. »Ja, das ist es. Aber ich weiß, was ich tue, Rylan. Also fahr endlich los. Ansonsten bekomme ich den Eindruck, dass du mich gar nicht dabeihaben möchtest, so wie du mich davon überzeugen willst, doch einen Rückzieher zu machen.«

Geräuschvoll sog ich die Luft ein. Ja, das wäre mir tatsächlich lieber. Ich hatte nämlich gar keinen Bock darauf, mich den nervenden Fragen meiner Liebsten zu stellen, die garantiert zuhauf auf mich einprasseln würden, sobald

Savannah die Türschwelle übertreten hatte. Ich hauchte ihr noch einen Kuss auf die Nasenspitze, dann ließ ich den Motor an, der mit einem tiefen Brummen startete.

»Falscher Eindruck, Prinzessin.«

Wir setzten uns in Bewegung, um Bruce abzuholen, der im Stadtteil Beacon Hill wohnte, unweit vom Chambers Tower. Die Fahrt dauerte nur ein paar Minuten und von unterwegs rief ich meinen Bruder an, damit er startklar war, wenn wir bei ihm ankamen. Die Parksituation in der Innenstadt war eine Katastrophe.

»Was ist mit deinem jüngsten Bruder?«

»Du meinst Aaron? Der ist schon bei Mom. Er studiert am Boston College und ist durch die Nähe zu Wellesley öfter zu Hause. Na gut, vielleicht liegt es eher daran, dass er studiert und mehr Zeit hat als wir.«

»Ich hoffe, sie stellen keine unangenehmen Fragen«, hörte ich Savannah leise sagen und lachte auf.

»Sorry, aber das werden sie ganz bestimmt tun. Glaub mir, das wird die Inquisition der Hölle.«

»Wir hätten das vorher vielleicht besprechen sollen«, jammerte sie vor sich hin und ich verstand sie so gut. Mir ging der Arsch genauso auf Grundeis. Ich hatte Schiss, dass wir dem Gefrage nicht standhalten könnten und auffliegen würden. Das würde meiner Mutter das Herz brechen. Und meines irgendwie auch.

Schon von Weitem sah ich Bruce, der bereits vor dem Haus stand und sich mit dem Portier unterhielt. Als er mich entdeckte, verabschiedete er sich und kam sogleich zum Auto.

Fluchend quetschte er sich auf die Rückbank meines Rapide AMR. »Scheiße, Mann, kauf dir gefälligst ein größeres Auto, wenn ich ab jetzt immer hinten sitzen muss.«

»Dir auch guten Tag, Bruce.« Ich hob den Kopf, um ihm im Rückspiegel zuzunicken, und langsam meine Hand, die ich zur Faust geballt hatte. Lediglich der Mittelfinger ragte empor.

»O Gott, natürlich, wo habe ich nur meine guten Manieren gelassen? Hi, ich bin Bruce und du musst die Schönheit sein, die meinem Bruder den Kopf verdreht hat.«

Savannah lachte auf und drehte sich halb nach hinten, um unseren Fahrgast zu begrüßen. »Savannah, hi. Schön, dich kennenzulernen. Rylan hat schon viel von dir erzählt.«

»Na das glaube ich gern. Ist mir eine Ehre, Savannah. Woher kennt ihr euch gleich nochmal?«

Feixend schlug mir mein Bruder von hinten auf die Schulter und ich schüttelte den Kopf. Runzelte die Stirn und atmete schnaubend aus. »Willkommen in der Hölle, Prinzessin«, raunte ich und griff nach ihrer Hand. Es kam einzig und allein darauf an, dass wir meiner Familie glaubhaft versicherten, ein Paar zu sein. Und das würden wir schaffen. Für ein paar Stunden wäre es einfach Realität und danach wieder Geschichte. Ganz einfach.

***

Während der Fahrt hatte sich Savannah nicht entspannt. Nach wie vor war sie bleich im Gesicht und ihre Miene schwankte zwischen Panik und Hysterie. Bruce gab sich allerdings von seiner besten Seite und hatte schnell kapiert, dass er keine weiteren Fragen stellen brauchte. Stattdessen hatte er sie in ein Gespräch über Mode und Design verwickelt. Schließlich war er als Architekt ebenso ein Schöpfer wie Savannah. Beide waren unfassbar kreativ und hatten ein gutes Auge für Details. Ich war meinem Bruder dankbar, dass er das aufgriff und versuchte, der Situation damit etwas Spannung zu nehmen.

Schon als ich in die Einfahrt bog, sah ich Mom in der Tür stehen. Sie trug ein fliederfarbenes Kostüm und ihre Haare waren anscheinend frisch frisiert, denn sie hatten diesen silberfarbenen Touch. Sie sah gut aus und wedelte freudig mit den Armen hin und her, bis ich direkt vor der kleinen Treppe, die zum Eingang führte, stehenblieb. Natürlich ließ Aaron es sich nicht nehmen, an ihr vorbeizustürmen und die Beifahrertür aufzureißen.

»Heyyy«, rief er stürmisch und riss Savannah nahezu vom Sitz, die mich hilflos ansah. »Du bist also Rylans Freundin? Nice.«

Ich verdrehte die Augen. Er war so ein Kindskopf. *Nice. Echt jetzt?*

»Ist sie und jetzt lass Savannah doch bitte erst einmal in Ruhe, bevor du ihr die Gliedmaßen ausreißt«, erwiderte ich leicht genervt und warf ihm einen mahnenden Blick zu. Dann umrundete ich das Auto, schubste meinen kleinen Bruder zur Seite und half meiner Freundin-Nicht-Freundin beim Aussteigen.

Einen Arm locker um ihre Schultern gelegt, führte ich sie zur Treppe, wo uns Mom schon entgegenkam.

»Hey«, begrüßte ich sie mit einem Kuss auf die Wange und roch ihr pudriges Parfum, was mich an meine Kindheit erinnerte. »Das ist Savannah. Savannah, das ist meine Mutter.« Ich stellte die beiden einander vor und Mom schloss meine Begleitung voller Warmherzigkeit in die Arme. »Oh, Liebes, herzlich willkommen. Es ist so schön, dass wir uns kennenlernen. Aber kommt doch rein, das Essen ist gleich fertig«, jauchzte sie glückselig und entlockte mir damit ein Lächeln, während mir Savannah einen überforderten Blick zuwarf. Mom hingegen zwinkerte mir zu, und ich hoffte einfach, dass der Schwindel nicht aufflog.

Ich zog Savannah wieder in meinen Arm und küsste sie auf die Schläfe. »Wir schaffen das«, flüsterte ich, als Aaron zwischen uns grätschte wie ein Fünfjähriger, der zu wenig Aufmerksamkeit bekam.

»Hi. Ich bin Aaron. Mein werter, großer Bruder hat vor lauter Verliebtheit wohl vergessen, uns einander vorzustellen.« Sein vorwurfsvoller Blick ließ mich kalt.

»Savannah, hallo.« Sie strahlte ihn an, und in dem Moment regte sich etwas in meinem Herzen.

Im Haus herrschte sofort ein reger Tumult. Es war zwei Wochen vor Thanksgiving und Mom hatte schon alles mit Kürbissen dekoriert. Überall lagen, hingen, lehnten diese kleinen, orangefarbenen oder grün-gelben Teile. In der Küche duftete es verführerisch nach Braten und Kartoffeln mit Speckbohnen. Mehrmals sah ich, wie unsere Mutter Aaron beim Naschen erwischte und ihm auf die Finger schlug.

Wie früher, ging es mir durch den Kopf und ich

schmunzelte. Schade, dass Dad nicht mehr da war, um all das mitzuerleben.

Nachdem sich meine Brüder regelrecht darum geschlagen hatten, das Essen auf den Tisch zu tragen, um Savannah zu beeindrucken, saßen wir nun endlich an der festlich gedeckten Tafel, die aussah, als feierten wir Geburtstag, Thanksgiving und Weihnachten zusammen.

Savannahs Unsicherheit war verflogen. Sie fühlte sich wohl hier und scherzte mit meinem kleinen Bruder, unterhielt sich mit Bruce und wechselte vielsagende Blicke mit meiner Mutter, wenn einer der beiden seine Witze riss. Ich beobachtete sie aus dem Augenwinkel. Sie hatte ihre Haare vor dem Essen zu einem lockeren Knoten am Hinterkopf gebunden. Einige Strähnen rutschten ihr dennoch ins Gesicht und ich fuhr sanft mit meinen Fingern über ihre Wange, um sie ihr hinter das Ohr zu streichen. Seitlich sah sie mich an, lächelte und spitzte die Lippen, als wollte sie mich küssen. Sie war süß. Zum Niederknien schön. Und sie fügte sich hervorragend in unsere Familie ein.

»Hm, es schmeckt himmlisch, Mrs. Chambers. Verraten Sie mir das Rezept, damit ich es nachkochen kann?«, murmelte sie mit noch halbvollem Mund und schob sich gleich den nächsten Biss hinein.

»Wenn du das nachkochst, heiratet dich Ry sofort«, mischte sich Bruce ein und zwinkerte mir zu.

»Yeah, eine Hochzeit. Voll die fette Party.« Auch Aaron hatte seinen Spaß. Er saß mir genau gegenüber, blitzte mich amüsiert an. Unter dem Tisch stieß ich ihn mit dem Fuß ans Schienbein. Bei Bruce, der links von mir an der Stirnseite saß, tat ich das Gleiche.

»Liebes, nenn mich Betty, bitte. Und natürlich kann ich dir nachher das Rezept aufschreiben. Es ist ganz einfach.«

Meine Geschwister sahen sich mit gespielt ernsten Mienen an, dann stießen sie zeitgleich ein »Aua« aus und ich verdrehte genervt die Augen.

»Wie im Kindergarten«, nuschelte ich und fing Savannahs Blick ein. Sie hatte das Szenario verfolgt und verkniff sich ein Lachen.

»Wie habt ihr euch kennengelernt?« Ich hatte nur darauf gewartet, dass Mom endlich mit ihren Fragen loslegte. Vermutlich hatte sie schon tagelang gesammelt und alles aufgeschrieben, was sie wissen wollte.

»In einer …«

»Auf der Arbeit.«

Wir antworteten beide synchron und ich war froh darüber, dass ich etwas lauter gesprochen hatte als Savannah. Mom musste nicht wissen, dass ich sie in einer Bar aufgegabelt hatte.

Ich legte mein Besteck auf den Teller und danach meinen Arm um Savannahs Schultern. »Vor ein paar Wochen kam sie mit ihrem Businessplan in die Bank spaziert und wollte ein Darlehen. Das konnte ich ihr zwar leider nicht gewähren, aber dafür hat sie sich mein Herz geschnappt.«

»Aaaawwwww«, machten meine Brüder gleichzeitig, während Savannah ihren Kopf zu mir drehte und mich ansah.

»Ach, habe ich das? Und ich dachte, du hast meins gestohlen.« Schulterzuckend drehte sie sich wieder zurück und putzte die letzten Krümel auf ihrem Teller zusammen, bevor sie ihre Hand auf meinen Oberschenkel legte. Gefährlich nah an meinem Schritt strich sich mit ihren Fingern über meine Jeans und ich schluckte. Ein heftiges Kribbeln breitete sich in mir aus. Am liebsten hätte ich sie sofort gepackt und in mein altes Zimmer getragen.

»So hervorragend habe ich lange nicht gegessen, Betty. Vielen Dank.«

Das Leuchten in Moms Augen und ihre Blicke in meine Richtung ließen mich wissen, dass ich die richtige Entscheidung getroffen hatte. Nein, eigentlich war es die falsche Entscheidung. Denn die Beziehung war nicht echt. Das hieß, irgendwann musste ich ihr sagen, dass ich Schluss gemacht hatte, und davor hatte ich jetzt schon Schiss.

Wir saßen noch eine Weile am Tisch, scherzten und plauderten. Mom wollte alles über das Modelabel wissen. Gemeinsam hingen sie über Savannahs Smartphone, wo sie ihre Homepage aufgerufen hatte und meiner Mutter eine Handvoll ihrer fabelhaften Entwürfe zeigte. Sie verstanden sich hervorragend. Aaron berichtete von den letzten Prüfungen, die er alle mit Bravour bestanden hatte. Streber. Bruce hatte neue Projekte am Start, von denen er erzählte. Und zu guter Letzt hatte Mom den neuesten Gossip aus dem Lions Club. Savannah unterhielt sich mit allen, als wäre sie schon immer dabei gewesen. Mühelos hielt sie die Gespräche am Laufen, war interessiert an allem und verstand sich blendend mit meinen Brüdern und meiner Mom.

Ich hatte schon vor ein paar Minuten aufgehört, mitzureden. Stattdessen beobachtete ich Savannah dabei, wie sie mehr und mehr mit meiner Familie verschmolz. Erst jetzt wurde mir klar, wie schwer es wirklich werden würde, das wieder aufzulösen. Auch für mich. Denn auch wenn ich es ungern zugab, sie bewegte etwas in mir. Nicht nur mein Blut, das sie regelmäßig in Wallung brachte. Nein, sie bewegte meine Gedanken. Meine Gefühle, von denen ich geglaubt hatte, dass ich sie nicht brauchte oder beliebig abrufen konnte. Die Wahrheit war jedoch, dass sie neuerdings meine Emotionen steuerte. Und sie hier zu sehen, so strahlend schön und kommunikativ, machte mich einfach glücklich. Okay, und heiß auf sie machte es mich ebenso.

Mom war aufgestanden, um die Teller abzuräumen, und Savannah sprang mit auf. »Warte, ich helfe dir«, sagte sie und balancierte gleich darauf drei Schüsseln auf einmal in die Küche.

»Jungs, habt ihr noch Platz für Nachtisch im Bauch?«, rief Mom, die schon nebenan in der Küche war. »Es gibt Kürbiskuchen.«

»Da fragst du noch? Für deinen Kürbiskuchen haben wir immer Platz.« Aaron sprach für uns alle drei. Dann wandte er sich an mich. »Alter, sie ist der Hammer! Eine Wahnsinnsbraut, wenn ich das so sagen darf. Ich würde sie sofort ...«

Mit einer halsabschneiderischen Geste deutete ich ihm, die Klappe zu halten. »Du lässt schön die Finger von ihr, haben wir uns verstanden?«

»Ach, stellst du Besitzansprüche? Ich dachte, ihr seid nur befreundet?« Das »nur« setzte er mit den Zeigefingern in Gänsefüßchen und ich ärgerte mich ein weiteres Mal, dass ich meinen Brüdern damals überhaupt von dem Abenteuer in der Bar erzählt hatte.

Mit zusammengekniffenen Augen ließ ich ihn unmissverständlich verstehen, dass er falschlag.

»Hey, beruhigt euch. Die Damen können uns hören«, machte uns Bruce darauf aufmerksam, dass wir beobachtet wurden.

Mein Blick glitt in die Küche und fing Savannahs ein. Ihre Augen strahlten mit der Herbstsonne um die Wette, ihre Wangen waren gerötet und sie tuschelte mit meiner Mutter, als wären sie alte Freundinnen. Es fiel ihr nicht einmal schwer, so zu tun, als wären wir wirklich zusammen. Sie war genauso wie immer und verstellte sich nicht. Dabei sah sie immer wieder zu mir und biss sich verlegen auf die Unterlippe.

Wenn es einen Moment gab, in dem ich mich tatsächlich in sie verlieben würde, dann wäre es wohl einer wie dieser. Einer, in dem sie so echt war, so authentisch.

Den Nachtisch samt Kaffee genossen wir zwanglos im Wohnzimmer. Bruce und Aaron lümmelten auf der Couch. Savannah hatte sich in Dads alten Ohrensessel gesetzt und ich mich auf die Lehne. Mom saß zwischen den beiden Jungs und genoss das Spektakel so richtig. Sie kam aus dem Grinsen gar nicht mehr raus.

Als wir aufgegessen hatten und unsere Mägen randvoll waren, half dieses Mal ich beim Abräumen, bevor meine Nicht-Freundin wieder aufsprang und das übernahm.

In der Küche stellte ich die Teller und Tassen in die Spüle. Mom nahm mich zur Seite, als wäre ich dreizehn und sie müsste mir erklären, wie dieses Mann-Frau-Ding funktionierte. Warmherzig sah sie mich an. »Sie ist toll, Rylan. Sie ist wirklich ganz wunderbar und ich freue mich so für dich, dass ihr euch gefunden habt. Behandle sie gut, okay?«

Ich legte meine Hände auf die Schultern meiner Mutter, die knapp einen Kopf kleiner war als ich. »Genau das habe ich vor, Mom. Und danke. Was habt ihr denn vorhin getuschelt?«

Ein verschmitztes Lächeln huschte über ihre gekräuselten Lippen. »Frauensache. Aber ich glaube, sie mag dich sehr, Rylan. Und ich wünsche dir von Herzen, dass sie die Richtige ist. Dass sie diejenige ist, die dich davon überzeugt, dass es sich lohnt, die Arbeit ab und zu links liegen zu lassen.«

»Ach Mom, das hat sie doch längst. Wir verbringen viel Zeit miteinander und ich genieße jede Sekunde mit ihr.«

»Liebst du sie denn?«

Puh, die Gretchenfrage. Darauf war ich nicht vorbereitet gewesen. Schnaubend stieß ich die Luft aus. »Ich weiß nicht, vielleicht. Dafür ist es einfach noch zu früh, so lange kennen wir uns doch noch nicht.«

Aus dem Augenwinkel nahm ich eine Bewegung wahr, die noch im selben Augenblick von dem Klimpern eines Löffels unterbrochen wurde, der auf den Fliesenboden fiel.

Savannahs Kopf erschien im Türrahmen. Hochrote Wangen und ein verlegenes »Sorry, lasst euch nicht stören« ließen mich auflachen.

»Komm schon her, wir haben keine Geheimnisse voreinander«, rief ich ihr zu. Sie hob den Löffel auf, stellte alles in die Spüle und kam dann zu mir. Sofort zog ich sie in meine Arme und küsste sie auf die Stirn. »Mom sagt, du bist toll, und ganz ehrlich? Ich finde das auch«, sagte ich, während meine Mutter vor sich hin kicherte. »Willst du mein altes Zimmer sehen?« Verwegen wackelte ich mit den Augenbrauen.

Die beiden Frauen warfen sich verschwörerische Blicke zu.

»Natürlich«, erwiderte Savannah.

Ich verschränkte meine Finger mit ihren und zog sie die Treppe nach oben, wo vom Flur mehrere Türen abgingen. Auch wenn meine Geschwister und ich längst nicht mehr hier wohnten, hatte sich kaum etwas verändert. Noch immer waren unsere Namensschilder an den Zimmertüren und zielsicher steuerte ich den Raum an, in dem ich zuletzt als Teenager gehaust hatte.

Schnell zog ich sie hinein und schloss die Tür hinter mir. Ich konnte nicht anders und drückte Savannah rücklings an die Wand daneben, fuhr mit beiden Händen in ihr Haar und hielt ihren Kopf, damit ich sie mit meinem Mund erobern konnte. Unsere Lippen prallten heftig aufeinander. Meine Zunge fand ihre und das leise Keuchen, das ihrer Kehle entwich, fuhr direkt in meinen Schwanz. Meine Hände wanderten ihren Rücken hinab und fuhren an der Wirbelsäule wieder hinauf, was sie erschauern ließ. Verlangend strich ich über ihre Seiten und fand ihre Brüste, die ich durchs Kleid hinweg massierte. Savannah lehnte sich in meine Berührungen, als hätte sie sich die ganze Zeit danach gesehnt.

Meine Finger rutschten tiefer, rafften den Saum ihres Kleides zusammen und strichen über die Innenseite ihrer Oberschenkel, die in schwarzen Nylons steckten.

»Rylan, wir sollten … Wenn deine Familie etwas mitkriegt …«, keuchte sie, als ich durch den Stoff hinweg über ihre Spalte rieb.

Tief seufzend entgegnete ich: »Aufhören?« Und wollte nicht, dass wir das taten. »Es ist mein Zimmer. Hier hat niemand Zutritt.«

Wir lachten zeitgleich auf und ich zog meine Hand aus ihrem Schritt. Savannahs Wunsch respektierend, zupfte ich erst das Kleid zurecht und dann ihre Haare, strich ihr ein paar Strähnen hinters Ohr und fuhr dabei mit dem Zeigefinger die Konturen ihrer Wangen nach.

»Rylan, ich … Es tut mir …«, begann sie, doch ich stoppte sie, indem ich den Zeigefinger auf ihre Lippen legte.

»Shhshh. Danke, Savannah. Ich danke dir so sehr, dass du mit hergekommen bist. Allein dafür, meine Mutter so ausgelassen zu sehen, sie mit dir tuscheln zu sehen, hat es sich gelohnt. Ich stehe tief in deiner Schuld.«

Verlegen wendete sie den Blick ab. »Das tust du nicht. Schließlich bin ich aus freien Stücken mitgekommen. Und es ist schön, deine Familie kennenzulernen. Deine Mom ist ganz zauberhaft und deine Brüder sind …«

Ich drehte den Zeigefinger der anderen Hand an meiner Schläfe hin und her. »Bisschen verrückt, oder?«

»Ein bisschen, vielleicht, ja. Aber sie sind beide sehr liebenswert. Genau wie du.« Noch während sie diese Worte aussprach, wurden ihre Augen größer und sie presste die

Lippen aufeinander.

»Du findest mich also liebenswert?« Mit der Zunge leckte ich über meine Lippen, hielt Savannah noch immer zwischen der Wand und meinem Körper gefangen. Für einen Augenblick hatte sie die Lider geschlossen, so als bereute sie, dass diese Worte gerade ihre Kehle verlassen hatten. Umständlich wand sie sich aus meiner Umarmung und spazierte durch mein ehemaliges Kinderzimmer, in dem das meiste noch genauso war wie damals, als ich hier gelebt hatte. Auf einem Regal neben der Tür standen Basketball-Pokale, einer größer als der andere. Die Wellesley Titans waren immer die Besten gewesen. In jeder Saison hatten wir den Schultitel nach Hause getragen und uns feiern lassen.

Es war mir etwas peinlich, dass noch immer das Beyoncé-Poster über meinem Bett hing, und gerade, als mein Blick darauf fiel, entdeckte es auch Savannah.

»Beyoncé also? Wie viele feuchte Träume hattest du wohl unter diesem Anblick, hm?« Ein kesses Lächeln huschte über ihre Mundwinkel.

»Einige, würde ich sagen. Aber ich mochte es schon immer lieber in echt«, gestand ich und war ruckzuck wieder bei ihr, stellte mich hinter sie und schloss meine Arme um ihre Taille, legte mein Kinn auf ihre Schulter. »Und du? Wie viele Männer gab es vor mir?«

»Einige, würde ich sagen.« Leise kicherte sie in sich hinein. »Du hast Basketball gespielt? Wie cool. Ich war Cheerleader, bis ... Ach, na ja, egal, lange her.«

Inzwischen hatten wir uns auf die vordere Kante des Bettes gesetzt. Savannah sah sich weiter um und schien genauso in Erinnerungen an ihre Kindheit zu schwelgen wie ich.

»Meine Eltern konnten sich irgendwann die teuren Trainingslager nicht mehr leisten, weil es Zeiten gab, in denen die Werkstatt meines Vaters nicht so gut lief. Da bin ich aus dem Team geflogen. Ich war damals ziemlich sauer und habe tagelang nicht mit ihnen geredet.« Seufzend legte sie die Hände in ihren Schoss.

»Das glaub ich dir, tut mir leid.«

»Muss es nicht. Eigentlich war es gut. Denn das war die Zeit, als ich angefangen habe, mich für Mode zu interessieren. Also für das Designen, nicht fürs Shoppen.«

Es machte Spaß, sich so zwanglos mit ihr zu unterhalten. Mehr über sie zu erfahren. Wer sie war, woher sie kam. Was sie bewegte. Rücklings ließ ich mich aufs Bett fallen und sie tat es mir gleich.

»Kann ich dich etwas fragen?« Ihre Stimme war leise, sodass ich sie kaum verstand.

»Jederzeit, Prinzessin.«

Nach einer kurzen Pause sprach sie weiter. »Vorhin in der Küche … Als du mit deiner Mom gesprochen hast …« O scheiße. Sie hatte es gehört. Verdammter Mist. »Na ja, also, ich habe euch nicht belauscht oder so. Ich habe es eher zufällig gehört, als du sagtest, dass du … Gott, vergessen wir das einfach. Ich will die Stimmung nicht kaputt machen.« Verlegen winkte sie ab.

Mit einem Ruck drehte ich mich auf die Seite und stützte meinen Kopf auf dem Ellenbogen ab. Die freie Hand legte ich an Savannahs Wange und drehte ihr Gesicht zu mir. »Sieh mich an, bitte. Was möchtest du wissen, Savannah?«

Plötzlich war ihr Blick glasig, ihre Lider flatterten nervös. »Hast du? Hast du das ernst gemeint, was du deiner Mom gesagt hast? Oder war es nur so ein Spruch, um sie in Sicherheit zu wiegen? Was ist das mit uns, Rylan?«

Noch immer hielt ich meine Hand an ihrer Wange. Spürte die Wärme ihrer weichen Haut, fühlte das Kribbeln, das auf mich überging und mich packte. »Hör zu, Savannah«, begann ich und schluckte. »Ich kann dir nicht genau sagen, was das mit uns ist. Oder wohin es führt. Ich habe keine Ahnung. Was ich aber genau weiß, ist, dass ich dich sehr mag. Und ja, vielleicht empfinde ich mehr für dich, als gut für mich wäre, weil ich nämlich auch bei der Arbeit immerzu an dich denken muss. Du bist bezaubernd. Süß. Klug. Heiß. Und dass ich jeden Moment mit dir genieße, habe ich genauso gemeint, wie ich es gesagt habe.«

Die Worte waren nur so aus mir herausgeplatzt. Als hätten sie sich viel zu lange und ohne mein Wissen aufgestaut. Auf eine seltsame Art und Weise fühlte ich mich befreit.

Lächelnd rutschte sie näher an mich heran, schmiegte sich an meine Halsbeuge. »Mir geht es genauso, Rylan. Ich habe in dir etwas gefunden. Dabei war ich nicht einmal auf der Suche.«

14

Savannah

Etwas hatte sich zwischen Rylan und mir verändert. Obwohl es keiner von uns beiden geplant hatte, hatten wir Gefühle füreinander entwickelt und uns diese neulich in Rylans altem Kinderzimmer gestanden. War aus der Fake-Beziehung nun eine echte geworden? Ich hatte keine Ahnung. Aber seitdem hatten wir uns nahezu jeden Tag gesehen. Ich übernachtete in seinem Penthouse, als wäre es ganz selbstverständlich. In seinem Badezimmer hatte er sogar eine Zahnbürste für mich deponiert.

Die Abende verbrachten wir damit, uns über die Arbeit auszutauschen. Er berichtete voller Stolz von erfolgreichen Terminen, während ich ihm meine neuen Entwürfe zeigte. Ich hatte die komplette Sommerkollektion noch einmal geändert. Sie war nun viel frischer und fröhlicher und ausgefallener als vorher.

Das schrieb ich der Tatsache zu, dass mein Herz jedes Mal verrückt spielte und mein Hirn auf die coolsten Ideen kam, wenn Rylan Chambers in meiner Nähe war. Dieser Mann, so akkurat und kühl, wie er sich anfangs gegeben hatte, hatte ein riesiges, warmes und offenes Herz. Er hatte mir meines geklaut und hielt es in seinen starken Händen, beschützte es mit Leib und Leben.

Ob ich verliebt in ihn war? Ja. O ja. Sehr sogar. Es hatte keinen Zweck mehr, das zu leugnen.

»Hey, ein Königreich für deine Gedanken, Prinzessin«, hörte ich Rylan sagen und sofort stieg Hitze in meine Wangen. »Ist alles in Ordnung?«

Ich schenkte ihm ein Lächeln und nippte an meinem Kaffee. Letzte Nacht hatten wir beide wenig Schlaf bekommen, weil wir uns wieder und wieder geliebt und verwöhnt hatten, und diesen Koffeinschub benötigte ich daher sehr dringend.

»Alles bestens. Ich habe nur gerade daran gedacht, wie schnell sich Dinge doch ändern können. Und wie sinnlos es ist, Pläne zu schmieden. Es kommt sowieso immer alles ganz anders.«

Rylan legte die Zeitung zur Seite, deren Wirtschaftsteil er gerade gelesen hatte, während ich in meinem Lookbook geblättert hatte, das einen Großteil meiner Entwürfe enthielt. In diesem Buch, das schon einige Jahre auf dem Buckel hatte, waren Stoffmuster, Farben und Schnitte enthalten und es war mein absolutes Heiligtum. Zudem war es schon recht zerschlissen, weil ich es so viel mit mir herumschleppte.

Er war aufgestanden, streckte mir eine Hand entgegen und zog mich an sich. Seine Arme legte er um meine Taille und drückte mich fest an seine Hüften. Seine Stirn lehnte er an meine und sein Atem kitzelte meine Haut.

»Du hast alles ganz schön durcheinandergebracht«, raunte er und küsste mich auf die Nasenspitze.

»Das klingt wie ein Vorwurf.«

»Ist es auch. Aber einer von der guten Sorte. Ich habe keine Ahnung, wie du das anstellst, aber du bringst mich dazu, Dinge zu tun, die ich normalerweise nie tun würde.«

»Ach ja? Was denn zum Beispiel?« Ich schlang meine Arme um seinen Hals und vergrub meine Hände in seinen Haaren.

»Ich bin Meister darin, mein eigenes Ding zu machen. Dass du seit einer Woche in meiner Wohnung ein- und ausgehst, gleicht einem Wunder.«

»Du willst mir jetzt aber nicht erzählen, dass du noch nie zuvor eine Frau mit hierhergenommen hast.«

Anstatt zu antworten, verzog er sein Gesicht.

»Nicht dein Ernst«, stieß ich überrascht aus.

»Doch. Ich war nie auf der Suche nach Nähe oder etwas Festem.«

»Was hat sich geändert?«, wollte ich wissen, neugierig auf die Antwort.

»Du. Du hast alles verändert. Ohne dass ich es bemerkt habe, hast du dich in mein Herz geschlichen und dich wie ein kleiner, süßer Terrier darin verbissen.«

Schnaubend lachte ich auf. »Na toll, wenn das kein Kompliment ist, dann weiß ich auch nicht.«

»Es ist eines. Weil das zuvor noch keine Frau geschafft hat. Keine hat mich je so in den Bann gezogen wie du, Savannah. Und ich bin wirklich sehr froh, dass du hier bist. Auch wenn ich gestehen muss, dass mir das alles eine Scheißangst einjagt, weil es etwas ist, das ich nicht planen und kontrollieren kann. Es passiert einfach, ohne mein Zutun, verstehst du? Es fällt mir nicht leicht, mich einfach darauf einzulassen, aber irgendwie bringst du mich dazu, es doch zu tun. Wieder und wieder.«

Samtweich landeten seine Lippen auf meinen und unsere Zungen fanden sich zu einem leidenschaftlichen Tanz, den ich mit einem leisen Stöhnen quittierte. Gott, ich liebte es, wenn er mich so küsste. Als gäbe es in diesem Augenblick nur uns beide auf dieser Welt. Nur ihn und mich und diesen Kuss.

»Ich verstehe das, Rylan«, wisperte ich atemlos, nachdem wir uns voneinander gelöst hatten. »Ich war auch nicht auf der Suche nach einer Beziehung. Gott bewahre, ich war der Ansicht, es sei das Letzte, was ich brauche. Aber mit dir ist alles so einfach. Ich bin viel kreativer, seit ich dich kenne. Du beflügelst mich regelrecht. Aber ja, auch ich habe Angst. Eine Heidenangst sogar.«

Während ich sprach und an den Grund für meine Angst dachte, fühlte es sich an, als bohrte sich ein Messer in mein Herz. Schnell schmiegte ich mich mit dem Gesicht an seine Halsbeuge, inhalierte seinen frischen, holzigen Duft, spürte seine warme Haut an meiner Wange.

»Wovor hast du Angst?«

Ich holte tief Luft. »Davor, verletzt zu werden. Ich weiß,

wie weh es tut, und habe fast schon panische Angst davor, diesen Schmerz zu spüren. Total bescheuert, oder?«

Zärtlich strich er mit seinen Händen über meinen Rücken.

»Ist es nicht, Baby. Wer wird schon gern verletzt?« Seine Finger fuhren meine Wirbelsäule hinauf, bis er sie an meine Wangen legte und mich zwang, ihn anzusehen. Ich blickte ihm tief in die Augen, die dunkler als jeder Ozean und doch so voller Wärme und Zuversicht waren, dass es mich umhaute. Fast war es, als würde ich darin ertrinken und nie mehr auftauchen. »Du kannst dir sicher sein, dass ich nicht vorhabe, dich zu verletzen, okay? Denn wenn ich das tun würde, da bin ich mir ziemlich sicher, würdest du mein Herz zerquetschen. Und darauf habe ich so gar keinen Bock.« Lachend küsste er mich auf die Nasenspitze und ein Gefühl von Sicherheit breitete sich in mir aus.

»Okay«, hauchte ich und hörte im Hintergrund ein Handy klingeln. »Deins oder meins?«

Rylan löste sich von mir und ging zurück zum Tisch. »Meins. Da muss ich rangehen, sorry.«

Er nahm das Telefonat an und ging Richtung Badezimmer. Ich sah ihm nach und leckte mir über die Lippen. Was für ein Glück ich doch hatte mit diesem verdammt sexy Kerl. Sein knackiger Hintern kam in der dunkelblauen Anzughose hervorragend zur Geltung. Das weiße Hemd, über dem er eine dunkelblaue Weste trug, war ein schöner Kontrast zu seiner gebräunten Haut und den dunklen Haaren.

»Ja, geht klar, Ruby. Ich bin gleich da. Ciao«, hörte ich ihn sagen. Nachdem er das Telefon wieder auf den Tisch gelegt hatte, schnappte er sich sein Sakko, zog es über und kam wieder zu mir. »Ich muss leider los, wir sehen uns heute Abend. Denk an mich, Prinzessin.« Er drückte mir noch einen Kuss auf die Stirn, dann war er schon am Fahrstuhl, der sich gleich darauf mit einem leisen Pling öffnete.

Gerade, als ich ihm einen letzten Luftkuss zuwarf, entdeckte ich sein Telefon, das noch auf dem Tisch lag.

»Dein Tele...«, rief ich, doch in dem Moment schlossen sich bereits die Türen des Lifts und er hörte mich nicht mehr.

Da ich ohnehin auch gleich das Haus verlassen würde, würde ich es ihm einfach schnell vorbeibringen.

Ich stopfte also mein Lookbook in meine Tasche und zog mir Mantel und Stiefel an, dann verließ ich Rylans Wohnung und fuhr mit dem Fahrstuhl in die Chefetage der Bank.

Dort angekommen, lief ich direkt zum Empfang, hinter dem die Frau saß, die mir neulich schon so merkwürdige Blicke zugeworfen hatte. Heute trug sie ein cremefarbenes Kostüm. Die Farbe stand ihr überhaupt nicht, auch der Schnitt wirkte sehr altbacken. Wie aus den 80er-Jahre-Filmen. Die Haare hatte sie streng nach hinten frisiert.

Als sie mich entdeckte, setzte sie ein bittersüßes Lächeln auf. »Guten Tag. Was kann ich für Sie tun?« Erkannte sie mich absichtlich nicht? Oder war hier so viel Durchgangsverkehr, dass sie tatsächlich vergessen hatte, dass ich erst kürzlich hier gewesen war?

»Guten Tag. Ich möchte gern zu Mr. Chambers«, erwiderte ich freundlich.

Ihr unechtes Lächeln blieb wie festgetackert in ihrem Gesicht. »Haben Sie einen Termin?«

Ich schüttelte den Kopf.

»Nun, dann ist es leider nicht möglich. Mr. Chambers empfängt keine Besucher ohne Termin.«

Okay. Der Ausdruck in ihren Augen sagte alles. Sie wusste genau, wer ich war. Diese kleine ...

Ich beugte mich über den Tresen. »Hören Sie, Mr. Chambers hat sein Telefon im Penthouse vergessen. Ich möchte es ihm gerne bringen. Am besten erledige ich das ganz schnell und leise, okay?«

Mit wenigen Schritten war ich an der Tür, die Rylans Büro vom Empfangsbereich abtrennte, und legte meine Hand auf die Klinke. Die cremefarbene Assistenten war hektisch aufgesprungen, wedelte mit ihren Armen herum und rief: »Nein, Sie können da nicht einfach reingehen. Mr. Chambers ist mitten im Gespräch. Halt! Stopp!«

Doch ich hörte nicht auf sie und drückte die Klinke nach unten. Die Tür öffnete sich einen Spalt und ich hörte Stimmengemurmel von mehreren Personen. Wider besseres Wissen steckte ich meinen Kopf durch den Spalt und fing Rylans Blick auf, der eine Mischung aus fragend und wütend war. Er runzelte die Stirn und formte mit den Lippen ein stummes »Was?«.

»Mist«, stieß ich überrascht aus. »Sorry, ich wollte nicht stören.« Mit einem lauten Zischen sog ich die Luft zwischen den Zähnen ein und schloss in Zeitlupe die Tür. Verdammt. Hitze stieg in meine Wangen, es war einfach nur peinlich. Auf Zehenspitzen tappte ich ein paar Schritte rückwärts und drehte mich dann wieder zum Tresen um.

»Na, das war ja ein voller Erfolg, hm?« Miss

Cremetörtchen grinste triumphierend und biss auf das Ende ihres Kugelschreibers. »Wären Sie so nett und würden ihm das Telefon geben, wenn er fertig ist?« Ich versuchte, ihr dämliches Verhalten einfach zu ignorieren. Genau wie die Tatsache, dass ich gerade eben in Rylans Termin hineingeplatzt war.

»Natürlich.« Ich schob das Gerät über den Tresen und sie legte es neben ihre Papiere.

»Richten Sie ihm bitte noch liebe Grüße von mir aus.« Ich reckte mein Kinn nach oben und hatte mich bereits abgewandt, als sie mir noch hinterherrief.

»Von wem darf ich die Grüße denn ausrichten?«

Genervt verdrehte ich die Augen und schenkte ihr ein ebenso bittersüßes Lächeln wie sie mir zuvor. »Von Ms. Davis. Er weiß Bescheid. Auf Wiedersehen.«

»Oh, Ms. Davis. Ich habe Sie gar nicht gleich erkannt«, säuselte sie. Als sich der Fahrstuhl öffnete, hörte ich noch ihr leises Kichern.

Was für eine Person war das eigentlich?

**

Ich hatte beschlossen, zu Fuß in mein Atelier zu gehen, und genoss die frische Herbstluft. Es roch nach nassem Laub und Nieselregen, der letzte Nacht die Straßen befeuchtet hatte. Doch heute schien die Sonne und tauchte die Wolkenkratzer im Financial District in warmes, diffuses Licht. Die Glasscheiben reflektierten die Sonnenstrahlen und erzeugten ein Meer aus bunten Farben, an dem ich mich kaum sattsehen konnte. Es inspirierte mich, und als ich angekommen war, suchte ich in meinen Stoffproben sofort etwas, das dem Farbspektakel nahekam. Ein Schnitt für einen kurzen Rock war genauso schnell gefunden und ich konnte in den Lieblingsteil meiner Arbeit versinken. Nähen. Ich liebte das Rattern der Nähmaschine. Das Geräusch beruhigte mich, und wenn ich zusah, wie Stich für Stich etwas ganz Neues, etwas ganz Individuelles entstand, machte mich das sehr glücklich.

Es war das Klingeln meines Telefons, das mich aus meinem Schneider-Flow riss. Als ich sah, wer dafür verantwortlich war, schlich sich ein Lächeln auf meine Lippen und mein Herz tanzte für einen Moment aus der Reihe.

»Rylan«, nahm ich das Gespräch an.

»Hey, Prinzessin. Was machst du gerade?«

»Mich freuen, dass du anrufst. Anscheinend ist dein Handy wieder bei dir angekommen.«

Er lachte am anderen Ende auf. »Ist es. Ich hatte gar nicht mitbekommen, dass ich es heute Morgen in einem der Konferenzräume liegengelassen hatte. Ruby hat es gefunden und mir vorhin gebracht.«

Bitte? Ruby hatte es gefunden? Nein. Ruby hatte es nicht gefunden. Weil ich es gefunden hatte. Und zwar auf dem Tisch, an dem ich heute früh mit Rylan gefrühstückt hatte. Neben dem er mich geküsst hatte, als gäbe es kein Morgen.

Kurz überlegte ich, ob ich die Sache klarstellen sollte, aber ich entschied mich dagegen. Sollte sie ihren kleinen Triumph haben. Deswegen eine Szene zu machen, wäre es am Ende nicht wert.

»Ja, das war wirklich sehr nett von ihr, oder? Aber du hast mich doch nicht angerufen, um mir zu erzählen, dass deine Assistentin dein Telefon gefunden hat?«

»Natürlich nicht.« Wenn ich die Augen schloss, sah ich das Schmunzeln auf seinen vollen Lippen, von denen ich mir in diesem Moment wünschte, sie würden mich küssen. »Ich wollte deine Stimme hören und dich fragen, was wir heute Abend unternehmen wollen.«

Mein verrücktes Herz machte so einen Satz, dass es sich anfühlte, als würde es sich verschlucken. Bis mir einfiel, dass Amber mich schon gestern daran erinnert hatte, dass heute unser Kochabend anstand. Den hatte ich völlig vergessen, weil ich seit Tagen auf dieser rosaroten Wattewolke schwebte, auf der ich nur noch wenig Empfang hatte für Dinge, die nicht Rylan Chambers betrafen.

»Äh, ja, also weißt du. Eigentlich ...«

»Hast du schon etwas vor?«, unterbrach er mich und ich schüttelte den Kopf. Auch wenn er das natürlich nicht sehen konnte.

»Indirekt. Amber, also, meine Freundin und ich, haben einmal im Monat unsere...«

»Oh. Ooohhh, ich verstehe. Ich weiß, was Frauen einmal im Monat haben, Savannah. Ich habe kein Problem damit«, erwiderte er verständnisvoll und ich brach in schallendes Gelächter aus.

»Schön, dass es dir nichts ausmacht, wenn ich meine Regel habe. Aber ich meinte eigentlich unseren Kochabend. Der ist heute. Komm doch dazu, wenn du magst. Ich würde mich freuen. Wirklich. Und bei der Gelegenheit könntest du Amber kennenlernen.«

Ein schnaubendes Geräusch erklang am anderen Ende. »Gott, wie peinlich. Natürlich, ich bin gerne dabei. Wann soll ich da sein? Was kann ich mitbringen?«

»Nichts, Rylan. Nur dich. Das genügt mir.«

»O Prinzessin, du weißt nicht, was du da sagst«, raunte er, und seine Stimme hatte wieder an Stärke gewonnen, sodass mir heißkalte Schauer über die Wirbelsäule rieselten. »Vielleicht solltest du heute Abend den kleinen vibrierenden Teufel tragen, während wir das Essen genießen.«

O mein Gott! Ich wusste genau, was er meinte, und schnappte sofort nach Luft, bevor ich mein Veto einlegte. »Niemals. Never ever werde ich das tun. Hörst du? Niemals!«

Innerlich spürte ich dem Prickeln nach, das allein der Gedanke an die Autofahrt neulich in mir auslöste. Es war, als würde ich die Vibrationen spüren. Nervös rutschte ich auf meinem Stuhl hin und her.

»Sag niemals nie, Savannah. Aber ich bin mir sicher, wir werden so oder so einen schönen Abend haben.«

Trocken schluckte ich gegen die Hitze in meinem Körper an. »Davon gehe ich aus«, wisperte ich. »Amber kommt um sieben. Du kannst dazustoßen, wann du möchtest.« In dem Moment, in dem ich diese Worte aussprach, war mir klar, dass er mir sie im Mund umdrehen würde.

Sein dunkles Lachen ging mir durch und durch. »Gut zu wissen. Dann stoße ich schon eher zu, damit du auch kommst. Wie oft, entscheidest du, meine Süße.«

»Rylan!«, ermahnte ich ihn und presste meine Oberschenkel fest zusammen, in der Hoffnung, damit das fiese Kribbeln in meiner Mitte zu beenden.

»Ja, ich finde auch, dass das eine hervorragende Idee ist. Dann bis nachher.«

Völlig unbeeindruckt von meiner Mahnung beendete er das Gespräch und überließ mich meinem restlos vernebelten Verstand. Ich ballte die Hände zu Fäusten und versuchte, meine Fassung wiederzuerlangen. Aber es war zwecklos. Alles, woran ich denken konnte, war Rylan.

Rylans Hände. Rylans Lippen. Rylans Zunge. Rylans Körper. Rylans … Tief seufzend schüttelte ich mich und hoffte, dass ich es heute noch irgendwie schaffte, diesen Rock fertig zu nähen.

***

Auf dem Nachhauseweg besorgte ich alle Zutaten, die wir für das vegetarische Thaicurry benötigten. Mir lief schon jetzt das Wasser im Mund zusammen. Die Dämmerung hatte eingesetzt, und als ich in meine Wohnung kam, schaltete ich überall das Licht an. Gedimmt, damit die Kerzen besser zur Geltung kamen. Ich liebte diese Periode vor dem Winter ganz besonders. Der Herbst war neben dem Frühling meine liebste Jahreszeit. Wenn einem der herbstliche Geruch in die Nase stieg, man den Mantel enger schnürte, weil der Wind auffrischte, die Mütze schief saß und die Stiefel in Pfützen landeten, fühlte ich mich am wohlsten. Es war die perfekte Zeit, um es sich zu Hause gemütlich zu machen. Sich mit

Kissen, Decken, heißer Schokolade und einem guten Buch – oder einem Modemagazin – auf die Couch zu kuscheln.

Ich packte die Lebensmittel aus und ordnete sie auf der Arbeitsplatte an, damit wir direkt loslegen konnten, sobald Amber und Rylan auftauchten. Apropos, ich hatte wirklich damit gerechnet, dass Rylan vor Amber kam. Tatsächlich hatte ich es sogar geschafft, den Rock fertigzustellen. Auch wenn ich einige Nähte wieder hatte auftrennen und neu machen müssen, weil ich verknallter Trottel die Nähmaschine falsch eingestellt hatte. Dennoch trug ich das gute Stück, und der weiche Stoff schmiegte sich an meine Oberschenkel. Mit seinem orangenen Grundton und dem grafischen Muster in rot, braun und schwarz passte er hervorragend zur Jahreszeit, und das rote Rollkragenshirt, das ich dazu trug, ebenso. Meine hohen Stiefel hatte ich im Flur ausgezogen und lief in Strumpfhosen durch meine kleine Küche, die direkt ans Wohnzimmer angrenzte.

Das Klingeln an der Tür ließ mich jauchzen. Voller Vorfreude öffnete ich die Tür, weil ich annahm, es wäre vielleicht Rylan. Stattdessen stand Amber draußen im Flur und wedelte mit einer Flasche Prosecco vor meiner Nase herum.

»So wie du guckst, hast du jemand anderen erwartet«, stellte sie fest und wartete gar nicht erst darauf, dass ich sie hereinließ. Stattdessen quetschte sie sich mit ihrem Rucksack, in dem sich sicher noch mehr Sektflaschen befanden, an mir vorbei, streifte ihre Schuhe ab und ging in die Küche, als wäre sie hier zu Hause. Kopfschüttelnd folgte ich ihr.

Nachdem sie alles ausgepackt hatte, umarmten wir uns zur Begrüßung.

»Du siehst großartig aus, Süße. Dieser Banker scheint dir gut zu bekommen«, witzelte meine beste Freundin und ich knuffte sie in den Oberarm. »Ist der Rock neu?«

Verlegen zupfte ich am Saum meines neuen Lieblingskleidungsstücks herum und überlegte, wie ich ihr am besten verklickern sollte, dass auch Rylan gleich erscheinen würde. Das hatte ich nämlich in meiner Aufregung vergessen.

»Ähm, ja, den habe ich heute erst genäht.« Ich drehte mich einmal im Kreis, damit sie ihn komplett bewundern konnte.

»O mein Gott, der ist echt so, so schön, Savannah. Den musst du in die nächste Herbstkollektion aufnehmen. Unbedingt. Dieser Stoff ist ein Traum. Nähst du mir auch einen? Ich bezahle natürlich dafür.« Sie plapperte wie ein Maschinengewehr, was mich zum Lachen brachte.

»Natürlich nähe ich dir einen. Mir würde es schon reichen, wenn du dann überall herumerzählst, dass ich ihn gemacht habe und die Leute in den Geschäften nach meinem Label fragen sollen.«

Amber starrte mich mit offenem Mund und großen Augen an. »Wow. Das ist die beste Idee, die du je hattest. Warum zur Hölle hast du jemandem mit dem Marketing beauftragt? Das kriegst du doch locker alleine hin.«

»Ja, genau«, winkte ich ab. Gar nichts kriegte ich alleine hin, was die Vermarktung meines Labels betraf. Und auch Nigel, der sogenannte Spezialist, den Rylan (über)bezahlte, war keine große Hilfe. Er hatte keine Ahnung von Mode.

Und wenn ich keine sagte, meinte ich gar keine. »Apropos, hör mal, ich habe Rylan auch eingeladen. Er wird sicher gleich da sein. Ich hoffe, das ist okay für dich?« Unsicher kniff ich die Augen zusammen, weil ich nicht wusste, wie sie auf die Hiobsbotschaft reagieren würde.

»Als ob ich jetzt noch die Chance hätte, das doof zu finden. Du bist ja lustig. Ist doch cool, dass ich ihn endlich mal näher kennenlerne, deinen heißen Mr. Money.«

»Oh, Amber, du …« Kopfschüttelnd verdrehte ich die Augen. Passenderweise klingelte es abermals an der Tür und sofort hüpfte mein Herz wie bei einer 90er-Jahre-Party.

»Vergiss nicht, was du sagen wolltest, Süße, und lass ihn nicht draußen vor der Tür verhungern.« Feixend machte sie sich daran, den Ingwer zu schälen.

Ich hingegen lief zur Tür. Mit heftigem Herzklopfen öffnete ich sie, um gleich darauf in ein strahlendes Gesicht zu blicken und Hände an meinen Wangen zu spüren, die mich an die schönsten Lippen der Welt führten.

»Hi, Prinzessin. Ich habe dich vermisst«, flüsterte Rylan und eine Hand glitt tiefer, hob den Saum meines Rocks an und fuhr zwischen meinen Beinen entlang. »Schade. Aber der Abend ist noch jung.« Dann ließ er mich frei, leckte sich über die Unterlippe und warf mir diesen Blick zu, der mir sagte, dass ich mich zu früh in Sicherheit gewiegt hatte.

Wie selbstverständlich hängte Rylan seinen Mantel an die Garderobe, streifte die Schuhe von den Füßen und folgte mir, seinen Arm um meine Schulter gelegt, in die Küche, wo er Amber begrüßte.

»Du bist also Savannahs Assistentin, ja?« Schmunzelnd

hielt er ihr die Hand entgegen, die sie mit ernster Miene ergriff.

»Na ja, so gesehen schon. Ich erledige hin und wieder Telefonate für sie, wenn sie ...«

Wehe, sie sagte jetzt, wenn ich zu feige dafür war ... Mit einem bösen Blick warnte ich sie.

»Wenn sie mal keine Zeit hat, oder na ja, du weißt ja sicher selbst, wie das ist. Also ja, ich bin Amber.«

»Ich weiß, wir haben uns doch neulich nach der Modenschau schon kennengelernt. Aber ich freue mich, dich wiederzusehen. Ich bin ...«

»Rylan. Ich kann mich auch noch daran erinnern. Und seitdem habe ich das eine oder andere über dich gehört.«

Er drehte seinen Kopf in meine Richtung und sah mich mit eindringlichem Blick an, während er meiner Freundin antwortete. »Nur Gutes, hoffe ich.«

»Natürlich.«

Das Eis war schnell gebrochen. Rylan hatte sein Sakko ausgezogen und es im Wohnzimmer über einen der Stühle gehangen, sich die Hemdärmel hochgekrempelt und war gerade dabei, Paprika zu schneiden. In meiner Küche herrschte eine ausgelassene Stimmung. Es roch himmlisch nach Knoblauch, Ingwer und Zitronengras. Im Topf auf dem Herd brodelte und zischte es, als ich Gemüsebrühe und Kokosmilch dazu gab.

»Gott, das riecht so unfassbar gut. Wann können wir essen? Ich habe einen Mordshunger.« Rylan war dabei, den Tisch zu decken, und warf mir einen dieser Blicke zu, unter denen ich mich wand. Ich wusste, dass sich die letzten Worte nicht nur auf das Abendessen bezogen.

»Du wirst dich noch ein paar Minuten gedulden müssen.« Schulterzuckend rührte ich in dem Topf und grinste in mich hinein, während Amber Schüsseln aus dem Schrank nahm und sie zum Esstisch trug, wo Rylan gerade das Besteck verteilte.

Auch wenn sie sich Mühe gab, so leise wie möglich zu sprechen, hörte ich genau, was sie zu ihm sagte.

»Ihr seid wirklich süß zusammen. Und sie blüht regelrecht auf, seit ihr … Aber ich schwöre dir, wenn du ihr wehtust, wenn du ihr aus welchen Gründen auch immer das Herz brichst, wirst du dir wünschen, mich nie kennengelernt zu haben.« Drohend erhob sie eine Faust und ich wusste nicht so recht, ob ich lachen sollte, weil es süß war, wie sie mich beschützte, oder ob ich dazwischen gehen sollte, weil ich es etwas übergriffig fand. Immerhin war es meine Entscheidung, mit wem ich meine Zeit verbrachte, nicht ihre.

»Keine Sorge, Amber. Ich habe nicht vor, ihr wehzutun. Ich …«

Ich fühlte mich ertappt, als sein Blick in die Küche glitt und er meinen auffing. Meine Wangen glühten und ich drehte mich weg, rührte im Topf und nahm mit der freien Hand eine Flasche Weißwein aus dem Kühlschrank, die Amber vorhin dort deponiert hatte.

»Ich mag sie sehr. Sie ist eine unglaubliche Frau und na ja, was soll ich sagen. Sie hat mich erwischt.« Rylan gab sich keine Mühe, zu flüstern. Er wollte, dass ich das hörte, und ich sog geräuschvoll die Luft ein, um meinen Herzschlag zu beruhigen.

Aus dem Augenwinkel nahm ich wahr, wie er zu mir kam. Mit wenigen Schritten überwand er die kurze Distanz und nutzte die Gelegenheit, in der Amber im Badezimmer verschwand.

Er stand direkt vor mir, griff nach meinen Handgelenken und führte sie hinter meinem Rücken zusammen. Damit hielt er mich regelrecht gefangen und ich glaubte, mein Puls würde jeden Moment explodieren.

»Rylan …« Ich versuchte, mich aus seiner Umklammerung zu winden, doch ohne Erfolg.

»Wo ist der kleine Freudenspender?«, knurrte er und biss in meine Unterlippe, sodass ich leise aufkeuchte.

»Im Schlafzimmer. In meiner Nachttischschublade.« Meine Atmung beschleunigte sich, weil ich ahnte, was er vorhatte.

»Ich möchte, dass du ihn während des Essens trägst.«

Schnaubend wollte ich entgegnen, dass wir das bereits geklärt hatten. Doch er stoppte mich, indem er den Kopf schüttelte.

»Shh. Geh in dein Schlafzimmer, führ ihn dir ein und dann setz dich einfach an den Tisch.«

»Aber sie wird das Brummen hören«, lamentierte ich.

»Wird sie nicht. Es ist so leise und außerdem wird die Musik es übertönen, versprochen. Amber wird nichts merken.«

Er hatte die letzten Worte noch nicht richtig ausgesprochen, als Amber wieder auftauchte.

»Was werde ich nicht bemerken?«

»Ach nichts.« Peinlich berührt von dieser Situation

verdrückte ich mich ins Schlafzimmer, um den Freudenspender, wie Rylan den Vibrator genannt hatte, in meine Vagina einzuführen. Allein der Gedanke daran hatte mich feucht werden lassen, sodass er mühelos hineinglitt. Dann zog ich mich wieder an und zupfte den Rock zurecht. Es fühlte sich seltsam an. Merkwürdig, etwas da drin zu haben. Nicht schlecht, aber auch nicht wirklich gut. Ich schluckte, als ich das Wohnzimmer betrat und sich Rylans Blick mit meinem verhakte.

»Setzt euch, ich bringe den Topf einfach mit«, sagte er. Gleich darauf saßen wir alle drei am Tisch und Rylan schöpfte jedem von uns etwas vom Curry in die Schüsseln, während ich Wein einschenkte.

»Guten Appetit und cheers.« Amber erhob ihr Glas und wir stießen an. Auf uns, auf die Zeiten, die vor uns lagen. Fast hatte ich schon vergessen, dass ich etwas in meinem Körper hatte, über das ich keinerlei Kontrolle hatte.

»Wie wäre es mit Musik? Ich habe eine wirklich coole Playlist.« Mit einem teuflischen Grinsen sah Rylan mich an, und ich betete zum Himmel, dass er sie nicht anschaltete.

Doch er tat es. Nur Sekunden später rutschte mir der Löffel aus der Hand und landete mit einem lauten Platschen in der Schüssel, die vor mir stand.

15

Rylan

Ich war verrückt nach ihr.

Savannah war die Warmherzigkeit in Person. Sie war witzig und klug und die heißeste Erscheinung auf diesem Planeten. Pure Hingabe. Sie nicht ständig zu berühren oder bei jeder Gelegenheit an die Wand zu drücken und zu verwöhnen, kostete mich alles an Beherrschung, was ich aufbringen konnte.

Sie verkörperte all das, wonach ich nie gesucht hatte. Und doch hatte sie es geschafft, mich einzufangen, und ließ mich nicht mehr los.

Jeder Gedanke galt ihr. Morgens der erste nach dem Aufwachen. Abends der letzte vor dem Einschlafen. Während der Arbeit erwischte ich mich immer öfter dabei, dass ich unseren Chat öffnete und ihre Nachrichten las. Die

Fotos ansah, die sie mir von sich schickte, wenn sie etwas Neues genäht oder entworfen hatte. Ich liebte es, dass sie mich in ihr Leben integriert hatte. Und ich liebte es, dass sie sich so mühelos in meines einfügen ließ. Alles fühlte sich so leicht an. So richtig. Als müsste es so sein. Dabei hatte es als Spiel begonnen, bei dem wir beide nicht mehr als unseren Spaß im Sinn gehabt hatten. Wir waren auf dem Rückweg vom Thanksgiving-Essen bei meiner Mutter. Auch beim zweiten Mal war es wunderbar gelaufen. Nur waren wir dieses Mal wirklich ein Paar. Als meine Brüder mich allein im Wohnzimmer abfingen, betonten sie noch einmal, wie sehr sie sich für mich freuten und wünschten uns viel Glück. Mom hatte mir erneut ans Herz gelegt, Savannah gut zu behandeln, weil sie etwas ganz Besonderes sei. Bei Gott, das war sie wirklich und ich würde alles dafür tun, damit es ihr gut ging. Ich hatte nie geplant, für jemandes Glück verantwortlich zu sein. Aber ich wollte derjenige sein, der Savannah Davis glücklich machte. In allen Belangen.

Meine Hand ruhte auf ihrem Oberschenkel, zärtlich fuhr ich mit dem Daumen kleine Kreise, während jeder für sich seinen Gedanken nachhing.

»Arbeitet Ruby eigentlich schon lange für dich?«, wollte sie plötzlich wissen. Ihre Frage überraschte mich.

»Ja. Von Anfang an. Warum fragst du?«

»Nur so.« Schulterzuckend sah sie mich an und legte dann ihre Hand auf meine, verschränkte unsere Finger miteinander. »Warum hast du sie eingestellt? Und bevor du fragst, es interessiert mich einfach.«

Ihre Fragen konnte ich nicht einordnen. Welches Ziel verfolgte sie damit? Warum wollte sie all das wissen? »Weil sie für den Job qualifiziert war und gute Referenzen hatte. Warum fragst du mich solche Dinge, Savannah?« Sie holte Luft, als wollte sie etwas darauf erwidern. Doch sie schwieg. Erst etwas später rückte sie mit der Sprache heraus.

»Ich glaube, sie mag mich nicht.« Aus dem Augenwinkel sah ich ihr an, dass es ihr schwerfiel, das auszusprechen. Vor allem hatte ich keinen blassen Schimmer, wie sie zu dieser Annahme kam.

Ruby Michaels war Anfang dreißig, sah gut aus und erledigte ihren Job hervorragend. Sie hatte alles im Griff und verstand sich blendend mit dem Team in der Führungsetage. Warum zur Hölle hätte sie Savannah nicht mögen sollen?

»Wie kommst du darauf?« Ich zog meine Hand von ihrem Oberschenkel, was sie mit einem traurigen Blick quittierte. Aber einhändig war es mir unmöglich, meinen Wagen in die Tiefgarage zu manövrieren. »Lass uns oben weiterreden, okay?«, ergänzte ich und parkte den Aston Martin.

Im Fahrstuhl standen wir nebeneinander. Ihre Finger mit meinen verschränkt, lehnte sie sich mit dem Rücken an meine Brust und ich inhalierte den blumigen Duft ihrer Haare.

Im Penthouse öffnete ich eine Flasche Weißwein und goss die helle Flüssigkeit in zwei Gläser. Mit beiden ging ich zu einem der bodentiefen Fenster, vor dem sie stand und den Ausblick auf die Stadt genoss. Dankbar griff sie nach dem Glas, das ich ihr reichte, und nippte daran.

»Erinnerst du dich daran, als Ruby dir neulich dein Telefon gebracht hat, nachdem sie es im Konferenzraum gefunden hatte?«

»Ja, natürlich. Mein Gedächtnis funktioniert noch einwandfrei. Aber worauf willst du hinaus?« Ich verstand nur Bahnhof. Rücklings lehnte ich mich an die Scheibe aus Sicherheitsglas, ein Bein angewinkelt, nippte an meinem Wein und kniff die Augen zusammen, um sie zu betrachten. Sie hatte die ganze Zeit aus dem Fenster gesehen, doch jetzt drehte sie ihren Kopf langsam zu mir. Sah mich an mit diesem verwundbaren Blick.

»Du hattest es hier auf dem Frühstückstisch liegen lassen.« Sie senkte die Lider, fuhr mit der Fingerspitze über den Rand des Weinglases, während ihre Worte in mir arbeiteten.

»Wie? Was? Ich verstehe nicht. Was meinst du?«

»Nachdem du die Wohnung verlassen hattest, hatte ich dein Handy auf dem Tisch liegen sehen und wollte es dir bringen. Ich bin sogar in deinen Termin hereingeplatzt, weil Ruby mich nicht zu dir lassen wollte.«

»Aus gutem Grund. Ich war im Gespräch«, erwiderte ich und runzelte die Stirn.

»Ja, es tut mir auch noch immer leid, dass ich dich gestört habe. Aber sie hat das Telefon nun einmal nicht im Konferenzraum gefunden, sondern ich habe ich es bei ihr hinterlegt, damit sie es dir geben kann. Verstehst du? Sie hat dich angelogen. Findest du das nicht … seltsam?«

Schnaubend stieß ich die Luft aus und fuhr mir mit der freien Hand durch die Haare. »Also, ich weiß nicht. Ja, jetzt, wo du es erwähnst, ist es merkwürdig. Aber vielleicht hat sie einfach etwas verwechselt? Keine Ahnung.« Mit dem Fuß stieß ich mich von der Fensterscheibe ab und brachte das Glas in die Küche.

Ich mochte es nicht, in welche Richtung sich das Gespräch entwickelte. Savannahs trauriger Blick traf mich bis ins Mark, als ich ihr sagte, dass ich in meinem Arbeitszimmer noch etwas zu erledigen hatte. Es war eine Flucht, denn diese Situation überforderte mich. Ich war nicht darauf vorbereitet, mich rechtfertigen zu müssen. Bisher war es egal gewesen, ob meine Assistentin vielleicht geflunkert hatte oder nicht. Erst recht bei so banalen Dingen.

Zudem war es immer egal gewesen, wann ich mit wem ins Bett ging und welche Frau meinen Namen stöhnte.

Doch inzwischen war alles anders und das machte mir Angst. Ich wollte ihr gewiss nicht wehtun, nichts lag mir ferner, wirklich – aber ich wollte genauso wenig, dass sie von einer Sekunde auf die andere die Kontrolle über mein Leben übernahm. Das war zu viel des Guten.

Zumindest für diesen Moment.

Mitten in der Nacht wurde ich durch undefinierbare Geräusche wach und setzte mich auf. Aus verschlafenen Augen sah ich Savannah, die in der Küche herumwerkelte. Müde rieb ich mir die Augen, stand auf und zog Joggingpants an, die auf meinen Hüftknochen saßen. Dann schlurfte ich leise zu ihr.

»Hey, kannst du nicht schlafen, Prinzessin?«, raunte ich mit heiserer Stimme, als ich sah, dass sie ein Shirt von mir trug, das ihr viel zu groß war.

Sie schreckte zusammen und fuhr herum, um mich im

nächsten Augenblick von Kopf bis Fuß zu scannen. Es war, als fühlte ich ihren gierigen Blick, der über meine Brust glitt, hinab zu meinem Bauch und dem V-Muskel, an dem ich jahrelang hart gearbeitet hatte. Gedankenversunken führte sie ihren Zeigefinger an die Lippen und biss auf die Fingerspitze. Ein Anblick, der mich fast wahnsinnig machte. Ich überlegte, ob ich sie gleich hier auf der Arbeitsplatte vögeln sollte.

»Tut mir leid, wenn ich dich geweckt habe, Rylan«, wisperte sie und ich ging zu ihr. Umschloss ihre Schultern mit meinen Armen und zog sie fest an mich. Küsste sie aufs Haar und fühlte ihren Herzschlag.

»Mir tut es leid, dass ich vorhin so ein Arsch war. Das war unnötig. Entschuldige.« Ich nahm ihr Gesicht in beide Hände und sah ihr tief in die Augen, die mir inzwischen so vertraut waren. Sie waren mein Zuhause. Mein Zufluchtsort.

»Schon gut. Ich hätte dich nicht damit behelligen dürfen, das war genauso unnötig.«

»Nein, nein. Das war richtig. Ich werde am Montag mit Ruby sprechen.« Seufzend legte sie ihren Kopf wieder an meine Brust. »Ist jetzt alles wieder okay mit uns? Ich hasse es, zu streiten«, gestand ich. Ich war ziemlich schlecht im Umgang mit so etwas. Gefühle und so.

»Das war kein Streit«, erwiderte sie leise und küsste mich sanft auf die erhitzte Haut meines nackten Oberkörpers. »Ich bin schlecht im Streiten. Ich fange immer an zu heulen und kann dann nicht mehr reden.«

»Gut zu wissen, dann sollten wir das nie tun, okay?«

***

Am Montagmorgen zitierte ich als Erstes Ruby in mein Büro und stellte sie zur Rede. Natürlich hatte sie ihre ganz eigene Version parat, aber darauf war ich vorbereitet. Indem ich sie auf die Sicherheitskameras verwies, die überall im ganzen Objekt und in allen Büros – außer meinem – angebracht waren, knickte sie ein und gab zu, dass Savannah ihr das Telefon gebracht hatte. Sie entschuldigte sich mehrfach und beteuerte, dass sie nur etwas verwechselt hatte und so etwas nie wieder vorkäme.

Damit war die Sache für mich erledigt und vom Tisch. Ruby legte sich für den Rest der Woche extra ins Zeug und las mir förmlich alles von den Augen ab. Brachte mir frischen Kaffee und umsorgte mich fast schon mütterlich. Sie war sogar hier und da zu Scherzen aufgelegt. Das war neu, gefiel mir aber. Schließlich lockerte es die normalerweise recht geschäftliche Atmosphäre hier oben etwas auf.

Savannah wohnte inzwischen fast bei mir. Einige ihrer Klamotten sowie Kosmetikutensilien waren bei mir eingezogen und ich liebte es, dass am Abend, wenn ich nach Hause kam, der Tisch voller Stoffproben und Schnittmuster lag. Sie war unheimlich talentiert und ich wünschte wirklich, jemand mit Rang und Namen und viel Einfluss in der Branche würde das endlich erkennen. Leider hatte sich der vermeintliche Marketingprofi Nigel als Flop entpuppt und konnte ihr nicht wirklich weiterhelfen.

Das Klingeln meines Telefons riss mich aus meinen Gedanken. Als ich den Anruf annahm, breitete sich sofort diese Wärme in mir aus, die ich nur bei ihr empfand.

»Prinzessin, was für eine Überraschung«, begrüßte ich

Savannah.

»Hey, Mr. Money.« Dieser Kosename hatte sich seit dem Kochabend mit Amber durchgesetzt und langsam gewöhnte ich mich dran. Mr. Sexy hätte mir allerdings noch besser gefallen. Aber gut, eines nach dem anderen ... »Wollen wir gemeinsam Mittagessen? Ich brauche dringend eine Pause.«

»An sich eine gute Idee, aber ich kann leider nicht, Süße. Ich habe Termine. Wir machen es uns heute Abend gemütlich, okay?«

Ich hörte das leise Schnauben am anderen Ende. »Soll ich etwas kochen?«

»Was hältst du davon, wenn wir gemeinsam kochen, einen Film schauen und ... heiße Dinge miteinander anstellen?«

Allein der Gedanke daran ließ mich hart werden.

»Das hört sich gut an. Verdammt gut«, flüsterte sie.

»Also gut, ich beeile mich, damit ich schnell zu Hause bin. Bis dann.«

Wir verabschiedeten uns und ich machte mich wieder an die Arbeit, bis Ruby ihren Kopf zur Tür hineinsteckte.

»Mr. Chambers, Ihr Dreizehn-Uhr-Termin wurde soeben abgesagt, Mrs. und Mr. Addison sind verhindert und kommen erst nächste Woche.«

»Okay, danke, Ruby.« Einen Moment zu lange stand sie in der Tür. »Kann ich sonst noch etwas für Sie tun?«, fragte ich argwöhnisch.

»Ähm, nun ja, vielleicht dürfte ich Sie um einen Rat bitten?«

Ich nickte. »Natürlich. Wie genau kann ich Ihnen denn helfen?«

Theatralisch verdrehte sie die Augen. »Also, da der Termin nun ausfällt und sich dadurch ein freies Zeitfenster ergibt, würde ich gern rüber zu diesem Laden für Babyausstattung gehen.«

Verdutzt starrte ich sie an und stieß die Luft aus. »Moment. Heißt das, Sie sind …? Bekommen Sie ein Baby? Gott, Ruby, sowas müssen Sie mir sagen, dann brauchen wir eine Vertret…«

»Nein, nein. Keine Sorge, Mr. Chambers, ich bleibe Ihnen erhalten.« Erleichtert atmete ich tief durch. »Aber eine Freundin von mir wird bald Mama und ich möchte eine Babyshower-Party für sie veranstalten.«

»Ja, okay. Gut. Wenn Sie Ihre Mittagspause dafür nutzen, ist das für mich in Ordnung.«

Sie knetete ihre Finger und murmelte weiter. »Ich habe mich gefragt, ob Sie vielleicht mitkommen könnten?« Mit zusammengekniffenen Augen biss sie sich auf die Unterlippe.

»Ich? Warum? Was soll ich in einem Babyladen? Und wie könnte ich Ihnen da behilflich sein?«

»Nun ja. Der Mann meiner Freundin wird auch dabei sein und er soll ein Shirt bekommen. Er hat ungefähr Ihre Statur und es wäre super, wenn Sie mich beraten könnten, wenn es um den Aufdruck geht. Ich … ich will alles richtig machen, wissen Sie?« Verlegen sah sie auf ihre Schuhspitzen und dann wieder zu mir.

Ich sammelte mich einen Moment lang, kratzte mich am Kopf und gab schließlich nach. »Na gut, so lange wird das ja nicht dauern, oder? Aber ich kann Ihnen nicht versprechen, dass ich eine große Hilfe bin.«

16

Savannah

Mein Magen knurrte. Auf der Suche nach etwas Essbarem landete ich in der winzigen Küche, die meinem Atelier angeschlossen war. Doch ohne Erfolg, denn der Kühlschrank protzte nur so mit gähnender Leere. Nicht einmal Süßigkeiten waren noch da. Seufzend sank ich wieder an meinen Zeichentisch und rief den Internetbrowser meines Handys auf, um nach einem Lieferdienst zu suchen. Allerdings würde mir auch ein Spaziergang an der frischen Luft guttun. Das machte den Kopf frei, war gut für den Körper und brachte wieder frischen Sauerstoff in mein Gehirn.

Bevor ich aufbrach, rief ich meine Eltern an. Es war eine Weile her, dass wir uns gesehen und gehört hatten.

»Savannah, hallo, mein Schatz«, begrüßte mich meine

Mutter gewohnt freundlich.

»Mom, wie geht es euch? Ist alles in Ordnung?«

»Natürlich, es ist alles bestens. Dad ist in der Werkstatt. Er hat jemanden da, der eventuell mit einsteigen möchte. Er schafft das nicht mehr alleine, weißt du?«

»Das ist doch eine hervorragende Idee. Finde ich toll. Und wie läuft es bei dir an der Schule?« Meine Mutter war Lehrerin an einer High-School und hatte immer schon einiges zu berichten.

»Da gibt es nichts Neues. Wie ist es denn bei dir, Schatz?« Das Gespräch war merkwürdig. Ich kam mir vor wie bei einem Frage-und-Antwort-Spiel, bei dem derjenige gewann, der am Ende die meisten Fragen gestellt hatte.

Für einen Moment überlegte ich, ob ich ihr von den Marketingaktionen erzählen sollte, die Rylan mir finanziert hatte. Doch ich entschied mich dagegen, denn der Erfolg war ausgeblieben und ich hatte nichts vorzuweisen außer Kosten. Und ich wusste, wie sie darauf reagieren würde.

»Ich habe einige neue Entwürfe, die wirklich gut sind«, beantwortete ich daher ihre Frage.

»Aber Schatz, was machst du denn mit all den Entwürfen? Es nützt dir doch nichts, das alles auf dem Papier zu haben? Damit verdient man doch kein Geld.« Das war korrekt, dennoch fühlte es sich wie ein Stich in meinem Herzen an. Sie glaubte noch immer nicht daran, dass ich es schaffen könnte.

»Ich habe ich einen Marketing- und PR-Manager, der sich darum kümmert. Wir haben einige Dinge angestoßen, aber es dauert ein wenig, bis das fruchtet.« Die Wahrheit war, dass ich selbst nicht mehr daran glaubte, dass seine Bemühungen irgendwann Früchte trugen.

»Na ja, wie auch immer, ich drücke dir natürlich die Daumen, Schatz. Aber vielleicht denkst du mal darüber nach, dir einen richtigen Job zu suchen. Es wird sicher nicht schaden, eine sichere Einnahmequelle zu haben.«

»Aber die habe ich doch, Mom. Ich verkaufe meine selbst entworfenen und geschneiderten Klamotten in meinem Laden. Es sind alles Unikate. Erst heute Vormittag habe ich zwei Röcke verkauft, der Schnitt ist ganz neu und die Stoffe sind himmlisch weich. Ich schicke dir gleich ein Foto. Wenn du möchtest, nähe ich dir auch einen.«

Sie seufzte. »Das ist furchtbar lieb von dir, aber lass mal. Deine Mode ist nichts für mich. Dafür bin ich zu alt. Aber mal etwas anderes, kommst du am Samstag zum Essen zu uns?«

Es wurmte mich, dass sie mir keine Chance gab, zu beweisen, dass ich gut war.

»Ja, gerne. Ich bringe einfach mal ein paar Teile mit, okay? Und sag mal ...« Ich geriet ins Stocken. Es wäre eine gute Gelegenheit, Rylan meinen Eltern vorzustellen. Gleichzeitig wirkte der Gedanke beängstigend auf mich, weil ich nicht wusste, wie sie auf ihn reagieren würden.

»Ja, was denn?«

»Also. Ich ... ich habe jemanden kennengelernt und würde ihn gern mitbringen, wenn das geht.« Froh darüber, dass sie mich nicht sehen konnte, verzog ich das Gesicht, als wäre mir jemand mit den Absätzen von Highheels auf die Füße gesprungen.

Ich hörte Moms Atemgeräusche, bevor sie antwortete. »Aber natürlich. Das ist ja ganz wunderbar. Wir freuen uns darauf, deinen Freund kennenzulernen.«

Meinen Freund. Wie das klang. Bis jetzt hatten Rylan und ich nicht einmal definiert, ob wir Freund und Freundin waren. Darüber hatten wir einfach noch nicht gesprochen. Wir verbrachten viel Zeit miteinander, mochten uns – sogar etwas mehr, als dass man von Freundschaft reden konnte. Mit Rylan hatte ich den besten Sex meines Lebens. Er sorgte dafür, dass mein Herz schneller schlug, dass sich all meine Gedanken um ihn drehten. Ja, vielleicht hatten wir tatsächlich so etwas wie eine Beziehung ...

»Super, Mom. Dann rufe ich ihn am besten gleich an, um ihm Bescheid zu geben. Bis Samstag.«

Nach unserer Verabschiedung rief ich Rylans Telefonnummer auf. Sie stand noch immer weit oben, weil wir eben erst telefoniert hatten. Im letzten Moment erinnerte ich mich jedoch daran, dass er Termine hatte, wegen denen er die Mittagspause nicht mit mir verbringen konnte. Kurzerhand schrieb ich ihm eine Nachricht.

Savannah: Hey. Ich bin am Samstag bei meinen Eltern zum Essen eingeladen und wollte dich fragen, ob du vielleicht mitkommen möchtest. Es wäre nur fair, schließlich war ich schon zwei Mal mit bei deiner Familie ;-) Kisses, S.

Da er beschäftigt war, rechnete ich nicht mit einer schnellen Antwort, stopfte das Telefon in meine Tasche und zog meinen Mantel über. Um den Hals wickelte ich einen übergroßen Schal und setzte eine Strickmütze auf. Der November zeigte sich kühl und regnerisch, nicht unbedingt einladend. Dennoch mochte ich den Herbst und sog tief die frische Luft ein, als ich vor die Tür meines Ladens trat, den ich gleich darauf abschloss.

Ich überlegte, in welche Richtung ich gehen sollte, und entschied mich, eine Runde durch den Boston Common zu drehen und anschließend etwas essen zu gehen. Auf der Parkstreet gab es diesen neuen Laden, der hervorragendes Slow Food anbot. Vielleicht sollte ich lieber Turnschuhe tragen anstatt Stiefel mit hohen Absätzen, da ich so besser zu Fuß unterwegs war. Also kehrte ich noch einmal in meinen Laden zurück, um die Schuhe zu wechseln. Dann zog ich mir die Mütze tiefer ins Gesicht und machte mich auf den Weg.

Es tat gut, meine Lunge mit der feuchten und kalten Luft zu füllen. Im ersten Moment fühlte es sich regelrecht beißend an, doch schnell hatte ich mich daran gewöhnt und genoss jeden Atemzug. An einem Stand im Boston Common kaufte ich mir einen Chai Latte, der mich herrlich von innen wärmte, bevor ich mir im *Clean Eating* einen Platz suchte und eine Kürbissuppe mit frisch gebackenem Vollkornbrot verspeiste. Es schmeckte himmlisch.

Zwar sollte man beim Essen das Handy weglegen, doch ich checkte trotzdem kurz meine E-Mails und scrollte mich durch den Posteingang. An einer E-Mail mit dem Absender *COSMOFashion* blieb ich hängen. Sicherlich Spam, den der Filter übersehen hatte. *COSMOFashion* war eine der angesagtesten Modezeitschriften Nordamerikas. Wieso sollten die ausgerechnet mir schreiben?

Mit zitternden Fingern tippte ich die Mail an, die sich gleich darauf öffnete. Schon die Betreffzeile sorgte dafür, dass Schweißperlen auf meine Stirn traten.

Anfrage Interview-Termin

Liebe Savannah,

wir sind begeistert von deinem guten Händchen für Mode und Design. Aus diesem Grund möchten wir dich gern kennenlernen und mehr über dich erfahren. Lass uns wissen, welchen der unten genannten Termine für ein Interview mit Fotostrecke du dir einrichten kannst ...

Äh.

Oh.

Also ...

Ich las diese E-Mail bestimmt fünfmal. Oder sogar mehr. Bis ich begriffen hatte, dass es kein Spam war, sondern die *COSMOFashion* tatsächlich um ein Interview mit mir bat. Ich schnappte nach Luft, bevor ein Freudenschrei meine Kehle verließ. Ich wäre geplatzt, hätte ich ihn unterdrücken müssen. Schnell zog ich den Kopf ein und vergewisserte mich, dass ich nicht beobachtet und für völlig verrückt gehalten wurde.

Doch niemand weiter nahm Notiz von mir, was mich innerlich aufatmen ließ.

Ich legte die Hände an meinen Mund und spürte die Tränen, die vor lauter Freude und Aufregung in meinen Augenwinkeln lauerten. Wie unfassbar genial war das bitte? Meine Atmung hatte sich beschleunigt, und wenn ich mich nicht beruhigte, würde ich wohl hyperventilierend vom Stuhl fallen. Aber das war mir egal.

Die *COSMOFashion* wollte ein Interview mit mir. Mit MIR!

Meine Hände zitterten und ich brauchte ein paar Anläufe, um Rylans Nummer zu wählen. Er sollte der Erste sein, der davon erfuhr. Aber klar, er hatte Termine und konnte den Anruf natürlich nicht annehmen. Vielleicht sollte ich ihn einfach im Büro überraschen?

Schnell und mit wild klopfendem Herzen zahlte ich die Rechnung, raffte meine Sachen zusammen und verließ das Restaurant. Bis zum Chambers Tower waren es nur ein paar Straßen und ich hoffte, dass Rylans Termin vorbei war, sobald ich dort ankam.

Beschwingt machte ich mich auf den Weg. Meine Füße trugen mich praktisch von selbst. Der Nieselregen fühlte sich auf einmal wie prickelnder Champagner auf meiner Haut an. Ich grüßte die Menschen, denen ich auf der Straße begegnete. Alle hatten es eilig, hasteten von einem Ort zum anderen. Viele schüttelten den Kopf, wenn ich »Guten Tag« sagte oder »Hallo, schönen Tag«. Aber ich war viel zu gut gelaunt, um mich davon irritieren zu lassen.

Am besten vereinbarte ich den Interview-Termin gleich

sofort. Nicht, dass sie sich das anders überlegten … Ich zog das Handy aus meiner Manteltasche und rief die E-Mail erneut auf, in der eine Telefonnummer stand. Ich blieb stehen und versuchte, meine Atmung zu kontrollieren, ehe ich sie wählte. Eine freundliche, junge Frau nahm den Anruf entgegen, und nur wenige Minuten später wusste ich, dass bereits in zwei Wochen eines der angesagtesten Modemagazine in mein Atelier kommen und mich porträtieren würde.

Ich hätte auf der Stelle tanzen können vor Glück. Schreien. Jubeln. Hüpfen. Springen. Pure Euphorie schoss durch meine Adern und eine gehörige Portion Adrenalin noch dazu. Es war sagenhaft.

Ich hatte es geschafft.

Ich hatte es wirklich geschafft.

Tänzelnd drehte ich mich um meine eigene Achse, bis ich mit meinem Blick an einem Geschäft auf der anderen Straßenseite hängenblieb. Moment, war das Ruby, Rylans Assistentin?

Das riesengroße Schaufenster gegenüber zog mich wie magisch an. Wie in Zeitlupe ließ ich das Handy in meine Manteltasche rutschen, spürte, wie sich mein Mund öffnete. Da entdeckte ich ihn. Rylan.

Das laute Hupen eines Autos riss mich aus dem Moment und ließ mich aufschrecken. Fast wäre ich auf die Straße gelaufen, ohne nach links und rechts zu schauen, meine Augen waren nur auf diesen Babyladen gerichtet.

Rylan war mit Ruby in einem Geschäft für Babysachen? Hieß das …? Hieß das etwa …? O Gott, ich brachte es nicht fertig, diesen Gedanken zu Ende zu denken. Denn sobald ich mir vorstellte, dass er von dieser Frau ein Kind bekam, schossen mir Tränen in die Augen.

Irgendwie schaffte ich es über die Straße und blieb vor dem Schaufenster stehen. Beobachtete diese groteske Situation. Hörte Rylan, der mir vor wenigen Stunden erzählt hatte, dass er wegen seiner Termine nicht mit mir zu Mittag essen konnte. Das war also sein Termin?

Mein Herz zog sich panisch zusammen. Ich konnte kaum atmen, stützte die Hände in die Hüften und hoffte, dass ich mich täuschte. Vielleicht, wenn ich die Augen schloss und wieder öffnete ... Aber nein, nichts änderte sich dadurch. Da drin waren sie. Rylan mit seiner Assistentin. Als ich wieder zu ihnen sah, hielt sie ihm ein hellblaues Shirt mit dem Aufdruck »Best Daddy ever« an den Oberkörper. Dabei war sie anscheinend darauf bedacht, ihn so oft wie nur möglich zu berühren. Sie streifte seinen Oberarm, schenkte ihm hingebungsvolle Blicke.

»Scheiße«, rutschte es leise über meine Lippen, während sich unbändige Wut in meinem Bauch zu einem Klumpen sammelte. Adrenalin, Schmerz und dieser unsagbare Groll, den ich in diesem Moment empfand, fraßen mich innerlich fast auf.

Als wäre ich zu einer Salzsäule erstarrt, stand ich vor dem Geschäft. Konnte nicht atmen. Mich nicht rühren. Das einzige, was ich konnte, war, dieses Schauspiel anzusehen. Zu weinen. Und mir zu wünschen, dass sich unsere Wege nie gekreuzt hätten.

Bei dem Versuch, meine Lungen mit dem dringend

benötigten Sauerstoff zu versorgen, schnappte ich mehrmals nach Luft, während die beiden da drinnen die Zeit ihres Lebens hatten. Ihn mit ihr lachen zu sehen, diese Vertrautheit – er hätte mir auch direkt einen Dolch ins Herz stoßen können. Der Schmerz wäre der Gleiche gewesen.

Wie konnte ich nur so dumm gewesen sein, ihm zu glauben, er würde etwas für mich empfinden?

Rasend vor Wut ballte ich die Hände zu Fäusten. Gerade, als ich mich abwenden wollte, um zu gehen, entdeckte Ruby mich. Während sie Rylans Brustkorb tätschelte, lächelte sie mich zuckersüß an. Diese verdammte Bitch. Ich hätte es wissen müssen!

Tränen verschleierten meinen Blick, während mein Herz in tausend Einzelteile zersprang, von denen ich nicht wusste, ob ich sie jemals wieder würde zusammensetzen können.

Trotz des Schmerzes reckte ich mein Kinn in die Höhe, sandte ihr aus zusammengekniffenen Augen eine Million Giftpfeile und hoffte, jeder einzelne möge denselben Schmerz bei ihr auslösen, den ich gerade fühlte.

Aus dem Augenwinkel sah ich, dass auch Rylan sich nun in meine Richtung drehte. Ich erkannte noch, wie er erstarrte, als er mich wahrnahm. Sah das tonlose »Fuck«, das seine Lippen formten.

Dann rannte ich.

Ich rannte, als ginge es um mein Leben.

»Hey, pass doch auf«, rief ein Passant, den ich versehentlich an der Schulter erwischte. Ich war blind. Blind vor Hass und Wut, sodass ich kaum sah, wohin ich lief.

»Savannah«, hörte ich Rylan hinter mir rufen. »Savannah,

warte doch. Halt an!«

Doch ich erhöhte das Tempo, blendete ihn aus und versuchte, ihn zu vergessen.

Zu vergessen, was wir waren. Was wir hatten.

Zu vergessen, wie gut seine Küsse schmeckten. Wie sich seine Hände auf meiner Haut anfühlten.

Ich wollte ihn einfach vergessen.

17

Rylan

»Fuck!«, stieß ich gepresst aus und ließ meine Faust gegen die
raue Fassade schnellen, wodurch die Haut aufriss. Das Blut
rann über meinen Handrücken und sickerte in den Saum
meines Sakkoärmels. Sie war weg. »Scheiße. Verdammte
Scheiße!«

Ich verstand nichts mehr. Und ich hatte richtig Scheiße
gebaut. So richtig.

Warum war sie hier gewesen? Warum hatte Savannah vor
dem Laden gestanden? Hatte Ruby das vielleicht so
eingefädelt?

Adrenalin pumpte durch meine Adern, sodass ich kaum
noch klar denken konnte. In meinem Kopf drehte sich alles,
während sich mein Herz ungewohnt schmerzhaft
verkrampfte. Voller Wut stürmte ich zurück in das Geschäft,

in dem Ruby schon wieder zwischen Babystramplern und Windeln verschwunden war.

»Haben Sie sie herbestellt?«, fragte ich sie barsch, nachdem ich sie am Arm in meine Richtung gedreht hatte.

»Was? Nein! Was soll das, Mr. Chambers? Ich wusste nicht, dass sie hier auftauchen würde.«

Ich hatte keine Ahnung, ob das stimmte oder ob sie mich erneut eiskalt anlog. Es war unmöglich, das nachzuvollziehen. Ihr Gesichtsausdruck war weder verschreckt noch desinteressiert. Es war irgendetwas dazwischen, das ich nicht deuten konnte.

»Ich habe sie gesehen, ihr zugelächelt und dann damit weitergemacht, weswegen wir hier sind. Babykram für die Party aussuchen. Unsere Mittagspause dauert schließlich nicht ewig.« Sie klang unschuldig. »Es tut mir leid, Mr. Chambers.«

»Muss es nicht. Savannah hat das einfach total in den falschen Hals gekriegt. Es muss grotesk auf sie gewirkt haben, uns hier zu sehen.« Mir war klar, was das in ihr ausgelöst hatte. Schließlich hatte sie mir mehrfach gebeichtet, wie groß ihre Angst davor war, verletzt zu werden. »Kommen Sie nun ohne mich klar? Ich muss los und das wieder geradebiegen. Ich bin mir sicher, den Rest schaffen Sie auch alleine.«

Es ließ mir keine Ruhe. Savannah war derart hysterisch losgestürzt, dass ich panische Angst hatte, ihr könnte etwas zugestoßen sein. Sie hatte mich rufen hören, war jedoch einfach weiter gerannt. Ich konnte mir nur ansatzweise vorstellen, was gerade in ihr vorging, und musste dieses

Missverständnis schnellstmöglich aus der Welt räumen. Noch während ich das Geschäft verließ, wählte ich ihre Nummer. Wieder und wieder. Doch sie ging nicht ran.

Also schickte ich ihr Voice-Nachrichten über WhatsApp. »Savannah, bitte melde dich. Wo bist du? Lass mich das erklären. Es ist nicht das, was du denkst. Wirklich.« Antworten darauf blieben aus. Natürlich. Denn es hörte sich fadenscheinig an, auch wenn es das ganz und gar nicht war.

Schnaubend trat ich die Suche an, hatte keine Ahnung, wo ich beginnen sollte. Wo ich nach ihr suchen sollte. Ich hatte vollkommen die Kontrolle verloren. Über mich. Meine Gefühle. Darüber, was ich anderen zufügte. Über alles.

Das Blut an meiner Hand war getrocknet, die Ärmel von Mantel und Sakko hatten dunkelrote Ränder. Doch das war mir egal. Beides war ersetzbar. Im Gegensatz zu Savannah. Erst jetzt wurde mir schmerzlich bewusst, wie kostbar die Zeit mit ihr war. Wie sehr ich es genossen hatte, wenn sie bei mir gewesen war. Oder ich bei ihr. Wenn wir zusammen gewesen waren, uns erkundet und erforscht und geliebt hatten. So oft hatte ich mich in den letzten Wochen gefragt, womit ich sie verdient hatte. Ihre Zuneigung, ihre Hingabe. Jetzt zerfetzte es mir regelrecht das Herz, als mir klar wurde, dass ich sie nicht verdient hatte. Ich hatte ihr geschworen, ihr nie wehzutun, und doch war es passiert. Einfach so. Ohne Absicht. Und wenn ich daran dachte, dass sie jetzt hilflos, machtlos und völlig durcheinander durch die Straßen irrte …

Ich spürte Feuchtigkeit in meinen Augenwinkeln, die nicht vom Nieselregen kam. Savannah war irgendwo da draußen. Verzweifelt. Verängstigt. Und wütend auf mich.

Wieder wählte ich ihre Nummer, wieder ohne Erfolg. »Verdammt, Savannah, geh ran«, fluchte ich vor mich hin und nahm eine neue Sprachnachricht auf. »Bitte, Savannah, wenn du das hörst, ruf mich an. Ich muss wissen, dass es dir gut geht. Ich will es dir erklären, das war alles ... O Mann, ein filmreifes Missverständnis. Glaub mir, wenn ich es rückgängig machen könnte, würde ich es sofort tun. Aber ich ... Scheiße, Mann, Savannah, ich ... es tut mir leid.« Derb raufte ich mir die Haare, während ich meine Worte in das Handy sprach. »Ich weiß, wie das auf dich gewirkt haben muss. Aber so war es nicht. Glaub mir, Ruby hat mich um Rat gebeten und ich bin einfach mitgegangen, ohne darüber nachzudenken. Bitte glaub mir, Savannah. Und melde dich bei mir. Bitte.«

Ich war so verzweifelt und beschäftigt damit, mir über sie Gedanken zu machen, dass ich gar nicht mitbekommen hatte, dass meine Füße mich wie automatisch zu ihrem Modeatelier getragen hatten. Kurz davor stoppte ich, horchte in mich hinein. Was, wenn sie hier war? Mich nicht sehen wollte? Mir keine Chance gab?

Mit geschlossenen Augen atmete ich tief durch. Einmal. Zweimal. Und noch ein drittes Mal, bevor ich die Augen wieder öffnete und ein paar Schritte weiterging. Vor dem Schaufenster blieb ich stehen und atmete voller Erleichterung auf, als ich sie hinter ihrem Schreibtisch entdeckte. Sie saß mit dem Rücken zum Fenster, trug noch ihren Mantel und die Mütze und zeichnete vermutlich. Oder ... Ach, keine Ahnung, was sie tat. Aber sie war hier. Und das beruhigte mich wahnsinnig. Meine Panik ließ langsam nach, mein

Herzschlag donnerte allerdings nach wie vor hinter meinem Brustkorb. Mit den Fingern wischte ich mir die Feuchtigkeit aus den Augenwinkeln und fasste allen Mut zusammen, drückte die Tür auf und betrat zögernd den Laden. Ein leises Bimmeln erklang. Das war neu.

»Geschlossen«, blaffte sie leise, ohne sich umzudrehen, doch ich schloss die Tür, wodurch wieder das leise, glockenklare Bimmeln erklang. Dann ging ich ein paar Schritte in das Innere des Verkaufsraumes.

»Haben Sie nicht gehört? Ich habe ge...«

»Savannah«, stieß ich in dem Moment aus, in dem sie sich nun doch umdrehte. Ich sah ihr sofort an, dass sie in keiner guten Verfassung war, und es brach mir noch mehr das Herz. Die Mascara war über ihre Wangen gelaufen, hatte die Spuren ihrer Tränen nachgezeichnet, damit ich sie noch sehen konnte. Sie holte tief Luft, schüttelte den Kopf.

»Was willst du, Rylan? Hm? Willst du mir sagen, dass das alles ganz anders war? Dass du nicht mit deiner Assistentin gevögelt und ihr kein Baby gemacht hast? Wenn es das ist, Rylan, dann verpiss dich. Ich glaube dir nämlich nichts mehr. Kein Sterbenswörtchen glaube ich dir. Du ...« Kraftlos schimpfte sie, wedelte mit den Armen in der Luft herum. Ihr trauriger, glasiger Blick zerriss mir das Herz – oder das, was davon übrig war.

Ich ging einen Schritt auf sie zu, wollte nichts mehr, als sie zu halten. Sie trösten und ihr versichern, dass sie in mein Leben gehörte und niemand anderes. Doch sie wich zurück. Also blieb ich stehen, atmete gequält, als würde ein Sack Zement auf meine Brust drücken. Es fiel mir schwer, sie anzusehen. Den Schmerz in ihren Augen zu sehen.

»Savannah, ich … es tut mir so leid. Aber ja, genau das will ich dir sagen. Denn weder habe ich mit meiner Assistentin geschlafen noch ihr ein Kind gemacht. Ich …« Sie stieß einen verächtlichen Laut aus. »Schon klar, Rylan. Ich verstehe schon. Du wirst Vater und hast kalte Füße bekommen. Da kam dir unsere kleine Affäre zur Ablenkung ganz recht. Ist es nicht so?«

»Was zur Hölle redest du da? Das ist Unsinn, Savannah, und das weißt du.« Erneut ging ich einen Schritt auf sie zu, dieses Mal blieb sie stehen. Sie schluckte, während Tränen über ihre Wangen liefen, die ich am liebsten vorsichtig mit meinen Fingern weggewischt hätte.

»Ich weiß das?«, flüsterte sie mit erstickter Stimme. »Ich weiß gar nichts mehr, Rylan. Ich weiß nicht einmal mehr, wer du bist.«

Wenn es überhaupt möglich war, brach mir ihr Anblick abermals das Herz. »Du bist die Einzige, die weiß, wer ich wirklich bin.« Ich hob die Hand und wollte sie an ihre Wange legen, doch bevor es dazu kam, schlug sie mir fest auf die Brust.

»Ich kann nicht fassen, dass ich dir auf den Leim gegangen bin. Und jetzt lass mich in Ruhe und verschwinde. Für immer.«

Sie drehte sich um und ging zu ihrem Schreibtisch. Ich hingegen blieb wie angewurzelt stehen, konnte nicht fassen, dass sie mich gerade abservierte.

Verzweifelt rieb ich mir mit der flachen Hand über die Stirn. »Warum warst du da, Savannah? Hat Ruby das

229

irgendwie einfädelt? Ich meine, hat sie dich dahin gelotst oder so?«

Ohne mich eines Blickes zu würdigen, antwortete sie. »Nein, hat sie nicht. Ich war zufällig da, weil ich dir … Scheiße, Rylan, ich kann das nicht.« Schluchzend stützte sie sich auf dem Schreibtisch ab und kniff die Augen zusammen, bevor sie sich wieder zu mir drehte. »Ich wollte dich überraschen, weil ich … ich wollte dir erzählen, dass die *COSMOFashion* ein Interview bei mir angefragt hat. Mehr nicht. Aber es ist egal, das muss dich jetzt nicht mehr interessieren.«

Okay. Gerade in diesem Moment war es mir egal, ob und wie viel Distanz sie brauchte. Mit wenigen Schritten war ich bei ihr, schloss meine Arme um ihren Oberkörper und hielt sie, wartete darauf, dass sie sich wehrte. Doch das tat sie nicht. Schniefend lehnte sie ihren Kopf an meinen Arm und weinte.

»Das ist großartig, Savannah. Ich habe gewusst, dass du es schaffen wirst. Und ich freue mich wahnsinnig für dich. Das Interview wird toll werden und der Artikel dazu noch viel mehr.«

»Amber und du, ihr wart die einzigen, die wirklich richtig an mich geglaubt haben«, hörte ich sie sagen und drückte sie fester an mich, doch sie löste sich aus meiner Umarmung. Wenig elegant wischte sie sich mit dem Mantelärmel die Nase ab und sah mit mich ihren rot geränderten Augen an. »Aber keine Angst, du bist nicht der Erste, der mir das Herz gebrochen hat. Ich werde damit leben können. Eines Tages. Und jetzt geh bitte, ich muss arbeiten.«

»Nein, Savannah. Jetzt hörst du mir erst einmal zu.« Ich ballte die Hände zu Fäusten und spürte den Kloß im Hals.

»Als ob ich das nicht schon die ganze Zeit tun würde.« Gleichgültigkeit schwang in ihrer Stimme mit.

»Dann tu es bitte noch einmal. Lass mich ausreden, und wenn du dann immer noch der Meinung bist, dass ich gehen soll, werde ich dein Atelier verlassen. Okay?« Innerlich rang ich nach Fassung, hatte keine Ahnung, wie ich in Worte fassen sollte, was in mir vorging. Doch Savannah nickte und das war meine Chance, sie davon zu überzeugen, dass sie falschlag.

»Nachdem wir heute Vormittag telefoniert haben, wurde der Mittagstermin, wegen dem ich nicht mit dir Essen gehen konnte, auf nächste Woche verschoben. Ruby hat das genutzt und mich darum gebeten, sie zu beraten, weil sie eine Babyshower-Party für ihre beste Freundin ausrichtet. Sie brauchte Hilfe, weil der Mann ihrer Freundin ein Shirt bekommen soll und meine Statur hat.«

Savannah lachte herablassend auf. »Echt jetzt? Rylan, willst du mich verarschen? Checkst du nicht, dass sie auf dich steht? Wie naiv bist du? Hast du eigentlich gesehen, wie sie mich angesehen hat, nachdem sie mich vor dem Laden hat stehen sehen? Siegessicher. Voller Triumph. Als hätte sie einen Wettbewerb gewonnen, bei dem du der Hauptpreis warst.«

Schlagartig wurde mir übel. Jetzt, da sie das so direkt aussprach, wurde es mir auch bewusst. Fuck! War ich so blind gewesen, dass ich das nicht bemerkt hatte? Aber klar. Ruby war neulich hereingeplatzt, als Savannah dagewesen war. Die Sache mit dem Handy, das sie angeblich im Konferenzraum gefunden hatte. Und dass sie auf einmal meine Nähe gesucht hatte. Mir war während des Besuchs im Babygeschäft nicht entgangen, dass sie jede Gelegenheit genutzt hatte, mich anzufassen. Doch naiv, wie ich anscheinend war, hatte ich das ihrer Aufregung zugeschrieben.

»Du hast recht. Ihr Verhalten ist nicht tragbar und wird Konsequenzen haben. Das versichere ich dir. Aber es hatte nichts mit dir zu tun. All das, Savannah, hat nichts daran geändert, was ich dich für dich empfinde. Das mit uns ist schon längst keine kleine Affäre mehr. Vielleicht war es das sogar nie, ich weiß es ehrlich gesagt nicht. Was ich dir aber mit Sicherheit sagen kann, ist, dass ich dich in meinem Leben haben möchte. Ich kann mir nicht mehr vorstellen, ohne dich zu sein. Ich will es nicht. Weil ich ...« Ich zögerte. Die Worte, die mir auf der Zunge lagen, auszusprechen, würde alles verändern. Wobei die Richtung offen war. Doch ich konnte nicht anders.»... weil ich dich liebe, Savannah Davis. So etwas wie mit dir habe ich noch nie erlebt. Alles ist so intensiv und vertraut und so warm, dass ich es nicht mehr missen möchte. Ich möchte dich nicht mehr missen, Prinzessin.«

Langsam schloss sie die Lider, um sie gleich darauf wieder zu öffnen und mich aus ihren verweinten Augen anzusehen. Ihr Blick traf mich mitten ins Herz.»Dann hättest du vielleicht wachsamer sein sollen. Ich habe auch Gefühle für dich, Rylan. Ob es Liebe ist, weiß ich nicht, aber ich habe mich immer wohl gefühlt, wenn wir zusammen waren. Habe jede Sekunde mit dir genossen. Jeden Kuss, jeden ...« Sie stockte und holte tief Luft, weil ihre Stimme erneut zu brechen drohte.

»Dann gib uns eine Chance. Bitte«, flehte ich sie an, trat zu ihr und nahm ihr Gesicht in meine Hände. Wischte mit den Daumen sachte über ihre Wangen, um die Tränen zu trocknen. Ihr Blick glitt zu meiner Verletzung.

»Was ist das? Hast du sie vermöbelt?«

Bitter lachte ich auf. »Nein, das ist ein − nennen wir es einfach Kollateralschaden, der wieder heilt.«

Vorsichtig hob ich ihren Kopf und sah ihr tief in die Augen. Sie war so verletzlich und fragil wie Porzellan.

»Ich weiß nicht, ob ich wieder heilen kann«, wisperte sie und ich legte meine Stirn an ihre, schloss die Augen und roch ihr Parfum, das mich an so viele Momente mit ihr erinnerte, die sich wie ein Film vor meinem inneren Auge abspulten.

»Es tut mir so wahnsinnig leid, dass ich dir wehgetan habe. Ich wollte es nie. Und ich hoffe, du kannst mir irgendwann verzeihen. Lass mich dir helfen, zu heilen. Bitte.«

»Das Verzeihen ist nicht das Problem. Aber ich habe keine Ahnung, ob ich diesen Anblick je vergessen kann, weißt du? Wenn ich die Augen schließe, sehe ich es vor mir, wie du mit ihr ...«

Schnell drückte ich meine Lippen auf ihre, versiegelte ihren Mund mit einem Kuss. Einem Versprechen, dass so etwas wie heute nie wieder passieren würde.

»Shh, sprich es nicht aus«, flüsterte ich an ihrem Mund. »Ich liebe dich, Savannah. Und wenn du mich nur halb so viel liebst oder auch nur ein Viertel davon, finde ich, sollten wir uns eine Chance geben. Sonst werden wir nie erfahren, ob es mit uns geklappt hätte.«

Mit einem schiefen Lächeln und wackelnden Augenbrauen versuchte ich, diesem Moment die Spannung zu nehmen. Es gelang mir. Ein bisschen zumindest, denn immerhin zuckten ihre Mundwinkel, bevor sie ihre Zähne in der Unterlippe vergrub.

Mein Blick glitt zu der Wand, an der wir damals nach der Modenschau ziemlich schnell zur Sache gekommen waren. »Weißt du noch?« Sie folgte mir mit ihren Augen und schmunzelte zaghaft. Dann nickte sie.

»Ja, wie könnte ich das vergessen? Damals war ich hin- und hergerissen, ob ich dich heiß oder arrogant finden sollte.«

»Will ich wissen, wofür du dich entschieden hast?«

Daraufhin schüttelte sie den Kopf. »Das weißt du längst.«

»Ich war damals schon in dich verliebt. Als ich gesehen hatte, wie souverän du das alle gemeistert hast. Aber ich kann erst jetzt meine Gefühle einordnen. Also bitte, Savannah, bitte lass es uns versuchen.«

Erneut suchten meine Lippen ihre. Scheu erwiderte sie den Kuss, als würden wir zum ersten Mal aufeinandertreffen. Meine Hände machten sich selbstständig, eine vergrub sich unter ihrer Mütze am Hinterkopf, die andere fuhr streichelnd über ihren Rücken. Dann zog ich sie fest an mich und atmete innerlich auf, weil sie es zuließ.

»Okay. Aber, du musst mir etwas versprechen.« Sie hatte sich von mir gelöst, stützte sich mit ihren Händen auf meiner Brust ab.

»Alles, was du willst, Prinzessin.«

»Ich will, dass wir offen und ehrlich zueinander sind. Immer. Keine Geheimnisse. Wenn du Teil meines Lebens sein willst, dann lass mich auch Teil deines Lebens sein. Und wenn sich deine Pläne ändern, sag mir rechtzeitig Bescheid, damit ich mein Herz mit Panzerglas einpacken und schützen kann.«

O Gott. Diese Frau. »Das wird nicht nötig sein, Süße. Ich verspreche es dir. Bei allem, was mir heilig ist.«

Argwöhnisch kniff sie die Augen zusammen. »Also bei deiner Bank?«

»Nein, ich schwöre es bei meiner Liebe zu dir.«

Ich konnte förmlich sehen, wie die Farbe in ihr Gesicht zurückkehrte. Es machte mich überglücklich, dass wir alles geklärt hatten und neu anfangen konnten. Dass sie es zuließ.

Bevor sie mit einem kessen Spruch darauf antworten konnte, verschloss ich ihren Mund mit einem Kuss, der mehr als das war. Er war ein Versprechen, dass sie immer auf mich zählen konnte. Egal, in welcher Lebenslage wir uns befanden, ich würde immer für sie da sein.

18

Savannah

»O mein Gott, Savannah, du bist berühmt! Ich bin so stolz auf dich!« Amber hatte mein Atelier gestürmt und wedelte mit der neusten Ausgabe der *COSMOFashion* vor meiner Nase herum, bevor sie mir einen freundschaftlichen Kuss auf die Wange drückte. »Wahnsinn. Ich meine, hast du ihn schon gelesen? Du bist der Leitartikel, in der halben Zeitschrift geht es nur um dich und deine Mode. Wooohooo, wo ist der Champagner?«

»Ähm, den habe ich ganz vergessen«, gestand ich. »Im Kühlschrank sind nur Milch und Wasser.«

Meine beste Freundin verdrehte die Augen. »Wie gut, dass du mich hast.« Verschwörerisch zwinkerte sie mir zu und zauberte eine Flasche Prickelwasser aus ihrer Tasche. »Tadaaaa. Ich hole noch die Gläser und dann feiern wir.«

»Ja, gut. Aber viel Zeit habe ich nicht. Ich muss die Entwürfe überarbeiten, weil ... also«, rief ich ihr hinterher. Gleich darauf war Amber wieder da, stellte die Gläser auf dem Schreibtisch ab.

»Ja, ja, schon klar, du hast jetzt natürlich viel zu tun. All die ganzen Anfragen der großen Modehäuser. Ich verstehe das, Süße. Aber feiern müssen wir trotzdem, dann verschwinde ich wieder.«

»Hm, okay. So viele Anfragen sind es gar nicht. Genaugenommen ist es bis jetzt nur eine. Aber die ist dafür ... also, du flippst wahrscheinlich aus, wenn ich es dir erzähle ...«

Nebenbei öffnete ich die Champagnerflasche und goss uns die prickelnde Flüssigkeit in die Gläser. Wir stießen an und tranken einen Schluck, dann berichtete ich ihr davon, dass ein sehr großes und vor allem weltweit bekanntes Modehaus bei mir angefragt hatte. Sie wollten meine Kollektionen sichten und boten mir eine Kooperation an.

Ambers Augen waren immer größer geworden, ihr Mund stand offen. »Heilige Scheiße«, stieß sie aus. »Das ist nicht wahr.«

Ich nickte. »Doch. Deswegen muss ich alles überarbeiten und den Skizzen einen Feinschliff verpassen, bevor ich sie denen zuschicke.«

»Wow. Einfach nur wow.« Sie leerte ihr Glas in zwei Zügen und sagte nochmals: »Wow.«

»Ja, das kannst du laut sagen.«

»Aber sag mal, sind deine Entwürfe geschützt? Ich meine, hast du keine Angst, dass sie die als ihre ausgeben könnten?«

»Nein. Das wird ja alles vertraglich geregelt. Wenn sie das machen, droht ihnen eine saftige Strafe.« Zum Glück hatte Rylans Anwalt den Vertragsentwurf sofort geprüft und die entsprechenden Klauseln, die mich und meine Arbeit schützen würden, eingebaut.

Ich trank meinen Champagner aus und spürte die Wärme, die von meinem Bauch in meinen restlichen Körper flutete. Daran war nicht nur der Alkohol schuld, denn das passierte mir jedes Mal, wenn sich Rylan in meine Gedanken schlich.

In den letzten vier Wochen hatte sich viel verändert. Nach unserem Streit, oder vielmehr dem Missverständnis, hatten wir viel geredet. Über unsere Ängste, über die Liebe, darüber, wie wir uns unser Zusammensein vorstellten. Schnell hatten wir bemerkt, dass wir nicht mehr ohneeinander sein konnten oder wollten.

Einige Tage nach dem Vorfall im Babyladen hatte Ruby gekündigt, was uns beiden ganz recht gewesen war. Damit war das Thema für alle Zeit vom Tisch. Rylan hatte die Stelle intern besetzt und nun arbeitete Moira als erste Assistentin für ihn. Eine Dame Mitte dreißig, mit der ich mich hervorragend verstand und die keinerlei Ambitionen hegte, sich an meinen Freund heranzumachen, weil sie selbst in festen Händen war.

Ich quatschte noch eine Weile mit Amber, dann setzte ich sie buchstäblich vor die Tür, damit ich mein Tagesziel noch erreichte. Mich würde nichts und niemand davon abhalten, meine Träume und Ziele zu verfolgen. Nicht einmal meine beste Freundin.

***

Am Wochenende stand ein Besuch bei meinen Eltern an. Ich war furchtbar nervös, weil sie Rylan zum ersten Mal kennenlernen würden. Zwar war das schon vor ein paar Wochen geplant gewesen, doch damals hatte ich mich nach dem emotionalen Chaos neu sortieren müssen und hatte meine Eltern ohne ihn besucht. Nicht einmal von der Interviewanfrage hatte ich ihnen damals erzählt, weil ich Angst gehabt hatte, sie würde mir nicht glauben. Oder dass mein Vater es wieder schlechtreden würde. So wie er es immer tat, wenn es um meinen Traum ging.

Rylan war nicht minder aufgeregt und tigerte durch meine Wohnung. »Kann ich so gehen?«, fragte er und zupfte an seinem Hemd herum, das ein blaues Paisley-Muster hatte. Dazu trug er Jeans und Sneaker. Er sah unfassbar gut aus.

»Du siehst zum Anbeißen gut aus«, erwiderte ich und fing seinen heißen Blick auf. Mit zwei Schritten war er bei mir, schlang seine Arme um meine Taille und zog mich fest an sich, um mich zu küssen.

»Dann beiß doch zu«, raunte er an meinen Lippen und ich lachte auf.

»Später. Bist du bereit, meine Eltern zu treffen?«

Geräuschvoll stieß er die Luft aus. »Ja, natürlich bin ich das. Auf in die Höhle der Löwen.«

Mein Freund – noch immer musste ich mich daran gewöhnen, dass er das jetzt ganz offiziell war – hatte es sich natürlich nicht nehmen lassen, eine aktuelle Ausgabe der *COSMOFashion* für meine Eltern einzupacken. Zudem hatte er für meine Mutter einen Blumenstrauß besorgt und für meinen Vater eine Flasche hochwertigen Wein. Zwar hatte ich ihm mehrfach versichert, dass er das nicht tun müsste, aber laut eigener Aussage fühlte er sich dadurch sicherer. Meine Eltern empfingen uns gewohnt neutral. Mom küsste mich auf die Wange und reichte Rylan die Hand. Dad musterte erst einmal den Aston Martin, dann Rylan argwöhnisch, bevor er ihm auf die Schulter schlug.

»Du hast Geschmack«, sagte er und blickte noch einmal zu dem Sportwagen. Rylan hingegen sah zu mir, während er antwortete.

»Danke, Mr. Davis.«

Im Gegensatz zu Rylans Mom blieben meine Eltern zu Beginn strikt beim Sie. Was mir zum einen ganz gut gefiel, weil es auch etwas die Distanz bewahrte. Zum anderen nahm es diesem Moment jedoch ein wenig die Herzlichkeit. Doch es war in Ordnung. Ich kannte meine Eltern und wusste, dass sie Rylan mögen würden.

Spätestens nachdem er seine Geschenke verteilt hatte, war zumindest meine Mutter ihm verfallen. Sie schwärmte ständig von diesem vollen, riesengroßen Blumenstrauß, Chrysanthemen, Christrosen und Erika in den schönsten Farben um die Wette strahlten. Dad bewunderte indes den Wein und entführte Rylan anschließend gleich in die Werkstatt.

Während ich Mom in der Küche half, den Kuchen für das Kaffeetrinken vorzubereiten, fühlte ich ihr auf den Zahn. »Und Mom? Was sagst du? Wie findest du ihn?«

Seufzend legte meine Mutter das Messer weg, mit dem sie

gerade den Kuchen in Stücke geschnitten hatte, und kam zu mir. Sie zog mich in ihre Arme und ich spürte die Wärme, die von ihr ausging. »Ich bin so stolz auf dich, mein Schatz. Und es tut mir so leid, dass ich dir das nie gesagt habe. Dass ich dich nie wirklich unterstützt und an dich geglaubt habe.« Ich schluckte und löste mich aus der Umarmung, um sie anzusehen. »Schon okay, Mom.«

»Nein«, schniefte sie ebenso. »Es ist nicht okay. Ich bin deine Mutter und hätte dich viel mehr bei deinem Traum unterstützen müssen. Aber sei dir gewiss, dass ich fast vor Stolz geplatzt bin, als ich dich auf dem Cover dieses Magazins entdeckt habe. Das ganze Viertel hier war völlig aus dem Häuschen.« Sie lächelte milde. »Ich kann mit Mode zwar nicht so viel anfangen, aber ich möchte, dass du weißt, dass du immer auf mich zählen kannst, ja? Und wenn es nicht zu spät dafür ist, möchte ich dich gern unterstützen. Sag mir nur, was ich tun kann.«

Es war viel zu spät. Allerdings nicht bezüglich Moms Unterstützung, sondern für meine Fassung, die gerade in ihre Einzelteile zerbröselte. Alle Dämme brachen und ich begann, hemmungslos zu weinen, während sie mich in ihren Armen hielt und mir über den Rücken streichelte. »Mom«, schluchzte ich, »das bedeutet mir so viel. Es hat mir so gefehlt, dass ihr mir den Rücken stärkt.«

»Ich weiß, mein Schatz, und das tut mir furchtbar leid. Wenn ich könnte, würde ich die Zeit zurückdrehen und dich von Anfang an darin bestärken, deinen Traum zu leben. Aber weißt du, dafür ist es eigentlich nie zu spät, oder? Du bist schon so weit gekommen und ich weiß, dass du es bis nach ganz oben schaffen wirst. Du bist eine Davis. Wir schaffen alles, was wir wollen.«

Schniefend lächelte ich und wischte mir die Tränen von der Wange. »Bekomme ich jetzt eine Antwort auf meine Frage?«

»Oh, ja, natürlich. Er ist toll und ich finde, mit ihm hast du eine hervorragende Wahl getroffen. Wie habt ihr euch eigentlich kennengelernt?«

Während wir den Tisch deckten, berichtete ich ihr, wie sich alles zugetragen hatte. Von Anfang an. Wie Amber mich dazu verdonnert hatte, zu ihrem Date zu gehen, weil sie keinen Bock gehabt hatte. Oder war sie krank gewesen? So genau wusste ich das gar nicht mehr. Wie er mich davor bewahrt hatte, vom Barhocker zu fliegen. Dass wir den Rest des Abends quatschend in einer Ecke verbracht hatten und dann eines zum anderen gekommen war. Natürlich ersparte ich ihr die pikanten Details, aber ich wollte, dass sie die wahre Geschichte kannte.

»Wow«, meinte sie schließlich. »Was für eine Story. Willst du deinen Traummann mal aus der Werkstatt retten? Ich fürchte, Dad wird ihn sonst gänzlich dazu verdonnern, an einer der alten Karren herumzuschrauben. Der Kaffee ist ohnehin fertig.«

»Ja, das mache ich.«

Etwas zwischen meiner Mutter und mir hatte sich verändert. Dass sie so offen war und ihre Fehler eingestanden hatte, bedeutete mir die Welt, und plötzlich konnte ich sie mit anderen Augen betrachten. Ich hatte sie zwar immer geliebt, sie war immerhin meine Mom, aber da war stets diese gewisse, unüberwindbare Distanz gewesen. Diese hatte sich nun jedoch aufgelöst. Noch nicht ganz, aber merklich. Und das Gefühl, dass wir uns endlich annäherten, dass ich ihr vertrauen konnte, machte mich glücklich.

Beschwingt verließ ich das Haus und ging über die Straße, wo sich Dads Werkstatt befand. Die Tür stand offen, doch weder er noch Rylan waren zu sehen. Als ich an dem großen Holztor angelangt war, hörte ich jedoch ihre Stimmen.

Ich nahm an, dass sie über Autos fachsimpelten, doch die Fragen, die mein Vater stellte, hatten anscheinend wenig mit seiner Leidenschaft zu tun.

»Liebst du sie?«, wollte er von Rylan wissen, der ohne zu zögern mit einem »O ja, sehr sogar«, antwortete, was mein Herz auf der Stelle schmelzen ließ.

»Du wirst sie gut behandeln?«

»Natürlich, Sir. Immer.«

»Gut.«

Ich verdrehte die Augen und schämte mich etwas für diese pragmatische Unterhaltung.

»Sie müssen sehr stolz auf Savannah sein«, hörte ich Rylan nach einer kurzen Pause sagen. »Sie ist so unglaublich zielstrebig und hat so viel erreicht.«

»Ja, das sind wir. Auch wenn ich immer dachte, das mit der Mode und dem Gekritzel wären nur Flausen. Aber anscheinend kann man da wirklich was draus machen.«

Rylans Lachen donnerte durch die Werkstatt und kroch mir direkt unter die Haut. »Das mit dem Gekritzel sollten Sie sie nicht hören lassen, sie flippt aus, wenn man ihre Entwürfe so nennt.«

Hey! Verbündete er sich gerade mit meinem Dad? Na, das konnte ja heiter werden.

Mein Vater lachte leise, dann wurde er wieder ernst. »Aber mal unter uns. Dieses Ding mit der Zeitung, das ist riesig. Sie war hier das Stadtgespräch, ständig klingelte das Telefon. Mode ist nicht meins, weißt du? Mein Kleiderschrank ist voller Blaumänner, mehr brauche ich nicht. Aber wenn es Savannahs Berufung ist, dann ist das so. Ich bin stolz auf sie, weil sie sich nicht von ihrem Weg hat abbringen lassen. Und bei Gott, ich habe es wirklich oft genug versucht.«

Erneut lachten beide, während mir bei Dads Worten schon wieder die Tränen in die Augen traten. Von diesem ganzen Gefühlshinundher wurde mir ganz schwindelig, sodass ich für einen Moment schwankte und gegen eine alte Blechtonne stieß. Das Rumpeln weckte die Aufmerksamkeit der Männer, die sich ruckartig zu mir umdrehten.

»Savie«, rief mein Dad erschrocken. »Ist alles okay? Wie lange stehst du schon da?«

»Alles gut, bin nur mit dem Fuß gegen die Tonne gestoßen und gerade erst gekommen, weil ... Es gibt Kaffee und Kuchen.«

»Okay, wir kommen.«

Als ich die beiden sah, legte sich ein breites Schmunzeln auf meine Lippen. Als würden sie sich schon ewig kennen, gingen sie wild gestikulierend über die Straße. Auf Rylans Hemd waren einige Flecken, ich tippte auf Öl oder Schmiere. Der Saum hing zur Hälfte außerhalb der Jeans.

Mich nahm er in seine Arme, küsste mich auf die Schläfe.

»Dein Dad hat einen 57er Chevrolet Bel Air. Ist das zu

fassen?«

Seine Augen leuchteten und gleich darauf setzte er die Unterhaltung mit meinem Vater fort. Jetzt fachsimpelten sie wirklich über den Oldtimer, der in keinem sonderlich guten Zustand war, und beschlossen, ihn gemeinsam zu restaurieren.

Dass Rylan sich so gut mit meiner Familie verstand, machte mich unsagbar glücklich. Ich hätte zufriedener nicht sein können und genoss die ausgelassene Stimmung am Kaffeetisch. Es gab den besten Kürbiskuchen der Welt, den nur meine Mom so gut hinbekam.

Als wir uns am späten Nachmittag verabschiedeten und die Heimfahrt antraten, war ich erleichtert. Es hatte gutgetan, Zeit mit meinen Eltern zu verbringen. Viele Dinge hatten sich geändert. Zu wissen, dass ich jederzeit auf sie zählen konnte und dass sie stolz auf mich waren, erfüllte mich mit einer riesengroßen Portion Glück.

Als die Lichter der Stadt vor uns auftauchten, griff ich nach Rylans Hand. Er schenkte mir einen warmen Blick.

»Fahren wir zu dir? Oder zu mir?«, wollte ich wissen und leckte mir kess über die Unterlippe.

»Weißt du, eigentlich möchte ich, dass wir zu uns fahren. Zu uns nach Hause.« Mit dem Kopf nickte er Richtung Handschuhfach.

»O nein, Rylan Chambers. Keine schmutzigen Dinge mehr im Auto«, stieß ich überrascht aus, was ihn auflachen ließ.

»Mach's einfach auf, okay?«

Ich holte tief Luft und öffnete das Fach ganz vorsichtig.

»Der Umschlag.«

Zögerlich griff ich nach dem weißen Umschlag, der unbeschriftet war. »Was ist das?«

»Mach ihn auf, dann weißt du es.«

Vorsichtig öffnete ich das Papier. Zum Vorschein kam eine Plastikkarte im Kreditkartenformat.

»Das ist die Keycard zum Penthouse. Deine Keycard.«

»Ähm … heißt das …? Also, fragst du mich gerade, ob ich bei dir einziehe?«

Seine Hand strich über meinen Oberschenkel. »Ja, genau das soll es heißen. Gut kombiniert, Ms. Davis.«

Ich musste nicht lange überlegen, wie meine Antwort darauf lautete. Dennoch ließ ich ihn zappeln. »Warum sollte ich das tun? Ich liebe meine kleine Wohnung und fühle mich dort wohl.«

Er zog seine Hand zurück, sein Blick wurde ernster. Mit dieser Reaktion hatte er wohl nicht gerechnet.

»Hey, das war nur ein Scherz. Ich bin ohnehin die ganze Zeit bei dir und kaum in meiner Wohnung. Also liegt es ja nahe, dass ich endlich umziehe.«

Rylan stieß ein erleichtertes Seufzen aus. »Oh, gut. Ich dachte schon … Ich liebe dich, Savannah. Du hast mir gezeigt, dass es noch so viel mehr gibt als Arbeit. Wie lebenswert das Leben ist. Mit dir scheint immer die Sonne, egal wie sehr es regnet.«

Seine Worte beflügelten meine Seele. Es fühlte sich an, als wäre ich endlich angekommen.

»Ich liebe dich auch, Rylan. Mein Herz hat bei dir ein Zuhause gefunden.«

Aus einem Ich und einem Du war nun ein Wir geworden. Diese bedingungslose Liebe zwischen uns, all diese Kraft und Stärke, die uns verband, war meine Definition von Glück.

Und ohne dass ich es gewollt oder danach gesucht hatte, war Rylan Chambers die Heimat meines Herzens geworden.

Ende

Die Autorin

Obwohl sie nie vorhatte, Bücher zu schreiben, entdeckte Kate Franklin ihre Liebe zum geschriebenen Wort im Sommer 2015. Seitdem entstehen in ihrer heimischen Kreativecke romantische Geschichten, die direkt ins Herz gehen, für ein wohliges Kribbeln in der Magengegend sorgen und immer ein Happy End haben.

In den wilden 70ern geboren, lebt, liebt und lacht Kate Franklin mit Mann und Sohn im wunderschönen Dresden. Wenn sie nicht schreibt, findet man sie beim Wandern in der Sächsischen Schweiz, mit dem Fahrrad im Wald oder beim Campen am See - auf jeden Fall immer mit ihrer Familie. Ihre Lieblingsfarbe ist bunt, gute Laune liebt sie genauso wie Schokolade und den morgendlichen Kaffee.

Für ihr Leben gern erzählt sie Geschichten über Protagonisten, die auch im echten Leben plötzlich an der Tür klingeln könnten. Authentisch, humorvoll und sinnlich schleicht sie sich damit in die Herzen ihrer Leser - weil Schreiben Liebe ist.

www.katefranklin.de

Newsletter

Verpasse keine Neuigkeiten mehr!

Erfahre alles zu aktuellen Projekten, bevorstehenden
Veröffentlichungen, Gewinnspielen, Aktionen usw.
Trag dich am besten gleich ein:
www.katefranklin.de/newsletter

Ich freu mich auf dich.

Wenn dir die Geschichte gefallen hat, freue ich mich über
dein Feedback in Form einer Rezension. Damit hilfst du
auch anderen Leser:innen, die vielleicht noch unsicher sind,
ob diese Geschichte etwas für sie ist.
Gern kannst du mich auch in deinen Social Media
Beiträgen verlinken oder direkt anschreiben.

Besuche mich auch in den sozialen Medien, um mehr über
mich und meine Bücher zu erfahren:
www.facebook.com/Kate.Franklin.Autorin
www.instagram.com/kate.franklin.autorin

Lies auch:

ab Dezember 2022

Teil 2 der Boston-Passion-Reihe

»Love me, Mr. Bachelor«

Sich in Bruce Chambers zu verlieben, glich einem Sprung vom Hochhaus. Mein Hirn sagte, es sei keine besonders gute Idee. Doch mein Herz flüsterte leise: »Flieg!«

Olivia Gardner
Der kleine Buchladen in einem der ältesten Gebäude mitten in Boston ist mein Ein und Alles. Er ist ein einzigartiges Kleinod und stadtbekannt. Als meine herrische Mutter gegen meinen Willen mit wilden Umbauplänen um die Ecke kommt, gerät mein Leben von einer Sekunde auf die andere völlig aus den Fugen. Aber ich werde dafür kämpfen, dass sie das Erbe meiner Großmutter zerstört. Würde mich nur nicht dieser fremde, höllisch gutaussehende Typ davon ablenken, der neuerdings ständig in meinem Laden auftaucht und seltsame Fragen stellt.

Bruce Chambers
Man bezeichnet mich zwar als einen der begehrtesten Junggesellen in ganz Boston, doch für mehr als unverbindliche Affären fehlt mir die Zeit. Schließlich habe ich als Architekt eine große Firma zu leiten. Der Umbau des in die Jahre gekommenen Gardner Houses ist eine große Herausforderung, aber genau das liebe ich an meinem Job. Dass dabei ein kleiner Buchladen dem Untergang geweiht ist, bricht mir dennoch fast das Herz. Erst recht, weil seine Inhaberin verdammt hübsch ist. Mit ihrer offenen und verträumten Art bringt sie mich schließlich dazu, das gesamte Bauvorhaben infrage zu stellen. Und auf einmal gerät alles außer Kontrolle.

Eine sexy Millionärs-Romance gespickt mit viel Humor und Leidenschaft.

Alle Teile der Boston-Passion-Reihe sind unabhängig voneinander lesbar, aber durch wiederkehrende Figuren miteinander verbunden.

---

ab Februar 2023

Teil 3 der Boston-Passion-Reihe

»Marry me, Mr. Manager«

Weitere Bücher der Autorin

Beste Freunde liebt man nicht
Wetterfrösche küsst man nicht
Summerlove mit Mr. Perfect
(Never) Kiss Santa Claus .- Weihnachten in Maple Falls
Right beside You – Für immer mit dir
Herz über Kopf – Miss Valentine und die Liebe
Frühlingsgefühle in Paris
u. v. m.